REMISE
À NEUF

Kate
McMurray

REMISE À NEUF

Kate McMurray

REAMSPINNER PRESS

Publié par
DREAMSPINNER PRESS

5032 Capital Circle SW, Suite 2, PMB# 279, Tallahassee, FL 32305-7886 USA
www.dreamspinnerpress.com

Remise à neuf
Copyright de l'édition française © 2022 Dreamspinner Press.
Titre original : Domestic Do-over
© 2021 Kate McMurray.
Première édition : février 2021
Traduit de l'anglais par Manda Lorient.

Illustration de la couverture :
© 2021 L.C. Chase
http://www.lcchase.com.
Conception graphique :
© 2022 L.C. Chase.
http://www.lcchase.com
Les éléments de la couverture ne sont utilisés qu'à des fins d'illustration et toute personne qui y est représentée est un modèle

Édition e-book en français : 978-1-64108-408-6
Édition imprimée en français : 978-1-64108-409-3
Première édition française : avril 2022
v 1.0

Édité aux États-Unis d'Amérique.

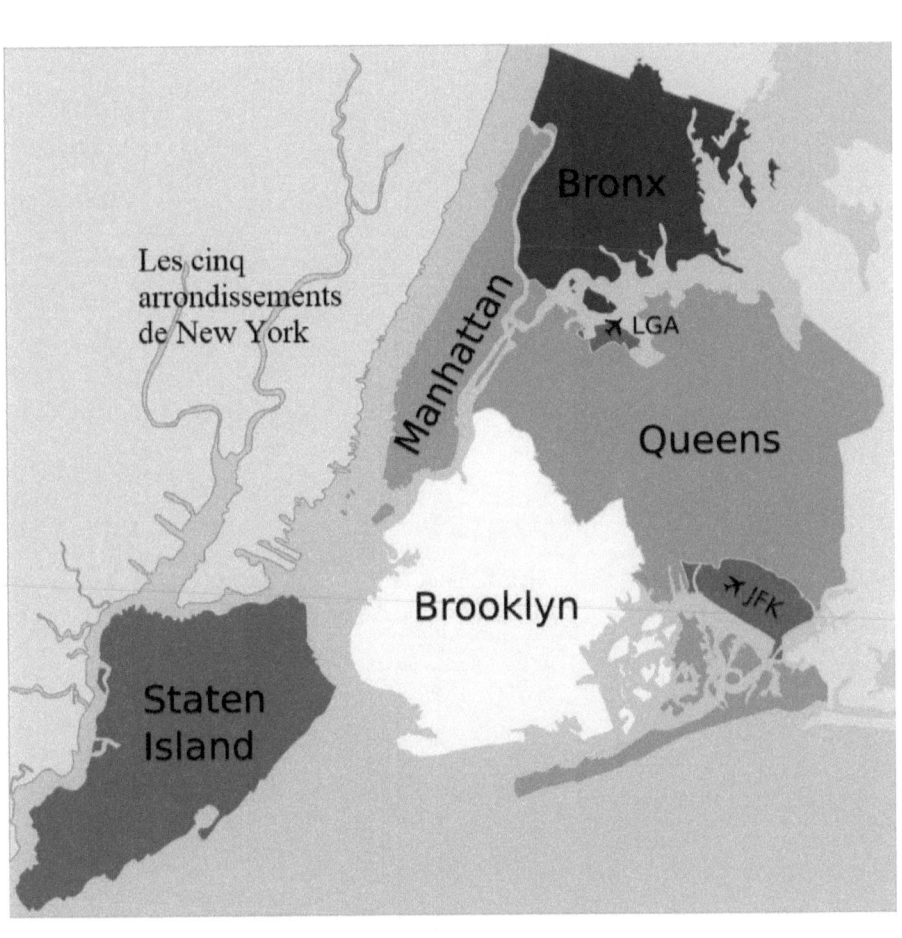

Les cinq
arrondissements
de New York

Bronx

Manhattan

LGA

Queens

Brooklyn

JFK

Staten
Island

I

« *DIVORCE IDÉAL* ! » affichait en gras le tabloïd. Ce fut la première vision qui frappa Brandon alors qu'il sortait du métro. Et l'article était illustré par une photo de lui, l'air affligé.

Il aurait dû prendre un taxi, il le savait.

C'était une journée venteuse, typique de la fin de l'hiver à New York. Soufflée par les bourrasques, la neige tombée au cours de la nuit formait un nuage blanc, qui flottait sur le trottoir de la 14 th Street [1] dans laquelle Brandon se hâtait pour arriver aux bureaux de Restauration Channel, situés à proximité de Chelsea Market [2]. Il tenta de penser à la danse des flocons pour oublier son récent divorce, très médiatisé. Pire encore, les tabloïds imprimaient n'importe quoi, ils étaient bien loin de la vérité.

Ce matin, il était convoqué d'urgence au QG de Restauration Channel. Sans doute allait-on lui signifier son licenciement... Ces derniers mois, Brandon et son ex-femme avaient animé *Foyer Idéal*, une émission de télé-réalité très populaire sur la rénovation de maisons, mais à peine le mot « divorce prononcé », elle avait été sommairement annulée.

D'un autre côté, c'était peut-être sa chance de changer de vie, décida-t-il. Il avait d'autres options. S'il quittait le monde de la télévision, il pourrait rouvrir son ancienne agence immobilière et profiter de sa renommée pour attirer ses premiers clients. Peu à peu, il sombrerait dans l'anonymat, il n'aurait donc plus à s'inquiéter des manchettes des tabloïds ou des rigueurs de ses contrats à la télévision. Il s'était trop longtemps épuisé à prétendre son mariage heureux...

Quelle sinistre mascarade !

Quand il pénétra dans le hall de réception, une voix chaleureuse le héla, celle d'une femme au sourire rayonnant.

— Oh, M. Chase ! Je suis heureuse de vous revoir !

---

1 Rue de Manhattan et l'un des principaux axes est-ouest de New York.

2 Marché couvert réputé pour ses produits d'épicerie, ses boutiques et ses restaurants.

Il hocha la tête.

— Merci, Abigail, je…

Elle enchaînait déjà :

— Je suis tellement désolée de ce qui s'est passé… ce divorce ! Oh, Kayla a été si odieuse de vous traiter comme elle l'a fait. Je comprends tout à fait que vous ayez préféré rompre.

— Ce n'est pas tout à fait…

Brandon s'interrompit. À quoi bon s'expliquer ? Il ne tenait pas à alimenter les ragots, surtout si la chaîne s'apprêtait à mettre fin à son contrat.

— M. Harwood vous attend, ajouta la réceptionniste. Je vais vous conduire jusqu'à lui.

Sans mot dire, il la suivit jusqu'au bureau de Garrett Harwood, responsable de la programmation de Restauration Channel, une chaîne télévisée qui se spécialisait dans le relooking immobilier, le genre d'émissions que les téléspectateurs appréciaient tout particulièrement quand ils séjournaient à l'hôtel. Le thème le plus rentable de la chaîne était la restauration de maisons familiales. La chaîne avait un succès incroyable, ce qui expliquait pourquoi le divorce de Brandon faisait la Une des tabloïds. *Foyer Idéal* avait été un énorme succès… ce qui rendait la chute d'autant plus douloureuse.

Brandon était tombé de très haut quand les paparazzis avaient surpris Kayla au restaurant avec son amant.

Il s'arma de courage en entrant dans le bureau.

— Bonjour, M. Harwood.

— Brandon ! Quel plaisir de vous voir. Asseyez-vous, s'il vous plaît.

Brandon hésita à répondre sur le même ton. Au final, il s'en abstint. N'étant pas d'humeur à faire semblant, il prit en silence le siège placé devant le bureau.

— Je vais aller droit au but, déclara Harwood.

Brandon sentit son pouls s'emballer. Voilà, son sort était réglé. Sa brève période de star sur Restauration Channel touchait à sa fin.

Le responsable de la programmation enchaîna :

— J'ai une nouvelle opportunité à vous proposer.

Ce n'était pas DU TOUT ce que Brandon s'attendait à entendre.

— Quoi ?

Harwood sourit.

2

— Laissez-moi vous expliquer. Je n'ai aucun regret d'avoir annulé *Foyer Idéal* – qui n'aurait pas pu continuer dans ces circonstances –, mais vous restez très populaire, tant auprès de nos téléspectateurs que parmi les dirigeants de notre chaîne. Même les rediffusions de *Foyer idéal* ont été très bien reçues mardi soir, l'audimat le prouve. Nous aimerions donc vous proposer une nouvelle émission à animer.

— Vous parlez sérieusement? ne put s'empêcher de demander Brandon.

Certain de son licenciement, il avait déjà plus ou moins planifié sa reconversion une fois Restauration Channel derrière lui. Bon, d'accord, il aimait sa célébrité, il avait un peu regretté de quitter le feu des projecteurs, mais d'un autre côté, il était impatient d'explorer sa liberté retrouvée. Jusqu'à ce jour, il avait consacré une grande partie de son temps au maintien de son image publique, et ce, aux dépens de sa… vie privée.

Et voilà qu'on lui offrait une autre émission?

— Bien entendu, répondit Harwood. Connaissez-vous Flatbush?

— Oui, c'est à Brooklyn, un quartier de vieux manoirs victoriens.

— Exactement! Eh bien, ma fille vient d'y acheter une maison, ce qui m'a donné l'occasion de me promener dans le quartier. Certaines de ces maisons anciennes sont magnifiques, mais beaucoup sont dans un triste état. En fait, j'en ai noté six à vendre dans la même rue pour une somme des plus modiques – compte tenu que nous sommes à Brooklyn.

Brandon commençait à comprendre où Harwood voulait en venir.

— Attendez, vous envisagez une émission sur la restauration de manoirs victoriens à New York?

— Exactement.

Brandon était tout à fait décidé à refuser la proposition. Tenter une restauration aussi importante à New York était bien trop risqué. Pour commencer, il fallait un énorme investissement financier… qui ne serait sans doute pas rentabilisé. Même si la maison était acquise à bas prix, la main-d'œuvre et les matériaux coûteraient bien plus cher que n'importe où ailleurs dans le pays. Dans *Foyer Idéal*, Kayla et lui avaient toujours choisi des pavillons de banlieue. Pire encore, une vieille demeure devrait être remise aux normes, ce qui révélait souvent des tas de problèmes cachés et augmentait encore le coût de la restauration. Les chances de revendre avec profit une maison pareille étaient minimes.

— Vous hésitez, je le vois bien, déclara Harwood. Pour la deuxième saison, nous pourrions envisager de changer de quartier et travailler sur les *brownstones* [3] ou à la ceinture de Brooklyn. Mais je pense que rester à New York est la clé de notre succès. Nous montrerions au monde que nous avons un patrimoine immobilier au-delà des gratte-ciel !

— Le risque financier…

— Votre salaire par épisode sera augmenté par rapport à *Foyer Idéal* et, pour partager les risques avec vous, la chaîne investira dans chaque maison achetée. Cela vous montre à quel point nous tenons à faire de cette émission un succès !

Brandon hocha la tête. Effectivement, voilà qui changeait la donne. Pour *Foyer Idéal*, Kayla et lui avaient touché un salaire, certes, mais ils géraient seuls l'achat et la rénovation de la maison, ce qui leur imposait souvent de faire des compromis afin de tirer profit de leur investissement. Rien d'extrême, bien entendu. Brandon était d'avis que, pour réussir à revendre rapidement une maison, il fallait offrir aux acheteurs potentiels un lieu de vie sécurisé et accueillant. Mais il lui arrivait de devoir poser du stratifié au lieu du bois plein, de ne pas enlever un mur porteur, d'acheter du carrelage à des entreprises en liquidation, ce genre de choses. Kayla avait le don de dénicher les bonnes affaires et les designs chics à moindre coût. Ils échangeaient leurs idées et débattaient sur le plateau, face à la caméra, bien sûr.

Tous deux avaient eu un rôle à jouer dans l'émission : Brandon était le pragmatique qui tenait à une déco neutre afin d'attirer un large éventail d'acheteurs ; Kayla préférait le clinquant, le tape-à-l'œil, le « in ». Mais comme, au fond, l'argent restait sa priorité, elle cédait dès que Brandon faisait des additions et calculait leur marge. Chacun était prêt à faire des compromis.

À l'écran, ils projetaient l'image d'un couple d'amoureux travaillant ensemble sur des projets passionnants. C'était la base même de leur émission.

Harwood leva les mains et dessina devant lui un chapiteau.

— Nous appellerons cette nouvelle émission *OPI à Brooklyn*. Tout un programme, non ? J'aime le sigle, ça interpelle.

---

3 À New York, maison en grès rouge où l'accès à la porte d'entrée, située au premier étage, se fait par un escalier extérieur.

Brandon faillit rire. Harwood était assez nouveau à son poste, son prédécesseur ayant pris sa retraite un an auparavant, aussi Brandon avait-il peu travaillé avec lui. *OPI à Brooklyn*, pourquoi pas ? Et même si le public ignorait le sens du sigle au départ, il l'apprendrait assez vite.

— D'accord, déclara Brandon. Et que va devenir Kayla ?

Harwood haussa les épaules.

— Quelle importance ? Vous n'aurez plus à travailler avec elle, bien entendu.

— Je sais, mais elle avait un contrat et…

Harwood l'interrompit d'un geste péremptoire.

— Nous rachèterons ses droits. Vous seriez seul à animer cette nouvelle émission.

— Très bien, mais…

Une fois encore, Harwood lui coupa la parole :

— Écoutez, nous y avons beaucoup réfléchi. Vous vous souvenez de *Maisons hip-hop* ? Après le divorce de John et Melinda, l'émission est restée quelques mois à l'antenne, mais l'audimat a très vite chuté. Nos téléspectateurs veulent du rêve, des couples heureux, pas une réalité sordide. En revanche, ils adorent une restauration originale, un nouveau concept, un challenge. Dans ces vieilles demeures victoriennes, tout est à refaire, à améliorer, à moderniser : l'électricité, la plomberie, la structure… Il y aura des surprises et des problèmes, ce qui ajoutera des rebondissements intrigants.

Harwood baissa la voix pour imiter un annonceur publicitaire :

— *Brandon parviendra-t-il à relever le défi ? Vous le saurez en suivant notre prochaine émission…*

Brandon pinça les lèvres, mécontent que Kayla soit mise sur la touche. Ils travaillaient bien ensemble et Brandon n'était pas certain de parvenir à lui tout seul à maintenir l'attention du public. Mais il comprenait aussi que Restauration Channel était une chaîne familiale, aussi un divorce faisait-il plutôt tache.

Harwood reprit d'un ton pressant :

— Vous aurez un co-animateur d'une certaine façon, car nous avons contacté un artisan local spécialisé dans la restauration de maisons anciennes. Notre projet l'intéresse, et il a accepté à se joindre à nous. C'est un homme intéressant, charismatique, bien que d'un abord un peu abrupt. Les téléspectateurs vont l'adorer. Nous croyons beaucoup en cette émission, il nous faut absolument un animateur à la hauteur.

5

— En d'autres termes, si je refuse, vous chercherez quelqu'un d'autre.

— Eh bien, oui, reconnut Harwood. Mais vous restez notre premier choix. Vous connaissez l'immobilier, la restauration à but lucratif en particulier, et vous avez l'habitude de ce genre d'émissions. Le public vous suivra.

Brandon hésitait toujours.

— Je ne sais pas. C'est un énorme risque financier !

— Je vais vous parler franchement : nous avons déjà choisi une maison. Elle est sur le marché depuis près de quatre mois, et son propriétaire semble ouvert à la négociation. Allez y jeter un œil. Je pense qu'elle vous plaira. Si ce n'est pas le cas, tant pis, nous vous chercherons une autre émission.

— Vous pouvez aussi racheter le reste de mon contrat.

— Oui, mais je préfère éviter cette option. Vous avez signé avec nous jusqu'à la fin de l'année, si je ne m'abuse ?

— Non, seulement jusqu'en juillet.

— Encore quelques mois, alors. Nous apprécions votre professionnalisme, Brandon, vous le savez, et nous aimerions vous garder à Restauration Channel. Nous trouverons une solution qui satisfera tous les partis, j'en suis certain. En attendant, passez voir cette maison, cela ne vous avance à rien, pas vrai ? Voici les coordonnées.

Harwood fit reculer son siège et fouilla dans un dossier posé sur la crédence derrière son bureau. Il tendit à Brandon une feuille de papier. Sur la photo imprimée à partir d'un site Web, la maison paraissait hantée, plusieurs fenêtres étaient barricadées, la peinture s'écaillait et un des panneaux de la porte d'entrée avait les charnières arrachées.

D'après les indications, la maison avait été construite en 1917, elle avait cinq chambres, trois salles de bain et environ deux cent quatre-vingts mètres carrés de surface habitable. Le prix demandé était vraiment correct : moins d'un million dollars, alors que la plupart des maisons voisines valaient au moins le triple. Un seul problème : si la maison n'était pas partie en quatre mois, il devait y avoir un vice caché.

— Très bien, concéda Brandon. J'irai regarder.

— Je savais bien que vous céderiez à la curiosité ! Nous aimerions vraiment vous voir animer cette émission, Brandon, mais je ne vous mettrai pas la pression. Si vous y tenez, nous vous proposerons la même solution qu'à Kayla pour négocier la fin de votre contrat.

— Dans ce cas, laissez-moi la nuit pour y réfléchir. Je vous donnerai ma réponse définitive une fois que j'aurai vu la maison.

— Marché conclu ! À demain, Brandon.

Harwood se leva, signalant ainsi que la réunion était terminée.

LA MAISON était sur Argyle Road, à Brooklyn, au sud de Prospect Park [4]. C'était un quartier de maisons victoriennes, Brandon le savait, mais il n'y était encore jamais venu. Une fois sorti du métro, il descendit Church Avenue jusqu'à la rue qu'il cherchait. L'entrée était marquée par des piliers en brique d'un mètre quatre-vingt de haut, couronnés de bacs à fleurs.

Dès que Brandon s'y engagea, il fit un bond en arrière dans le temps.

Church Avenue était une artère bruyante à la circulation chargée, les bus et les voitures se suivaient au pas, les trottoirs étaient bondés de piétons qui se ruaient d'un magasin à l'autre ou se hâtaient pour prendre le métro. Rien d'original, rien de remarquable. Bien que le quartier ait une importance historique, Brandon n'avait vu dans Church Avenue que des magasins discount, des *bodegas* [5], des bâtiments délabrés, quelques devantures vides. Un poissonnier affichait sur son étal un panonceau « poisson frais », alors que l'odeur s'en dégageant indiquait un état de décomposition avancée.

En revanche, pénétrer dans Argyle Road était comme changer d'univers. C'était calme, les passants étaient rares, les arbres et les lampadaires vintage bordaient la rue. De chaque côté s'alignaient de grandes maisons individuelles avec des pelouses bien entretenues évoquant plus une banlieue aisée que Brooklyn.

Les maisons étaient incroyables, les styles hétéroclites. Une grande maison Tudor [6] faisait face à une demeure Queen Anne [7], voisine d'une maison de style néo-grec avec des colonnes sous le porche avant. Brandon vit même une pagode d'inspiration japonaise. De par leur taille et leur beauté, certaines bâtisses étaient à couper le souffle, elles étaient peintes

---

4 L'un des plus grands parcs publics de New York (superficie : 2,1 km²).

5 Petit bistrot (mot espagnol).

6 Style architectural avec des colombages décoratifs, un toit à forte pente, des pignons croisés, des portes et fenêtres étroites et de très hautes cheminées.

7 Style architectural populaire qui a émergé à l'époque victorienne, avec une façade asymétrique, un avant-toit surplombant, des tours rondes ou carrées, des pignons à volutes, un porche couvrant tout ou partie de la façade, différentes textures de murs, des cheminées monumentales, des toits en bois ou en ardoise.

de toutes les couleurs imaginables : bleu marine, blanc, jaune, vert menthe. D'autres, en ruines, auraient dû être condamnées depuis des années. Une rue perpendiculaire à Argyle Road, Albemarle Road, avait des jardins paysagés somptueux, d'autant plus incongrus dans ce quartier où le moindre mètre carré était avidement recherché.

Brandon jura. Il en voulait presque à cet endroit de le charmer autant. Il était venu en escomptant trouver une raison valide de résister à la proposition d'Harwood.

Les plaques de rue étaient brunes, indiquant un quartier historique, ce qui signifiait qu'obtenir des services urbains les permis nécessaires pour commencer une rénovation serait une vraie gageure. Encore une raison de ne pas accepter.

Mais merde, quoi ! Il adorerait vivre ici.

Il arriva enfin à l'adresse indiquée. Oh oui, la maison aurait pu servir de décor à un film d'horreur. Brandon tapa le code de la porte, il fit tourner la clé et entra d'un pas prudent.

L'intérieur était… assez sombre, en fait. La porte ouvrait sur un étroit couloir et un escalier. À droite, une arche menait à un salon vide. La brique s'écaillait tant autour de la cheminée qu'on aurait cru qu'un maniaque s'y était attaqué au marteau, le vieux papier peint gondolait, tout moisi. Le reste de la maison était dans le même état. Les pièces étaient trop petites, les planchers du rez-de-chaussée tachés et fissurés, il y avait des crottes de souris dans la cuisine et la moquette beigeasse du premier sentait le chien.

Et pourtant…

Brandon imagina cette maison au temps de sa splendeur. La grille métallique de la cheminée était un chef-d'œuvre de ferronnerie, la rampe de l'escalier une merveille d'ébénisterie, il y avait longtemps qu'il n'avait rien vu de tel ! Même le papier peint était plutôt chouette aux endroits où il n'était pas arraché, décoloré. Perdu dans un rêve éveillé, Brandon en avait plein les yeux des moulures, des boiseries de l'étage, des arcades… Personne ne faisait des maisons pareilles de nos jours ! La cuisine désuète avait été rénovée à la fin des années 70, malgré tout, ses carreaux orange et ses placards carrés avaient un certain charme.

Sans même s'en rendre compte, Brandon organisait déjà mentalement l'espace, décidant quels murs enlever, essayant de déterminer si les planchers étaient récupérables, imaginant une cuisine moderne tout en gardant des détails – luminaires, carrelage – pour rappeler à quoi elle ressemblait autrefois.

Merde.

Brandon voulait se lancer dans cette restauration. Il en connaissait les dangers. Il devrait d'abord payer un exterminateur pour fumiger les lieux et en déloger parasites et rongeurs. Les murs devraient être désamiantés, l'électricité obsolète serait à mettre aux normes, la plomberie à refaire dans sa totalité. Mais la structure semblait solide. Les planchers craquaient à quelques endroits, mais Brandon savait comment y remédier. Il pourrait faire de cette maison quelque chose de spectaculaire et la revendre deux fois son prix actuel.

Il sortit son téléphone et appela Garrett Harwood.

— Je suis dans la maison, dit-il dès que son interlocuteur décrocha.

— Et?

— Elle est magnifique. J'accepte votre offre.

II

Travis commençait à regretter d'avoir accepté.

Il ne tenait pas particulièrement à passer à la télévision, mais quand il avait reçu cet appel l'invitant à intervenir en tant que consultant sur un plateau pour une émission de restauration de demeures anciennes, il avait été tellement excité qu'il avait dit oui sans réfléchir. Cinq ou six réunions plus tard, il ne comprenait toujours pas comment il en était venu à être nommé chef de chantier pour une émission diffusée sur Restauration Channel.

Il regardait peu cette chaîne. Oh, ça lui arrivait de temps à autre, mais souvent, les artisans sur le plateau faisaient aussi office d'animateurs et leurs propos étaient si loin de la réalité que Travis trouvait cela embarrassant à regarder. *Ces gars-là avaient-ils un jour travaillé sur un vrai chantier?* se demandait-il parfois en les regardant manier un marteau.

L'idée de restaurer un manoir victorien à Flatbush l'avait terriblement tenté, c'était indéniable. Habitant non loin de là, il était passé des dizaines de fois devant ces maisons et il avait hâte de donner leur chance aux plus délabrées. Alors cette proposition… même s'il fallait en passer par la télévision, c'était une trop belle opportunité pour la laisser passer.

En avançant vers la maison, Travis vit des techniciens occupés à installer des caméras et autres équipements dans la petite cour avant. Pourtant, le tournage n'était pas censé commencer aussi tôt.

Aujourd'hui, Travis devait juste faire la connaissance de Brandon Chase, visiter la maison et glaner des informations sur le déroulement du tournage. Il ne savait pas du tout à quoi s'attendre, d'autant plus que l'endroit grouillait déjà de monde.

Puis Brandon Chase sortit. Travis le reconnut, parce qu'il avait récemment regardé quelques épisodes de *Foyer Idéal* pour tenter de mieux cerner le projet dans lequel il se trouvait embrigadé. Il avait ainsi appris que Brandon et sa femme, Kayla, étaient marchands de biens : ils achetaient des maisons de banlieue, les retapaient et les revendaient. Ils œuvraient principalement dans le New Jersey et au nord de l'État de New York. Chaque émission était consacrée à une maison. Les chantiers connaissaient des accrocs, bien entendu – après tout, les problèmes étaient fréquents dans la restauration immobilière. Pour maximiser les bénéfices, le couple achetait à bas prix des maisons en mauvais état, qu'ils transformaient en pavillons modernes, assez neutres, afin de plaire à un large panel d'acheteurs. Brandon jouait parfois de la masse devant la caméra, au moins deux fois par émission, mais son vrai rôle – et celui de sa femme – était surtout celui d'un architecte d'intérieur : il choisissait la couleur du carrelage et des peintures murales.

Travis s'était étonné que le couple ait des goûts aussi fades. Sans doute manquait-il un gay dans leur équipe, comme son ami Sandy ne manquerait pas de le souligner.

À l'écran, Brandon était beau et charismatique : grand, de larges épaules, des cheveux blonds ébouriffés et des yeux verts qui brillaient au soleil quand les interviews avaient lieu à l'extérieur. Travis l'avait trouvé attirant, mais aussi irréel qu'un acteur de cinéma.

Il semblait plus authentique à présent, plus accessible. Il portait un jean usé, mais bien coupé, et une veste légère ouverte sur une chemise à carreaux. *Sexy,* pensa Travis.

Il se morigéna aussitôt : il est marié, oublie-le !

Il approcha, la main tendue.

— Bonjour, je suis Travis Rogers, votre nouveau chef de chantier.

Brandon lui serra la main.

— Oui ! Bien sûr. Enchanté de vous rencontrer. Donnez-moi une minute, le temps de trouver Virginia, et nous pourrons ensuite commencer la visite.

Peu après, Brandon revint avec Virginia Frank, l'une des productrices de l'émission. Travis avait fait sa connaissance la semaine précédente dans les bureaux de Restauration Channel, quand il hésitait encore à signer son contrat. C'était une grande rousse aux cheveux bouclés, tirée à quatre épingles, pas du tout le genre à apprécier un chantier où la poussière volait. Son tailleur vert émeraude formait un étrange contraste avec la vieille maison décrépite.

Elle frappa deux fois dans ses mains et s'exclama :

— Je suis tellement excitée, les gars ! Je veux commencer par une brève explication sur le modus operandi de cette opération. Allons nous installer.

Elle désigna quatre chaises pliantes disposées sous le porche.

Travis la suivit à contrecœur, mal à l'aise d'être si vite plongé dans le bain. Avant de s'asseoir, il demanda :

— Ce porche est-il sain, structurellement parlant ?

— Le bois n'est qu'une façade, répondit Brandon. Dessous, il y a de la pierre. J'ai déjà vérifié.

Travis hocha la tête et s'assit.

— Voici comment ça va se passer, déclara Virginia. Pour la première saison, nous avons prévu environ huit mois de tournage. Nous ouvrirons plusieurs projets simultanément, mais sans abus, afin que le coût des rénovations ne devienne pas une charge financière excessive. Donc nous passerons deux mois exclusivement dans cette maison, ensuite, nous commencerons une deuxième maison avant la fin des travaux de celle-ci et ainsi de suite. Chaque émission durera une heure avec une nouvelle maison à chaque fois. Nous aimerions en tourner huit, mais nous nous arrêterons à six si nous approchons trop de la *deadline* dans huit mois.

Travis tenta de rester impassible. C'était un programme terriblement ambitieux ! À en juger par ce qu'il voyait de la maison, peinture écaillée et fenêtres barricadées, l'intérieur devait être en piteux état et les travaux seraient d'importance. Pour tout rénover, il faudrait au moins… quatre mois.

— Vous avez prévu deux mois pour restaurer cette maison ?

— Oui, confirma Brandon.

— Cela me semble une estimation… très optimiste.

— Le temps, c'est de l'argent, déclara Virginia. Deux mois pour faire une émission, c'est long, et plus les travaux traînent sur cette maison, plus nous risquons que le projet devienne déficitaire. Il nous faut donc retaper ces maisons assez rapidement. En plus, nous tenons à battre le fer pendant qu'il est chaud : actuellement, Brandon est le grand favori du public, son nom est sur toutes les lèvres, surtout à cause des gros titres des journaux.

Brandon gémit.

— Est-ce vraiment nécessaire ?

Virginia sirota une tasse de voyage en le regardant.

— Toute publicité est bonne à prendre, insista-t-elle. Je veux voir cette émission à l'antenne avant qu'un nouveau scandale fasse oublier le vôtre !

Brandon soupira.

— Dans quelques mois, cette sordide affaire sera de l'histoire ancienne.

— Précisément.

— De quelle sordide affaire s'agit-il ? s'enquit Travis. De quoi parlez-vous ?

Du même élan, Brandon et Virginia se tournèrent vers lui.

Ce fut Virginia qui répondit, la tête penchée, comme si elle avait du mal à comprendre que Travis puisse ne pas être au courant.

— Brandon est en plein divorce. Kayla a un amant. Les tabloïds ne parlent que de ça !

Travis haussa les épaules. Il ne lisait pas ce genre de journaux. En réalisant que Virginia comptait lancer son émission en misant sur la curiosité malsaine des téléspectateurs, il grimaça. C'était assez… ringard.

— N'en parlons plus, déclara Brandon.

Il avait l'air embarrassé. Peut-être n'appréciait-il pas plus que Travis les manigances de Virginia. Non, c'était autre chose. Sa curiosité éveillée, Travis aurait bien aimé connaître la vérité.

Et plus encore, que Brandon lui raconte tout.

— Quoi qu'il en soit, déclara Virginia, Brandon animera l'émission, c'est lui qui se chargera des interviews en direct, mais aussi des commentaires en voix off pour expliquer ce qui se passe.

Elle se tourna vers Travis et ajouta :

— Travis, vous aurez également un rôle à tenir devant la caméra, vous serez notre conseiller technique. Nous avons embauché deux équipes d'ouvriers qui travailleront par roulement afin de mener à bien le projet. Vous êtes chargé de coordonner et de diriger ces ouvriers. Vous n'aurez pas à rester constamment sur le site, bien entendu. En fait, dès que nous commencerons les travaux de la deuxième maison, il vous faudra vous y rendre. Nous avons établi un emploi du temps pour tout le monde. Vous devrez faire des rapports réguliers à Brandon devant la caméra, en particulier pour signaler d'éventuels problèmes. Au moment de prendre des décisions, nous vous demanderons sans doute votre avis. Vous connaissez certainement le juste prix des travaux, hein ?

— Bien sûr, déclara Travis.

— Parfait. Vous avez donc votre rôle. De temps à autre, Brandon interviendra pour vous aider dans certaines tâches manuelles : nous voulons des images de lui en train d'installer le plancher, de poser un carrelage, ce genre de choses.

Génial, juste ce dont il avait besoin.

Consterné, Travis se frotta le front pour masquer sa réaction.

— Ne risque-t-il pas de se blesser ?

— Je suis un artisan agréé, déclara Brandon, sur la défensive. J'ai trouvé plus économique de faire moi-même certains des travaux réalisés pour *Foyer Idéal*. Je ne suis pas qualifié en ingénierie, en béton armé ou en résistance des matériaux, bien entendu, mais je sais peindre, poser un plancher et en général gérer tout ce qui concerne la restauration de base. Et ça me plaît en plus, ça me permet de mettre ma griffe sur un projet.

— Très bien, si vous le dites.

Travis essaya d'imaginer Brandon occupé à retaper une maison. Lui-même avait travaillé sur des dizaines de chantiers du même genre, de grosses rénovations qui réclamaient de la sueur et des heures de labeur intensif. Une vision soudaine lui vint de Brandon penché en avant pour poser du carrelage, son jean moulant son cul pommé, son tee-shirt gonflé par le mouvement de ses épaules…

C'était une bien jolie image.

Virginia se leva.

— Nous en discuterons plus en détail en visitant la maison, annonça-t-elle. Cette restauration ressemblera à celles que vous avez déjà faites, Travis, la seule différence est que ce sera filmé. Pour le moment, nous avons engagé beaucoup d'hommes pour installer le matériel et étudier les différents angles d'exposition, mais ne vous inquiétez pas, l'équipe de tournage sera bien plus discrète.

Travis regarda autour de lui, se tançant intérieurement d'avoir accepté un chantier dont il ne maîtrisait pas tous les éléments.

— J'aimerais voir la maison.

— Bien sûr! s'exclama Virginia. Suivez-moi!

Comme Travis le craignait, les travaux s'annonçaient importants. Outre les plus évidents, comme réparer les planchers – si c'était humainement possible – et remplacer les fenêtres, il faudrait se débarrasser des parasites, souris et divers insectes, installés depuis des lustres, refaire toute l'électricité et la plomberie et, pour être compétitifs sur le marché, revoir entièrement le système de CVC – chauffage, ventilation et climatisation.

Sinon, la maison avait un charme fou. Travis apprécia tout particulièrement les boiseries anciennes, les appliques désuètes du couloir, le ventilateur au plafond du salon et la rampe en érable, qui tous devraient aussi être nettoyés et réparés.

Rien qu'au rez-de-chaussée, il estima les réparations à plus de cent mille dollars.

— Vous pensez vraiment tout faire en soixante jours? demanda-t-il.

— Ce ne sera pas facile, admit Brandon, mais Virginia a raison : plus nous tarderons, plus nous perdrons de l'argent. Et je présume que vous ne pensez qu'aux réparations obligatoires. Attendez que je vous parle de mes projets de réorganiser l'espace de vie !

Et merde ! Nous y voilà !

— Que voulez-vous faire ?

Brandon entraîna Travis et Virginia dans la cuisine.

— Commençons par ici, déclara-t-il. On arrache tout. Rien n'est récupérable. Les placards s'effondrent, les appareils ménagers sont archaïques et je vous déconseille d'ouvrir le réfrigérateur, parce qu'à l'odeur, il sert de sépulture à je ne sais quoi.

Il grimaça et ajouta :

— Donc il nous faut du neuf, un nouveau sol, de nouveaux placards, un équipement électroménager moderne. J'ai des croquis à vous montrer, mais, fondamentalement, je compte abattre le mur entre la cuisine et salle à manger, et peut-être aussi celui entre la salle à manger et le salon pour créer un grand espace de vie.

Travis hocha lentement la tête. Il n'aimait pas beaucoup l'idée d'abattre des murs, d'autant plus que renforcer la structure demanderait d'autres travaux coûteux, mais il reconnaissait que les pièces à vivre deviendraient ensuite plus fonctionnelles.

— Très bien.

— Ensuite, je veux des placards blancs pour agrandir la pièce et lui donner un aspect aéré, lumineux. Le sol sera clair, les comptoirs du même blanc que les placards. Pour avoir une touche de couleur, je pense à un îlot flashy.

Il continua sur le même ton animé. Travis comprit très vite pourquoi Brandon était aussi populaire à l'écran : il était beau, intelligent et, de toute évidence, dans son élément. Malheureusement, sa conception clinique risquait d'enlever à la maison son caractère, de la rendre neutre et fade.

Quand Brandon annonça encore « blanc » pour la peinture de la salle d'eau du premier, Travis n'y tint plus.

— Si j'ai bien compris, vous voulez rendre une maison historique d'une affligeante banalité moderne ?

— Pour envisager de réaliser un profit, l'espace doit être fonctionnel et susceptible d'attirer le plus d'acheteurs possible !

Travis croisa les bras et regarda la salle de bain. L'affreux papier peint fleuri n'était certainement pas d'origine, la salle de bain non plus d'ailleurs, mais pour rendre vie à la pièce, il fallait juste un nouveau papier moins chargé ou une peinture de couleur gaie, ce qui correspondrait à l'ambiance générale des lieux.

— Ne vaudrait-il pas mieux essayer de préserver autant que possible la structure d'origine ? proposa-t-il. Si vous vous obstinez à abattre le mur du couloir, vous perdrez ces belles appliques et le moulage en couronne du plafond. Je suis d'accord pour arracher l'horrible lino de la cuisine, mais la plupart des planchers du rez-de-chaussée me semblent récupérables avec un peu de soins et d'attentions. Ils le méritent, car plus personne ne sait faire des planchers de cette qualité ! Il suffirait de les poncer pour les éclaircir afin de leur donner une touche plus moderne. Et si vous devez absolument les remplacer, ne mégotez pas sur la qualité du bois. Cette maison n'est pas de celles où l'on pose du stratifié pour faire des économies.

Brandon se hérissa.

— Je sais.

— De toute façon, je doute fort que le Service de Préservation des Demeures Historiques vous laisse libre de tout casser. Ils se préoccupent essentiellement de la façade, c'est exact. L'an passé, je travaillais sur une maison à Park Slope [8] et nous avons pu changer la cuisine de l'étage et agrandir l'arrière sans que le SPDH s'y oppose. Mais obtenir leur approbation prend un sacré bout de temps, de quoi retarder votre planning.

— Je leur ai déjà soumis les plans, contra Brandon. Nous attendons le verdict.

Eh bien, c'était déjà un souci en moins. Du bout des doigts, Travis effleura une des appliques du couloir. Il dut ensuite s'essuyer la main sur son jean.

— Je voulais juste dire que si je cherchais une maison historique dans un quartier comme celui-ci, je ne tiendrais pas du tout à une décoration générique moderne.

— Vous avez raison. De toute façon, l'accord du SPDH ne mentionne pas la couleur des murs, aussi verrons-nous en fonction de leur décision. Je doute fort d'obtenir le feu vert pour *toutes* les modifications que j'ai demandées.

Travis hocha la tête en silence. À l'irritation de Brandon, il comprit qu'il avait outrepassé son rôle.

---

8 Quartier résidentiel de *brownstones* à Brooklyn, connu pour son style décontracté.

— Je vous prie de m'excuser, dit-il d'un ton contraint. C'est vous le responsable de cette émission, je ne suis que chef de chantier.

— J'avais calculé environ deux cent mille dollars de travaux de rénovation. Ce chiffre vous semble-t-il réaliste ?

— Oui. Même si j'aimerais vérifier les murs plus en détail avant de vous donner un montant définitif, votre estimation me semble correcte.

Virginia frappa encore deux fois dans ses mains.

— Bien ! Que la SPDH ait répondu ou pas, nous commencerons à filmer lundi. Travis, vous visiterez la maison avec Brandon et vous lui présenterez d'éventuelles objections. Veillez à tomber d'accord avec lui la plupart du temps et tenez-vous-en aux estimations, d'accord ?

— Pour la main-d'œuvre et les matériaux, je n'aurai aucun problème. Mais vous m'avez parlé de deux équipes qui travailleraient en alternance…

— Évoquez simplement le coût horaire de la main-d'œuvre en fonction des tâches à accomplir du genre : « il faudra six heures pour peindre le rez-de-chaussée à tant de dollars de l'heure, etc. »

— Je vois, très bien, c'est dans mes cordes.

— Génial ! Vous vous exprimerez devant la caméra pour expliquer au public combien il est difficile d'obtenir un permis auprès du Service de Préservation des Demeures Historiques et les types de problèmes que vous risquez de rencontrer dans une vieille maison comme celle-ci. Au fait, la vente est signée, vous pouvez donc commencer à casser des murs ou à arracher la moquette. Brandon a déjà contacté une entreprise de désamiantage et les électriciens, les plombiers et les ingénieurs sont prêts à intervenir.

Travis hocha la tête.

— Nous aurons besoin d'eux tous. Et aussi d'une dératisation.

— Que pensez-vous de la maison ? demanda Brandon. C'est la vraie question.

Son expression était franche et pleine d'espoir, comme si l'opinion de Travis comptait. Ce qui n'était pas le cas. D'après le contrat qu'il avait signé, Travis était tenu de rénover la maison comme Brandon et la chaîne en décideraient. D'un autre côté, Travis devait s'avouer qu'il adorait cette maison et qu'il aimerait la voir redevenir magnifique.

À condition que Brandon ne lui enlève pas tout son caractère.

Travis eut alors une intuition : Brandon aimait sincèrement la maison, et ce projet était plus pour lui qu'un simple travail. L'animateur avait peut-être des goûts discutables en matière de décoration d'intérieur, mais il connaissait son métier et savait comment restaurer une maison. Et il ne disait pas tout, *très loin de là*. En professionnel confirmé, Brandon tenait le rôle qu'on attendait de lui, mais Travis sentait des courants violents s'agiter sous la surface aimable et lisse. Et il était de plus en plus curieux de savoir ce qui se passait.

— J'adore cette maison, insista Brandon. Je lui vois un grand potentiel. N'est-ce pas votre avis ?

Travis inspira profondément et acquiesça.

— Oui, tout à fait. Pour être franc, il y a un travail énorme, mais la maison est charmante, et je suis impatient de lancer les travaux.

Virginia tapa de nouveau dans ses mains.

— Et moi, j'ai hâte de commencer à filmer !

III

LE VERDICT des différentes agences de permis de la ville leur donna le droit de faire à peu près tout ce qu'ils voulaient à l'intérieur de la maison tant qu'ils préservaient l'extérieur et gardaient la décoration dans l'esprit du caractère original des lieux. Extérieurement, ils pouvaient seulement changer la couleur de la peinture, ce qui convenait parfaitement à Brandon, car c'était surtout l'intérieur qui l'intéressait.

Néanmoins, il se demanda dans quelle mesure son nom avait aidé à cette prise de décision.

Il avait écouté les avis de Travis concernant la maison. Il comptait toujours abattre les murs, mais pourquoi ne pas replacer ailleurs ces appliques murales auxquelles Travis tenait tant ou garder la rampe en érable, la grille de fer forgé au-dessus de la cheminée, les poignées de porte en verre et d'autres détails du même genre. Si Brandon tenait toujours à moderniser la cuisine, il envisageait désormais pour les salles de bains des éléments d'époque ou comptait tapisser un des murs du salon avec un papier peint aux motifs d'époque victorienne.

Les premières prises étaient satisfaisantes. D'après ce que Brandon avait vu, Travis restait un peu raide devant la caméra, mais d'après Virginia, la productrice, c'était sans importance. Le scénario prévoyait que Brandon voyait les choses en grand et que Travis, jouant la voix de la raison, intervenait pour expliquer pourquoi, dans le cadre de leur budget, tous les projets n'étaient pas réalisables. Brandon en fut soulagé, car il s'inquiétait déjà de dépasser les fonds qui lui étaient alloués. On lui avait promis deux cent mille dollars. Sur le papier, c'était une somme confortable, mais Brandon savait d'expérience combien l'argent filait vite pendant des rénovations.

Virginia prétendait aussi que les téléspectateurs appréciaient beaucoup d'assister en direct aux problèmes inattendus devant être réparés d'urgence. Ces petites crises aidaient à conserver un bon audimat. En conséquence, Brandon et Travis étaient censés ne rien cacher de leurs «mauvaises surprises» au cours des travaux, ils devaient même paraître s'en affoler, bien que le budget tienne compte de ce genre de situations. Travis tenait bien son rôle : sa voix prit une inflexion particulièrement dramatique quand

19

il évoqua devant la caméra l'amiante qui infestait très probablement toute la maison.

Brandon ne s'était pas encore fait un jugement définitif sur Travis. Il le trouvait un peu revêche, et même si, depuis leur première rencontre, Travis suivait les consignes, il se braquait souvent contre les idées de Brandon, qui tenait à moderniser la maison pour la revendre au meilleur prix. En revanche, Travis Rogers était *terriblement* sexy. Son corps mince et musclé avait un tonus dû probablement plus au travail manuel qu'à une salle de gym. Ses cheveux châtain clair étaient un peu hirsutes et sa barbe paraissait toujours dater de deux trois jours, ce qui lui donnait un petit air décontracté que Brandon appréciait.

Le monde s'imaginait que Brandon avait divorcé, parce que Kayla le trompait. D'après les tabloïds, l'époux inconsolable avait le cœur brisé. C'était très exagéré, même si Brandon aurait préféré garder sa vie d'avant. Et il se sentait seul, bien sûr, surtout la nuit. Dans la journée, il n'avait pas le temps de ressasser sa solitude, en particulier avec cette nouvelle émission à lancer. Quand il rentrait chez lui après le tournage, il engouffrait en guise de dîner des restes ou des plats à emporter et s'effondrait sur son lit pour s'endormir d'une masse.

Son statut professionnel avait changé : désormais, il était animateur en solo. En général, Restauration Channel préférait confier la gestion de ses émissions à des couples hétérosexuels affichant ostensiblement leur bonheur de vivre à deux, mais cette fois-ci, Brandon avait la sensation qu'il devait apparaître asexué à l'écran.

N'étant ni idiot ni aveugle, il se savait plutôt bel homme, aussi comptait-il afficher une image un peu lisse et générique. En principe, un divorcé était libre d'avoir des relations sexuelles sans risquer une accusation d'adultère, mais Brandon savait bien que, dans son cas, envisager une aventure avec son chef de chantier serait suicidaire. D'abord, il y avait des caméras partout, ensuite, ça risquait de compliquer le chantier. Mieux valait que Brandon oublie ses fantasmes concernant Travis.

Tout alla à une vitesse folle ! Quelques semaines à peine après que Brandon eut accepté – à contrecœur – cette nouvelle émission, le tournage commença et il fit le tour de la maison, Travis sur les talons, en exposant à la caméra la nature de ses projets. Les plans sur ordinateur étaient déjà prêts, ainsi que les conceptions informatiques permettant aux téléspectateurs d'avoir une idée du produit fini. Les enregistrements avaient eu lieu en studio pour les voix off, et la prise actuelle devait permettre à Travis de donner ses avis en direct au fil de la visite.

Après avoir parcouru le salon et la salle à manger, Brandon sentit que Travis se retenait, se contentant de prendre des notes sur un bloc. Il soulignait parfois des problèmes potentiels, mais sans formuler d'opinion. Dans des moments pareils, Brandon regrettait Kayla : elle savait jouer le jeu et marquer son désaccord avec lui. Par ses constants défis, elle l'avait aidé à améliorer leurs conceptions.

Et maintenant, ils étaient dans la cuisine, où Brandon expliquait à la caméra qu'il comptait tout casser. La pièce d'origine était carrée et mal aménagée, mais en faisant tomber le mur mitoyen d'une petite salle donnant à l'arrière de la maison, ils auraient un bel espace à aménager. Brandon tenta de s'imaginer dans cette cuisine afin de déterminer où placer ses appareils électroménagers et ses plans de travail.

C'était difficile dans une maison qui n'était pas la sienne. Même si Brandon était sensible au charme désuet des lieux, il se contenterait de les rénover, il ne comptait pas y habiter. En revanche, il savait ce qui était «tendance» – et donc vendable – d'après ce que les acheteurs lui avaient réclamé au cours de ses dernières opérations immobilières. Il décrivit donc sa vision.

Travis hocha la tête et écrivit quelques mots sur son bloc.

Ensuite, Brandon avança jusqu'au mur qui séparait la cuisine et la salle à manger et posa la main dessus.

— Ce mur devra disparaître, annonça-t-il.

Travis eut un haussement d'épaules, un geste presque imperceptible, que Brandon repéra néanmoins. Il s'empressa donc de dire :

— Travis, si vous avez d'autres idées, nous aimerions les entendre.

Travis releva la tête, les yeux écarquillés. Il fixa brièvement la caméra et répondit d'un ton contraint :

— Je préférerais vérifier afin d'être sûr, mais je crains que ce mur ne soit porteur. Le faire tomber reste possible, bien entendu, mais il faudra faire venir un ingénieur, vérifier l'ensemble de la structure et poser des poutres pour redistribuer la charge. Ce qui sera coûteux.

Brandon hocha la tête.

— C'est vrai.

— N'oublions pas que, pour rénover une maison comme celle-ci, le challenge est de conserver le caractère et le charme de l'ancien, n'est-ce pas votre avis ? Il serait dommage de tomber dans un modernisme agressif.

21

Je vous conseillerais de garder au moins un de ces murs pour augmenter la quantité de stockage. Vous pourriez placer un îlot central plutôt que des placards suspendus, ils donneraient à la pièce un côté étouffant.

— C'est possible. J'avais pensé à des placards en bas et en haut sur toute cette surface murale, avec un comptoir au milieu.

Brandon se dirigea vers le mur en question avant d'enchaîner :

— Je mettrais l'évier ici, sous cette fenêtre, avec un lave-vaisselle à côté, la plaque à induction, deux fours en colonne, puis le réfrigérateur au fond. Les placards seraient en laqué blanc, l'électroménager en acier inoxydable, les luminaires également, des spots bien entendu. Je verrais bien des comptoirs en quartz clair, des dalles blanches par terre et un ton neutre pour les murs.

Travis eut un autre haussement d'épaules.

Brandon soupira.

— Vous n'êtes pas d'accord ?

— Franchement, non. Vous allez éradiquer l'intégrité de la maison, si vous y installez une cuisine générique qu'un acheteur aura déjà vue cent fois. Pourquoi acheter une demeure historique, si c'est pour donner dans la banalité ? Modernisez la cuisine, bien sûr, et votre disposition me paraît tout à fait saine, mettez-y de l'électroménager haut de gamme, mais choisissez des teintes moins… fades.

— Que verriez-vous ?

Sous l'effet de la surprise, Travis recula d'un pas.

— Je ne suis pas décorateur d'intérieur ! se défendit-il.

— Je sais, l'apaisa Brandon, mais si c'était votre maison, que prendriez-vous ?

Travis retourna au centre de la pièce.

— Des placards en bois, pas en alu, ce qui correspondrait davantage à l'âge de la maison, des comptoirs en pierre, bien sûr, et même en marbre si le budget le permet. En revanche, je serais plus audacieux pour les carreaux, je verrais des motifs anciens, du bleu ou une autre teinte qui fasse contraste. Mais, une fois encore, je ne suis pas architecte d'intérieur.

Brandon hocha la tête. Les idées de Travis n'étaient pas mauvaises, mais des teintes aussi spécifiques exigeaient que l'acheteur ait les mêmes goûts. Brandon avait bâti sa carrière de restaurateur immobilier en visant un style élégant, mais neutre. Les couleurs vives et les placards à l'ancienne n'étaient pas son style habituel, mais il ne tenait pas à en discuter devant la caméra.

Il se contenta de déclarer :

— Certains acheteurs risquent d'être rebutés par des teintes trop tranchées.

— C'est vrai.

Brandon discerna une note de sarcasme dans la voix de Travis, il en fut irrité. Il ne dit rien, car le caméraman filmait toujours.

Il inspira un grand coup pour se calmer.

— Je ne peux pas prendre de risque, déclara-t-il, pincé. Mon but est de vendre la maison et de gagner ma vie.

Travis leva la main, indiquant par ce geste qu'il n'argumenterait pas davantage sur ce point.

— Vous m'avez demandé mon avis, indiqua-t-il. Je vous l'ai donné.

Une fois encore, Brandon prit une profonde inspiration et serra les dents. Il ne connaissait pas suffisamment Travis pour prédire jusqu'où irait une querelle entre eux – ni comment cela se terminerait. Et il n'avait pas l'intention de le découvrir face aux caméras.

La situation était délicate. Travis parvenait à l'agacer rien qu'en gribouillant des notes sur son bloc. Brandon examina son chef de chantier, planté devant lui : jean serré, tee-shirt noir, cheveux ébouriffés retombant sur le front, mâchoire ombrée par une courte barbe drue. Travis était tentant, certes, mais Brandon sentait que, si l'occasion lui en était donnée, l'homme pourrait se retourner contre lui. En attendant, Travis tiendrait sa langue, parce qu'il comprenait son rôle : faire ce qu'on lui demandait, s'efforcer de tenir les délais et juger en silence.

Oh, Travis ne comptait pas cacher sa désapprobation, non, Brandon le saurait. Tout ça le menait à un dilemme : souhaitait-il se battre avec Travis… ou sortir avec lui ?

Seigneur, c'était aberrant ! pensa Brandon. Jamais il n'aurait dû accepter cette émission, ni acheter cette maison, ni travailler avec Travis. Quelle erreur de sa part !

Et ne venait-il pas de souhaiter avoir un adversaire de valeur ? Kayla remettait souvent ses décisions en question, d'accord, mais au moins le faisait-elle avec le sourire. Et avec humour ! Travis, lui, se contentait de hausser les épaules avec un regard déçu, ce qui laissait Brandon ruminer sur ses erreurs éventuelles.

— Coupez, déclara Erik, un des réalisateurs de l'émission.

Il était resté posté derrière le caméraman pendant toute la discussion. L'opérateur, qui avait porté la caméra en suivant Brandon et Travis dans toute la maison, obtempéra avec un soupir, manifestement fatigué par le poids de son équipement.

Erik avança entre Brandon et Travis

— J'ai une idée, déclara-t-il. Et si, pour marquer le contraste entre vos deux visions, nous laissions Travis faire un plan de la cuisine, hein ? Une fois son projet transféré sur ordinateur, cela permettrait aux téléspectateurs de mieux réaliser la portée de vos divergences d'opinions. Nous y reviendrons au moment où il faudra choisir le matériel et les fournitures, nous pourrions même trouver des acheteurs potentiels et les faire voter.

— C'est une idée, déclara Brandon, sans conviction.

Il était vexé de cette proposition. C'était lui, l'expert, non ?

— Je ne suis pas décorateur d'intérieur, répéta Travis.

— Oui, mais je trouve intéressant que vous ayez une vision différente. Je ne vous demande pas de dessiner toute la maison, juste la cuisine. Nous montrerons le projet de Brandon, moderne et très élégant, et ensuite, le vôtre avec ses touches… euh, vintage. Cela nous ouvre beaucoup de possibilités. Nous pourrions même en parler sur les réseaux sociaux et faire appel au public. Voilà qui nous ferait de la publicité pour notre première émission !

Erik eut un sourire satisfait en ajoutant :

— Cette idée me botte, je vais de ce pas en parler à Virginia.

Brandon remarqua que Travis fronçait les sourcils.

Après un long moment, le chef de chantier acquiesça.

— D'accord, concéda-t-il, je vais voir ce que je peux faire. Mais je ne veux pas voler la vedette à Brandon, hein ? C'est à lui de décider, il a l'expérience nécessaire, pas moi. Je n'ai jamais vendu de maisons, je me contente de les rénover.

Erik acquiesça.

— Très bien. J'attends vos plans avec le détail de vos idées, nous verrons ensuite comment les présenter au public. Nous déciderons plus tard quoi en faire.

— D'accord.

Brandon s'éclaircit la gorge.

— Génial. Ceci étant décidé, pouvons-nous passer à l'étage ?

LA MAISON était un cauchemar structurel. Une fois les caméras remballées, Travis et l'un des ouvriers vérifièrent les fondations et les poutres des plafonds et du toit. Ils trouvèrent de nombreuses fissures et confirmèrent que pas mal des murs que Brandon voulait abattre étaient effectivement porteurs. Pire encore, des taches d'eau au grenier indiquaient d'importantes fuites au niveau de la toiture.

En d'autres termes, mettre la maison aux normes actuelles allait coûter cher, avant même de passer au relooking intérieur que prévoyait Brandon.

Travis était très perturbé par les idées développées par Brandon le matin même. Il n'était pas agent immobilier, certes, mais il doutait qu'un acheteur potentiel qui cherchait à habiter dans un quartier historique tienne à une cuisine d'un blanc générique. La décoration victorienne *n'était pas* moderne. C'était même dans sa définition intrinsèque.

Travis s'assit sur le sol du salon et finit de rédiger ses notes. En l'état actuel des choses, il ne pouvait pas faire grand-chose de plus. Quand Ismael, le contremaître du chantier, vint demander des instructions, Travis décida de renvoyer tous les ouvriers.

Il soupira en verrouillant la porte d'entrée de maison.

Sans doute Brandon avait-il terminé sa tâche en cours… quelle qu'elle soit, car il rejoignit Travis au salon pour annoncer qu'il partait.

Toujours assis par terre, Travis releva la tête et étudia Brandon : de sa position, l'animateur paraissait incroyablement grand. En regardant *Foyer Idéal,* Travis avait appris que « l'uniforme » de travail de Brandon était composé d'un jean de marque et d'une chemise fantaisie à manches longues. Celle qu'il portait aujourd'hui était bleu marine avec des motifs en forme de petits oiseaux blancs. Très ajusté, le tissu mettait en valeur des muscles fermes, sans doute acquis au gymnase. En vérité, Brandon ne ressemblait pas du tout au travailleur lambda, mais plus à une star du petit écran qui jouait le rôle d'un ouvrier du bâtiment.

Il était très beau. Toute une meute de coiffeurs et de maquilleurs veillait à son look avant que la caméra se mette en route, bien sûr, mais Brandon n'en avait pas vraiment besoin. Il avait de belles dents blanches, une mâchoire carrée, des bras forts et un cul ferme et bien rond – que son jean mettait en valeur. Travis se trouvait superficiel de juger Brandon sur les apparences, mais jusqu'à ce jour, Brandon ne lui avait rien présenté d'autre.

Travis revint au présent en entendant Brandon annoncer :

— Erik vous filmera demain pendant que vous commenterez vos idées concernant la cuisine.

— Ah, bon.

— Je ne suis pas d'accord avec vous, vous savez, parce que vos couleurs vives réduiraient de façon notoire le nombre de nos acheteurs potentiels. Je me souviens qu'une fois, Kayla et moi avions choisi des placards bleus dans une maison – c'était la teinte à la mode cette année-là. Eh bien, au final, nous avons dû baisser notre prix afin d'attirer des propositions.

— Je n'ai jamais dit que vous deviez suivre mes idées.

Brandon hocha la tête.

— Sans vouloir prendre la grosse tête, j'ai une certaine expérience dans ce domaine.

— Je sais.

— Le service financier m'a donné une liste de magasins agréés dans le quartier, alors je vais passer quelques appels une fois rentré chez moi. J'espère obtenir des échantillons.

— Bonne idée. Dites, avez-vous l'option de sortir de cette liste ?

— Oui, je pense. C'est mon argent que je dépense, après tout.

Travis se leva.

— Il y a à Red Hook [9] un magasin de revêtements de sol, qui propose des prix intéressants. Mon ancienne boîte se fournissait presque exclusivement chez eux, donc je connais bien les vendeurs. Je peux vous recommander, si vous voulez.

— D'accord, merci. C'est la première fois que je rénove à New York. J'ai de bonnes adresses en banlieue, mais peut-être serait-il préférable de faire travailler les locaux, si leurs tarifs sont compétitifs.

— Bien sûr.

Brandon désigna le bloc que Travis avait déposé.

— Sur quoi travailliez-vous ?

— Sur la liste des réparations à faire. Vous la voulez maintenant ?

— Non, demain, ça ira.

Soudain, Brandon tressaillit et sortit son téléphone de sa poche. Il jeta un coup d'œil à l'écran et ajouta :

— Oh, mon taxi est arrivé. Je vous laisse. À demain.

Travis le regarda partir et secoua la tête, imaginant une fois encore une cuisine blanche dans une demeure vintage.

Il était d'autant plus agacé que cette maison lui rappelait celle qu'il avait ratée l'année précédente, son offre ayant été supplantée. Il s'agissait d'une ancienne bâtisse en brique jaune près de Flatbush Avenue, à Fort

---

9 « Crochet rouge », quartier sud de Brooklyn qui rassemble les derniers dockers de New York.

Greene [10]. Travis l'avait bien connue autrefois, parce que ses grands-parents y vivaient. À la mort de son grand-père, dix ans plus tôt, ses parents avaient mis la maison en vente, et les nouveaux propriétaires l'avaient morcelée en appartements. Un an plus tôt, alors que Travis avait économisé assez pour s'acheter un logis à rénover, il était tombé sur une annonce et avait reconnu la maison de son enfance. Il était allé à la journée portes ouvertes et, malgré les changements apportés, d'anciens souvenirs lui étaient revenus en mémoire. Malheureusement, les précédents propriétaires avaient laissé la maison se délabrer. Travis avait fait une offre immédiate, mais la maison avait été adjugée à un autre. C'était le problème de l'immobilier à New York, bien sûr : il fallait de l'argent, beaucoup d'argent, pour devenir propriétaire. Pire encore, quelle que soit la somme économisée, rien n'était garanti, car un autre acheteur pouvait surenchérir. Et ce nouvel acquéreur était en droit d'enlever tout le caractère des lieux, de peindre les murs en gris, de poser un carrelage bas de gamme et de remettre, huit mois plus tard, son bien dénaturé sur le marché à trois millions de dollars.

Pour se remonter le moral, Travis décida de rentrer chez lui à pied. Le lendemain, il aurait une tonne de mauvaises nouvelles à annoncer à Brandon, car, pour le moment, toutes ses constatations indiquaient que le budget serait vite dépassé. Les coûts de l'amiante et des poutres à consolider avaient été prévus, mais pas ceux des fondations et de la réfection du toit. Et Travis *veillerait* à ce que ces réparations soient effectuées en priorité. Il se frotta la poitrine, à l'endroit où se trouvait son tatouage de tigre. La sécurité était primordiale, décida-t-il, surtout dans une vieille maison. Pas question de laisser une innocente famille s'installer dans un logement d'aspect moderne, alors que la mort guettait à l'intérieur des murs. Malheureusement, Travis savait que bien des entrepreneurs new-yorkais sans scrupules n'hésitaient pas à fermer les yeux.

En vérité, la maison d'Argyle Road, comme tant d'autres, aurait sans doute dû être abattue pour construire du neuf, mais le Service de Préservation des Demeures Historiques s'était interposé. De plus, certains acheteurs de goût tenaient à une maison centenaire, pas à une construction récente. Si les New-Yorkais voulaient du neuf, ils avaient l'option d'acheter un appartement dans l'un des nouveaux gratte-ciel du centre de Brooklyn.

---

10 « Fort vert », quartier familial au nord-ouest de Brooklyn qui abrite, en son centre, un parc du même nom.

Travis vivait à Prospect Lefferts Gardens [11], dans un studio minuscule encombré d'échantillons de papier peint et de catalogues de carrelage, même s'il avait renoncé depuis longtemps à son rêve d'acheter une maison. Le marché immobilier était trop volatil, trop risqué, et Travis en avait assez de voir ses offres rejetées en faveur de marchands de biens ou de gens plus riches que lui. La somme qu'il allait toucher grâce à ce boulot avec Restauration Channel lui permettrait peut-être, d'ici quelques mois, de mieux se positionner dans la difficile balance des offres et des demandes. Pour l'instant, il voyait mal comment espérer concrétiser son rêve.

Une fois entré chez lui, Travis se débarrassa de ses affaires près de la porte et s'assit sur le canapé. Il avait tapissé un de ses murs d'étagères, principalement garnies de livres. Il récupéra un tome sur l'Histoire de l'Architecture de la région. Eh bien, peut-être pourrait-il montrer à Brandon des exemples concrets d'aménagements intérieurs en 1917. Avec un peu de chance, leur travail serait de préserver le caractère victorien de la maison et non d'oblitérer son charme. Bien entendu, il fallait moderniser l'endroit et le sécuriser, essentiellement au niveau structurel, et faire tomber un mur ou deux, pourquoi pas, puisque cela rendrait l'espace plus fonctionnel. Mais une restauration n'était pas une rénovation complète.

Travis déposa son ordinateur portable sur la table basse et l'ouvrit. Pour commencer, il allait établir le listing des réparations indispensables. En fin de compte, la maison ne lui appartenait pas, il n'avait aucun intérêt financier dans cette opération, et Brandon et les producteurs de Restauration Channel en feraient ce qu'ils voulaient. Malgré ses réticences initiales à passer à la télévision, le concept de l'émission était intéressant, et Travis ne tenait pas trop à faire des vagues. Il accomplirait donc le travail pour lequel il était payé : déterminer et chiffrer les réparations nécessaires pour sécuriser la maison. Sur ce point-là, il ne transigerait pas, il était prêt à se battre.

Ensuite, si Erik voulait ses plans de conception de la cuisine, pourquoi pas ? Dans tous les cas, Travis était bien décidé à ne pas se mettre à dos l'animateur vedette de l'émission.

Pas trop, en tout cas.

---

11 Quartier résidentiel situé à Flatbush, Brooklyn.

IV

BRANDON DEVINA, à l'expression de Travis, que le rapport qu'il s'apprêtait à présenter allait largement dépasser les prévisions budgétaires les plus pessimistes.

Le point délicat avec ce genre d'émission était que Restauration Channel ne prenait en charge qu'une partie des charges financières. Brandon mettait également la main au porte-monnaie. En vérité, une grande partie de son argent était en jeu. Il avait les moyens de prendre des risques, dans une mesure raisonnable, mais dépasser le budget l'inquiétait néanmoins. Il ne pouvait se permettre un échec de cette ampleur. Le calcul était simple : plus les travaux étaient importants, plus le projet prendrait du temps, moins le profit serait intéressant. Une fois encore, Brandon entendit dans sa tête la voix de son défunt père – un magnat de l'immobilier new-yorkais à son époque – lui disant qu'il avait sacrément déconné en acceptant cette émission.

Le ventre noué, Brandon regarda Travis entrer dans le salon. À proximité, deux cameramen étaient prêts à enregistrer un de ces moments à lourde tension dramatique que les téléspectateurs appréciaient tant.

Travis portait un vieux tee-shirt qui, à l'origine, devait être noir. Fané par le temps et les lavages, le tissu moulait ses pectoraux et son torse. Quant au jean serré, il ne laissait pas grand-chose à l'imagination. Travis dégageait un sex-appeal brut. C'était le genre d'homme qui plaisait aux abonnés de Restauration Channel. Brandon imaginait déjà les commentaires qui fleuriraient sur les réseaux sociaux quand les femmes demanderaient à Travis de passer chez elles pour user de... euh, *ses outils*. Merde, Brandon lui-même l'aurait volontiers réclamé.

Au lieu de fantasmer, il ferait mieux de se concentrer sur son émission. Il regarda autour de lui et tenta de tout assimiler. Il chercha à imaginer à quoi ressemblerait cette pièce une fois la cheminée reconstruite, avec les murs couverts de peinture fraîche et quelques jolies touches de décoration stylée. Il obtint une vision très claire de l'espace une fois fini, ce qui ne lui était pas arrivé depuis bien longtemps. Et son enthousiasme à rénover cette maison particulière ne cessait de l'étonner. Brandon était certain d'avoir la capacité de réaliser un chef-d'œuvre, même si Travis s'apprêtait à dire que la réhabilitation structurelle serait plus coûteuse que prévu.

— Bien, déclara Travis, j'ai terminé mon rapport. Voici le récapitulatif de mes notes. Euh…

Il jeta un coup d'œil aux caméras, manifestement gêné d'être filmé.

— Coupez, déclara Erik.

Le réalisateur était encore là, dans un coin, à superviser la prise. Il avança et déclara :

— Travis, vous devez être plus sûr de vous. Parlez avec autorité. Nous savons que Brandon est sur le point d'apprendre une mauvaise nouvelle. C'est dommage, mais c'est comme ça. Vous pouvez faire preuve d'empathie, mais les téléspectateurs doivent être tenus au courant. D'ailleurs, vous allez devoir nous montrer en détail la nature des problèmes, les énumérer ne suffira pas.

L'expression de Travis changea, comme s'il se préparait à répondre à ce que l'équipe de tournage attendait de lui. Brandon serra les dents, conscient que son désarroi allait devoir apparaître à l'écran. C'était nul, mais il comprenait les exigences du métier. Personne ne s'intéressait à des travaux sans soucis ! Dans une maison aussi ancienne et délabrée, c'était d'ailleurs impossible, alors la question était : « comment notre héros allait-il s'en sortir ? »

Brandon se le demandait aussi. Il était maintenant impatient d'en savoir davantage sur les problèmes, afin de pouvoir étudier au plus tôt comment y remédier.

Travis hocha la tête.

— Suivez-moi au sous-sol, déclara-t-il.

D'un geste, Erik ordonna aux caméras de recommencer à filmer et les uns derrière les autres, les hommes du petit groupe s'engagèrent dans l'escalier menant au sous-sol.

Une fois arrivé là, Travis reprit la parole.

— J'ai vérifié auprès des services techniques et, d'après leurs archives, les derniers travaux effectués dans cette maison datent de 1983. Malheureusement, ils ont été très bâclés. Pour commencer, regardez là.

Il se pencha pour saisir le bord d'un tapis posé contre le mur. Malgré lui, Brandon loucha sur la bande de peau exposée entre le bas du tee-shirt et la ceinture du jean. Il se reprit vite et étudia ce que Travis montrait.

Le sous-sol était en béton brut. Sans doute les anciens propriétaires l'utilisaient-ils comme buanderie, car il y avait un évier, les branchements électriques et les vidanges nécessaires pour une machine à laver et un sèche-linge.

Travis pointa du doigt.

— Vous voyez? Il y a une fissure dans la fondation. Il va falloir consulter un ingénieur pour savoir comment réparer et consolider la structure. Ce n'est peut-être rien, juste le fait que la maison se soit tassée au bout d'un siècle, mais…

Il jeta un coup d'œil à la caméra,

— … c'est peut-être plus grave. Autre chose…

Il sortit un mètre-ruban métallique de la ceinture-outils qu'il portait, le déploya et s'en servit pour désigner le plafond.

— Autrefois, enchaîna-t-il, il y avait ici un mur porteur ou des piliers. Ils ont été supprimés de façon inconsciente, car l'étage du dessus, n'étant plus correctement soutenu, il commence à s'affaisser ici, vous voyez? Comment sécuriser la structure? C'est une autre question primordiale à poser à l'ingénieur consultant.

Brandon laissa échapper un soupir. Son cœur battait la chamade.

— Bien sûr, vous avez raison.

Travis hocha la tête.

— Maintenant, je vais vous demander de remonter dans la cuisine.

Il passa le premier et s'engagea dans l'escalier. Une fois encore, tout le monde lui emboîta le pas. En arrivant dans la cuisine, Travis avança jusqu'au mur qui, près d'une fenêtre, formait un coin repas. Une partie de ce mur avait été arrachée pour révéler l'intérieur : tout était pourri.

— Qu'est-ce qui a provoqué de tels dégâts? demanda Brandon. Les termites. Rassurez-vous, elles ont disparu depuis longtemps. En revanche, il faut remplacer tout le bois. Et il y a des souris et des cafards dans les murs. Il faut faire venir une équipe de désinfestation avant de pouvoir commencer les travaux. Les tuyaux du chauffage sont tous enveloppés d'amiante, ils sont donc à remplacer. De toutes les façons, ils n'étaient plus conformes, nous mettrons à la place un nouveau système. Je n'ai pas trouvé d'amiante ailleurs, donc la dépense concernant ce poste sera probablement à revoir à la baisse par rapport au budget.

À chaque parole de Travis, Brandon entendait mentalement tinter un tiroir-caisse et voyait son addition empirer. Bien entendu, tous ces travaux étaient indispensables pour sécuriser la maison et envisager de pouvoir la revendre, mais si la dératisation et le désamiantage avaient été prévus, ce n'était pas le cas de l'enquête structurelle et des dalles de béton au sous-sol.

31

— Autre chose ? grinça Brandon.

Très à l'aise malgré cette accumulation de mauvaises nouvelles, Travis traversa la pièce et désigna un autre mur.

— Ce mur est porteur, déclara-t-il. Si vous tenez absolument à le faire tomber, il faudra demander à votre ingénieur comment le remplacer par une poutre de soutien, ce qui sera coûteux. Au fait, il faudra aussi faire des tests pour la peinture au plomb.

Brandon soupira.

— Le plomb. Ah, oui, je n'y avais pas pensé. Avez-vous une idée du surcoût à prévoir pour tous ces travaux structurels ?

Travis secoua la tête.

— C'est difficile à dire tant que j'ignore la vraie nature du problème. Au mieux, il faut quand même prévoir cinquante mille dollars.

Brandon hocha tristement la tête. Le budget allait en prendre un sacré coup.

— En quoi ces travaux vont-ils affecter la décoration intérieure ? s'enquit-il.

— Dans tous les cas, il va falloir décaper les murs. Dans une maison aussi ancienne, c'est seulement des lattes et du plâtre, et peut-être aussi du grillage métallique, ce qui est difficile à enlever. Il faudra ajouter des heures de main-d'œuvre.

Brandon serra les lèvres et regarda autour de lui.

— Je m'inquiète surtout d'un retard. Combien de temps ces travaux supplémentaires vont-ils prendre ?

— Une semaine ou deux, répondit Travis. Une fois encore, cela dépendra de l'importance des réparations structurelles.

— Très bien. Pour compenser une partie de ces frais, je réduirai le budget alloué à la conception. Et je présume que vous n'avez pas encore chiffré la plomberie et l'électricité ?

— La plomberie n'est pas ma spécialité, mais en ce qui concerne l'électricité, tout est à moderniser et surtout à mettre aux normes. Le câblage est également à refaire.

— D'accord. Je vais donc faire venir au plus vite un ingénieur et un plombier, et rectifier le budget en conséquence.

Travis hocha la tête. À la demande d'Erik, il se rapprocha de Brandon pour que tous deux apparaissent ensemble à l'écran.

Travis ouvrit la bouche, comme s'il voulait dire quelque chose, puis il se ravisa. Peu après, il s'éclaircit la gorge et déclara :

32

— N'aviez-vous pas inspecté la maison avant de l'acheter ?

— Si. Nous l'avons acquise « en l'état ».

— Hmm.

Sensible au sarcasme de ce grognement, Brandon croisa les bras et toisa Travis.

— Je préfère de loin affronter en direct les problèmes et laisser notre équipe les résoudre plutôt que pousser les vendeurs à bricoler des réparations bâclées pour une vente plus rapide. Comme ça, au moins, je sais que les travaux seront bien faits et que je pourrai m'en porter garant en revendant la maison.

Travis soutint son regard et hocha la tête.

— Je vois. Vous avez raison, c'était la meilleure solution. Mais comme la démolition a à peine commencé, je crains que nous tombions sur d'autres surprises cachées. Une fois que nous aurons tout démonté, nous aurons une meilleure idée de ce qui nous attend.

Brandon acquiesça. Une équipe était censée commencer la démolition aujourd'hui, mais s'il y avait de l'amiante sur les tuyaux, les ouvriers ne pourraient pas faire grand-chose.

— Par quoi conseillez-vous de commencer, Travis ?

— Par la cuisine et les salles de bain. Tout doit s'en aller. Au fait, j'ai dessiné un plan pour la cuisine, donc, si vous voulez, on peut en parler.

— Très bien, allons-y.

AU COURS des heures suivantes, les caméras suivirent les ouvriers qui arrachaient les placards de la cuisine et transportaient les toilettes, lavabos et éviers dans la benne devant la maison. Erik leur conseilla à tous d'être plus enthousiastes pendant ce grand déballage.

Travis intervint assez peu au début. En revanche, il passa une vingtaine de minutes devant la caméra à décrire son projet de cuisine. Il avait allié un style ancien pour les placards à de l'électroménager moderne. Brandon resta un peu à l'écart, les lèvres pincées, comme s'il n'approuvait pas.

Travis s'étonnait d'être à ce point conscient de la présence de Brandon. En fait, ça le contrariait. Il participait à une émission télévisée pour la première fois, mais sinon, c'était pour lui un chantier comme un autre, et il avait pour règle de ne jamais s'impliquer avec un client. C'était à ses yeux une question d'éthique.

Brandon l'agaçait, cela ne faisait aucun doute. En partie parce que sa vision de la maison offensait tout ce à quoi croyait Travis, mais surtout parce que plus Travis passait de temps avec lui, plus il était attiré.

Aujourd'hui, Brandon portait une chemise Vichy à manches courtes dont les deux premiers boutons étaient défaits. Travis ne cessait de loucher sur le cou dénudé et les pectoraux qui gonflaient sous le tissu. C'était troublant. De plus, la journée était anormalement chaude, et Brandon transpirait. Alors que Travis décrivait les teintes qu'il envisageait pour la cuisine, une perle de sueur apparut à la racine des cheveux blonds de Brandon et glissa sur sa tempe, puis sa joue. Travis éprouva l'envie absurde de la lécher.

Une fois libéré de la caméra, Travis récupéra un marteau et rejoignit les hommes dans la cuisine. Brandon en prit un aussi et se mit au travail sur les placards. Pendant un moment, Travis apprécia le jeu de ses muscles, puis il fut appelé pour régler différents problèmes : un tuyau qui fuyait dans une des salles de bain avait provoqué un dégât des eaux, les murs de la cuisine révélèrent d'étranges câblages et une plomberie désuète. À chaque découverte, Travis devait parler du problème devant Brandon et un cameraman.

Il nota très vite l'affolement de plus en plus irrépressible de Brandon.

En fin de journée, Travis fit un dernier bilan.

— Encore une mauvaise nouvelle, Brandon, commença-t-il. Je suis désolé.

— Je préfère ne rien savoir, déclara Brandon.

Il passa la main dans ses cheveux ébouriffés et avoua :

— J'ai eu ma dose pour aujourd'hui.

Il plaisantait, mais Travis ne répondit pas à son sourire.

— Les dégâts causés par les termites dans la cuisine sont plus importants que prévu. Le mur extérieur nécessitera sans doute des travaux.

— Bon sang ! On se demande vraiment comment cette maison tient encore debout !

Travis était tout à fait conscient que, vu son état de délabrement avancé, la maison aurait pu – *aurait dû* – être abattue pour bâtir du neuf.

— Tout est réparable, se contenta-t-il de dire. Mais c'est coûteux.

Les mains sur les hanches, Brandon soupira.

— Très bien. Nous trouverons un moyen.

Erik les rejoignit pour dire :

— Après ce dernier scoop, nous allons remballer pour aujourd'hui.

34

L'équipe de production ne se le fit pas dire deux fois. Profitant du brouhaha des préparatifs, Travis prit Brandon à part.

— Vous ne pensez pas que je vous crée délibérément des problèmes, j'espère ?

Brandon lui lança un regard en biais, puis il secoua la tête.

— Non, bien sûr que non. Je savais bien, avant de me lancer, que cette rénovation à risques allait représenter un énorme investissement financier.

— Votre budget n'est pas illimité, j'en suis conscient, alors je me disais que nous pourrions sans doute gratter sur certains points de l'aménagement intérieur. Si vous évitiez d'abattre tous les murs du premier étage…

Brandon se hérissa.

— Les gens veulent de l'open space !

Ce n'était pas toujours vrai, Travis le savait d'expérience. L'année précédente, un de ses clients avait au contraire réclamé de nouveaux murs dans sa *brownstone*. Mais il ne tenait pas à braquer Brandon.

— Là n'est pas la question.

Brandon se frotta le front.

— Quand vous indiquez que la maison a des problèmes, je sais que vous n'essayez pas de saboter l'émission, vous faites juste votre travail. Laissez-moi faire le mien. Le design, ça me connaît.

— Avez-vous déjà retapé une maison dans ce quartier ?

— Non.

Travis hésita, essayant de décider s'il voulait vraiment se lancer dans une discussion pareille.

Brandon s'impatienta vite.

— Si vous avez quelque chose à me dire, parlez !

Travis laissa échapper un soupir.

— Je tiens à la réussite de votre émission, Brandon, mais je tiens aussi à ce que cette maison, à la fin des travaux, soit à la fois belle et rentable. Alors sachez bien que si je ne suis pas d'accord avec vos idées, j'agis avec de bonnes intentions. Au final, c'est votre projet et votre argent, donc vous ferez ce que vous voulez, même si vous vous décidez pour le moderne générique. Je tenais juste à vous rappeler que vous êtes ici dans un quartier historique et victorien, aussi la préservation me paraît-elle une option bien plus sûre que la neutralité banlieusarde. Les acheteurs qui prospectent à Brooklyn tiennent à une maison originale.

— C'est peut-être ce qu'ils disent, mais quand il s'agit d'acheter, ils préfèrent les couleurs neutres et les espaces ouverts. Le charme ancien, c'est bien gentil, mais ce qui se vend, c'est le fonctionnel. La disposition actuelle de l'étage est une catastrophe ! Il n'y a même pas de véritable chambre des maîtres. Qui achèterait une maison de cette taille sans suite parentale ?

La température de la pièce monta de quelques degrés. Travis n'était pas d'accord. Certains quartiers ou bâtiments réclamaient peut-être des tons neutres, mais pas tous. Travis avait travaillé sur de nombreux appartements datant d'avant-guerre qui, après rénovation, étaient devenus de magnifiques logements dignes d'un catalogue de design contemporain.

Cette maison était un cas totalement différent. Travis avait souvent l'impression que les vieilles poutres pourries lui parlaient, le suppliant de laisser à la maison son atmosphère spécifique.

Il enchaîna :

— Je n'ai jamais dit que vous ne deviez pas moderniser la maison, Brandon. Je pense seulement que vous devriez essayer de préserver son côté unique. Par exemple, nous perdrons sans doute certaines moulures au cours du désamiantage, mais il est possible de les photographier et de les recréer après avoir installé de nouvelles cloisons.

Une fois encore, Brandon posa les mains sur ses hanches.

— Pourquoi pas, mais je tiens à une cuisine moderne. Si on oublie l'alu ou la laque, qui sont assez chers, nous pourrions avoir de simples placards blancs. Avec le blanc, on ne peut pas se tromper !

— Du blanc ? La maison a été construite à une époque où les placards étaient en bois et moulurés !

— Le bois, ça fait vieux, désuet ! Les gens veulent avoir chez eux ce qu'ils voient sur Restauration Channel ou dans les magazines de décoration. Croyez-moi, je sais ce que je dis, je suis dans la partie depuis longtemps.

Travis ne comptait pas entrer en rivalité avec Brandon pour savoir lequel des deux pissait le plus loin.

— Ça fait quinze ans que je rénove des maisons à Brooklyn. C'est un marché concurrentiel, mais lucratif quand vous présentez un produit qui se démarque des autres. Si vous voulez gagner le jackpot, votre maison doit être unique. Une fois encore, un acheteur qui s'intéresse à une maison bâtie en 1917 ne veut pas d'un décor contemporain. Si c'était le cas, il irait prospecter dans les quartiers adjacents où pullulent de nouveaux immeubles tous plus moches les uns que les autres.

Buté, Brandon secoua la tête.

— Non. Je fréquente les acheteurs depuis des lustres, il ne faut jamais croire ce qu'ils disent. Les gens d'aujourd'hui ont des attentes bien arrêtées. De plus, il faut que la maison passe bien à la télévision.

Travis le dévisagea, éberlué.

— Et vous pensez atteindre ce but avec de la moquette beige et des murs gris ?

— Non, mais…

— L'idée que cette maison va perdre tout son charme me consterne.

— Elle ne perdra rien ! s'offusqua Brandon, sincèrement outré d'une telle accusation.

Cette conversation était ridicule, décida Travis. Le pire étant qu'il continuait d'être super attiré par Brandon. L'animateur était magnifique dans sa colère, avec ses joues enflammées et ses cheveux hérissés. Travis était très tenté de glisser la main dans ces mèches rebelles, mais il tenait plus encore à aller au cœur du problème. Il n'avait aucune chance de toucher un jour à ce bel hétérosexuel, mais peut-être réussirait-il à le persuader d'être moins radical dans ses idées modernes.

— Pourriez-vous au moins réfléchir à ce que je vous ai dit, Brandon ? plaida-t-il. Et peut-être réviser un peu votre conception.

— Non ! Je sais ce que je fais !

Brandon était braqué maintenant, trop offensé pour faire marche arrière. Merde, regretta Travis.

— Bien entendu. Mais j'ai d'autres idées et je les maintiens. N'est-ce pas ce qu'Erik m'a demandé de faire ?

— Votre travail, coupa Brandon, sèchement, c'est de gérer les termites et l'amiante. Le design, c'est ma partie.

Travis leva les mains.

— D'accord, comme vous voudrez.

— Je dois rentrer. À demain.

Si Brandon avait parlé assez calmement, il n'en sortit pas moins en trombe de la maison, laissant Travis seul avec l'équipe d'ouvriers. Travis ne s'en offusqua pas, car il n'avait pas fini sa journée. Il secoua la tête et se remit au travail.

V

— D'APRÈS VOUS, l'émission ne serait-elle pas meilleure avec un second animateur ? demanda Brandon.

Virginia et Garrett Harwood se regardèrent. Tous trois étaient assis autour d'une table de conférence dans les bureaux de Restauration Channel, à Manhattan. Harwood avait organisé cette rencontre pour savoir comment se passait le tournage. Justement, Brandon commençait à remettre en question son aptitude à animer seul une émission de cette envergure. Presque toutes les autres séries de Restauration Channel étaient présentées par une paire – parfois un couple, parfois un frère et une sœur – ce qui leur permettait d'échanger des idées à l'écran.

En vérité, Brandon s'inquiétait surtout de paraître stupide ou incompétent. Il était censé être un expert en matière de design, pas vrai ? Alors pourquoi Travis s'obstinait-il à critiquer ouvertement ses idées. Avec *Foyer Idéal,* Brandon avait relooké des centaines de maisons. L'émission avait duré pas loin de deux cents épisodes avant que les terribles photos de Kayla défrayent la chronique.

Devant lui, Virginia et Harwood eurent une sorte d'échange muet. L'instinct de Brandon s'éveilla : que savaient-ils qu'il ignorait ?

— Quoi ? demanda-t-il.

— Eh bien, répondit Virginia, nous pensions donner à Travis un rôle plus important dans l'émission. Il ne sera pas vraiment un second animateur, bien entendu, mais la dynamique qui existe entre vous nous semble intéressante.

Brandon sursauta.

— Il n'y a pas de *dynamique* ! protesta-t-il. Nous ne faisons que nous disputer.

Harwood haussa les sourcils en silence.

— Justement, ajouta Victoria.

— Je ne comprends pas, admit Brandon.

— Ce conflit qui existe entre vous est très vendeur. Ces duels verbaux sont… une manne pour une émission télévisée.

— C'est tendu, insista Harwood.

— C'est convaincant, trancha Virginia. Voyons, Brandon, Kayla et vous aviez aussi des échanges animés concernant certaines de ses idées que vous jugiez excentriques. Vous souvenez-vous du jour où elle parlait de mettre un lustre dans une salle de bain ?

— Bien sûr, reconnut Brandon.

Pour une fois, la dispute devant la caméra n'avait pas été du cinéma. Un lustre dans une salle de bain ? C'était une extravagance ridicule, il en était toujours convaincu. Les six cents dollars dépensés par Kayla auraient été plus utiles ailleurs : ils auraient pu couvrir une partie de la facture du revêtement de sol, le carrelage d'une salle de bain ou une nouvelle fenêtre…

Virginia se pencha en avant :

— Cette tension entre Travis et vous, c'est de l'or, déclara-t-elle, cela crée du suspense. Le public ne cessera de se demander : « Brandon et Travis vont-ils résoudre leur conflit et trouver un compromis ? »

Harwood hocha la tête.

— D'autre part, ajouta-t-il, les téléspectateurs jugeront vos compétences d'après votre aptitude à résoudre les problèmes rencontrés. Compromis ou pas, ils s'attendront à un beau produit final. Et cela rendra l'émission intéressante.

Bien sûr.

Brandon laissa échapper un soupir.

— D'accord, d'accord. Dans ce cas, je reste le seul animateur et je continue d'argumenter avec Travis. Cependant, concernant la décoration intérieure, j'aurai besoin d'un coup de main, parce que Travis a peut-être raison : mon projet originel est sans doute trop moderne pour la maison et pour le quartier.

En toute sincérité, Brandon en était presque convaincu, mais l'insistance de Travis l'avait braqué. Et puis, Travis n'étant pas architecte, comme il ne cessait de le répéter, Brandon préférait consulter un vrai professionnel.

— Je pensais à Kayla, ajouta-t-il. Vous n'y voyez pas d'inconvénient, je présume ?

Architecte d'intérieur hors pair, Kayla était mieux versée que lui dans les placards en bois et les papiers peints à l'ancienne.

L'œil allumé, Virginia releva le menton.

— Cela pourrait nous booster notre audimat ! s'exclama-t-elle. Le public aimera que vous puissiez encore travailler ensemble malgré vos différends conjugaux.

— Quels différends? protesta Brandon. Même si notre mariage a sombré, il n'y a aucune inimitié entre nous. Kayla et moi avons gardé d'excellents rapports.

C'était la vérité, bien qu'il ait peu parlé à son ex ces derniers temps. Elle lui manquait, reconnut Brandon. Autrefois, il appréciait en fin de journée de discuter avec elle devant une bière : ils évoquaient leurs problèmes professionnels parfois, mais ils parlaient aussi de tout et de rien.

Virginia le toisa, sceptique

— Vraiment? Prétendriez-vous avoir divorcé à l'amiable? D'après ce que j'ai lu dans les journaux…

— Je ne me remettrai pas avec elle, trancha Brandon, mais nous sommes restés amis, et j'apprécie toujours son œil de décoratrice.

Plus Travis se montrait contrariant, plus Brandon sentait qu'il avait besoin d'aide.

Harwood fronça les sourcils.

— Eh bien, comme vous le savez, nous avons déjà racheté le contrat de Kayla.

Brandon se renfonça dans son fauteuil avec un soupir. C'était tellement injuste ! Il regrettait tous les jours de ne plus travailler avec Kayla ! Dans cette nouvelle émission, il se sentait rarement à la hauteur, aussi aurait-il aimé pouvoir compter sur une alliée sur le plateau. Au départ, Brandon avait apprécié le professionnalisme de Travis, mais plus le temps passait, plus son chef de chantier devenait un antagoniste qui ne faisait que lui apporter des mauvaises nouvelles. Bien sûr, Brandon reconnaissait que les réparations recommandées par Travis étaient nécessaires, sinon vitales, mais chaque nouvelle idée alourdissait le budget de cette opération immobilière.

Et pourtant…

Il reprit un peu fraîchement :

— Si la présence de Kayla vous pose un problème, elle n'apparaîtra pas devant la caméra, et je trouverai le moyen de la rémunérer hors budget. Je veux juste son avis. Elle a toujours des idées intéressantes.

— C'est vrai, reconnut Virginia. Aux yeux de nos téléspectateurs, la décoratrice, c'était elle, tandis que vous, Brandon, étiez le travailleur manuel capable de manier le marteau.

Elle réfléchit un moment, les yeux dans le vague. Une fois sa décision prise, elle acquiesça.

— D'accord, faites-la venir en tant que consultante en design. Nous la rémunérerons par indemnité journalière.

— Merci. Je pense qu'elle nous sera très utile, même si elle ne reste qu'un jour ou deux.

Harwood le considéra pensivement.

— Je m'étonne de vous voir tellement pressé de retrouver celle qui vous a trompé, déclara-t-il.

Brandon s'enflamma.

— Elle ne m'a pas… Rien ne s'est passé comme les journaux l'ont raconté.

Harwood leva une main apaisante.

— D'accord. De toute façon, cela ne me regarde pas, mais aux yeux de nos abonnés, elle a tous les torts, alors évitez d'être trop gentil avec elle devant la caméra.

Brandon soupira.

— Vous savez comme moi que la télé-réalité ne présente jamais la *vraie* réalité. Et les gens regardent Restauration Channel pour se calmer ou penser à de jolies maisons de façon virtuelle, non ? Nous n'avons pas à donner dans le mélodrame. Ce n'est pas une émission destinée aux femmes au foyer.

Virginia croisa les bras, la mine revêche.

— Qu'avez-vous contre ce genre d'émissions ? Je gérais l'une d'elles avant d'obtenir ce poste de productique.

— Je sais, reconnut Brandon, d'un ton plus calme. Je ne les critiquais pas, je disais juste que mes émissions n'entraient pas dans ce cadre.

— Pourtant, insista Virginia, la tension qui existe entre Travis et vous est très convaincante. Dans un autre contexte, je parlerais même de tension sexuelle.

Surpris par ce commentaire inattendu, Brandon éclata de rire. Il connaissait la nature de son problème, bien sûr : la frustration, car il était attiré par Travis, attiré à un point ridicule. Il préférait ne pas y penser, surtout depuis que leur relation devenait si conflictuelle. De plus, il ne pouvait s'impliquer avec un homme et espérer rester étiqueté comme «hétéro» dans la profession.

— C'est une excellente opportunité à exploiter, enchaîna Virginia. À New York, Chase est un nom qui reste associé à l'immobilier.

Là, Brandon faillit se mettre en colère pour de bon. Son père, John Chase, avait été pendant trois décennies un magnat de l'immobilier, des années soixante-dix à quatre-vingt-dix. Il avait investi dans d'énormes projets de construction et ajouté d'innombrables gratte-ciel au panorama new-yorkais. Son titre de gloire était le magnifique hôtel St Joseph dans l'Upper West Side [12]. Le nom de John Chase, même s'il ne dépassait pas les limites de la ville, était encore bien connu à New York par tous ceux qui s'intéressaient de près ou de loin à l'immobilier. Le frère aîné de Brandon, Robert Chase, dirigeait désormais l'entreprise familiale. Brandon, lui, avait tenu à réussir de son propre chef.

Il reconnaissait cependant que sa famille l'avait aidé au fil des ans. Par exemple, l'argent hérité de son père finançait une grande partie de son projet en cours. C'était sans doute ce qui expliquait pourquoi Brandon entendait plus souvent que d'habitude son père s'adresser à lui dans sa tête. L'opinion paternelle concernant cette restauration risquée lui pesait depuis le premier jour.

John Chase avait été un homme exigeant, un père dur et sans compromission. Dans les affaires, il n'avait pas été tendre et, de ce fait, il avait eu beaucoup d'ennemis. Étant fort intelligent, travailleur et brillant, il attendait ces mêmes qualités de ses fils. L'aîné, Robert, avait été son favori, son héritier ; le cadet, Luke, l'apprenti ; et Brandon, « le bébé », l'irréductible indépendant. Et pourtant, se demandait Brandon, pouvait-il réellement être qualifié d'« indépendant », alors que l'argent paternel lui servait encore à acheter des maisons ? Il ne cessait de penser aux paroles de son père : « Attention, fils. Ne me déçois pas. L'échec n'est pas une option. »

Brandon se frotta le front et essaya de cacher sa détresse.

— Je préférerais ne pas impliquer ma famille dans cette émission.

Virginia leva les mains

— Très bien.

Brandon s'inquiéta de perdre le contrôle de la situation. Il avait travaillé dur pour se créer une image médiatique lisse : celle d'un animateur grand public, amical et compétent. De quoi approcher un peu le genre de succès immobilier dont John Chase, s'il était encore en vie, aurait pu être fier. Le fait de passer à la télé ouvrait à Brandon des portes qu'il n'aurait pas obtenues autrement, il le savait. De plus, s'être créé un nom lui donnait l'agréable sensation de ne pas trop stagner dans l'ombre paternelle. Ayant eu l'occasion de jouer au théâtre à l'école secondaire, il en avait gardé un goût immodéré pour les feux de la rampe – sauf quand les titres des journaux à scandale lui étaient défavorables.

Il se souvint alors d'un fait étrange : le soir où Kayla était revenue à la maison pour lui raconter ce qui s'était passé au restaurant, ils avaient

---

12 Quartier situé au nord-ouest de Manhattan, entre Central Park et l'Hudson.

décidé ensemble qu'il était temps de mettre fin à leur mariage, et là, pour la première fois, Brandon avait envisagé un avenir différent, une vie loin des projecteurs. Il avait presque eu la sensation de goûter à une liberté jusqu'alors inconnue. D'un autre côté, allait-il vraiment renoncer à cette image publique qui lui avait demandé tant d'efforts ? Que lui resterait-il ensuite ? Quelque part, il ne savait plus trop qui il était vraiment.

Ensuite, il avait été entraîné dans ce relooking de maisons victoriennes.

Harwood reprit la parole :

— L'autre raison de votre convocation, Brandon, c'est que nous avons une seconde maison en vue. Conclure la vente est toujours un procédé assez long, aussi avons-nous pensé qu'il serait préférable de s'y atteler le plus tôt possible.

— Cette émission va me ruiner ! déclara Brandon, rembruni.

Financièrement parlant, il aurait préféré terminer sa première opération immobilière et encaisser le prix de vente avant d'investir dans un second projet, mais il comprenait que, pour espérer enchaîner les épisodes, deux chantiers au moins devaient se chevaucher.

Il pensa à la maison d'Argyle Road : Travis devait s'y trouver, occupé à superviser les ouvriers qui travaillaient ce matin. Le désamiantage étant terminé, une autre équipe intervenait. Brandon reconnut qu'il aimait beaucoup cette maudite maison.

En fait, c'était ce qui avait fini par le persuader de la voir comme Travis le faisait : une antiquité de valeur à restaurer, pas une ruine à abattre ou à éradiquer. Travis avait raison, la maison avait du charme et, dès le premier jour, Brandon y avait été sensible. C'était pourquoi il s'était investi dans l'émission de Restauration Channel. Ce serait dommage de priver la maison de son caractère.

Du coup, Brandon était pris dans un dilemme : comment ne pas perdre toutes ses billes tout en prenant les meilleures décisions possibles pour l'émission, pour la maison d'Argyle Road et toutes celles à venir ? Il était dépassé et il le savait.

Harwood continuait à parler :

— Pour maintenir l'intérêt du public, nous avons pensé à quelques épisodes dans lesquels vous et vos hommes rénoveriez d'autres maisons du quartier. Pour le prochain chantier, nous avons déjà un acheteur potentiel, ce qui allégerait votre charge financière. Connaissez-vous Jessica Benton ?

Brandon retint son souffle. Jessica était une star – même si elle prétendait détester la célébrité et ne vouloir que jouer. En général, les paparazzis new-yorkais avaient plutôt tendance à ignorer ces divas capricieuses, mais une récente photo de Jessica parue dans la presse la présentait qui quittait son gymnase et prenait un café dans un quartier populaire de Park Slope [13]. Son mari, également acteur, bien que moins connu qu'elle, venait de tenir un rôle majeur dans une série de prestige de HBO [14]. Jessica Benton était tout à fait du genre à acheter une maison à Brooklyn.

— Veut-elle acheter pour habiter ou pour réaliser une opération rentable ?

— Ce n'est pas encore très clair, déclara Virginia, mais si elle veut jouer au marchand de biens, cela pourrait faire un épisode amusant. Les téléspectateurs adorent les stars, et le sujet reste dans le thème de notre émission. De plus, Jessica paierait la majeure partie de la facture.

— Je suis partant, déclara Brandon.

Pourtant, l'idée de travailler avec une star de cinéma le rendait nerveux. Bien sûr, lui aussi, ces derniers temps, avait un statut de « célébrité » à cause des tabloïds qui ne cessaient d'exposer son récent divorce. D'un autre côté, la perspective d'ouvrir un nouveau projet sans avoir à le financer était une tentation presque irrésistible.

— D'accord, déclara Harwood. Je vous tiendrai au courant. L'affaire n'est pas encore conclue, mais à mon avis, c'est tout comme.

Virginia se frotta les mains.

— Cela va booster notre audimat, déclara-t-elle, satisfaite. Brandon est déjà connu grâce à son nom. Si nous réussissons en plus à attirer des stars comme Jessica Benton, les gens se battront pour regarder nos émissions. Je vois déjà les bandes-annonces !

Brandon les trouvait un peu trop optimistes, car il avait encore du mal à concevoir comment tout cela allait s'organiser, mais il était désormais trop impliqué pour reculer.

Il esquissa un sourire forcé.

— C'est très excitant.

En vérité, il était terrifié.

UNE FOIS les ouvriers partis, Travis s'attarda pour mettre ses notes au propre et établir une liste des travaux prioritaires pour les prochains jours.

---

13 Quartier aisé du nord-ouest de Brooklyn.

14 Chaîne de télévision payante américaine qui fait partie du groupe Warner Media.

Le désamiantage était achevé, les spécialistes en avaient terminé avec la dératisation et les autres exterminations de parasites, les rénovations se poursuivaient. Les travaux de démolition ayant pris fin, la prochaine étape importante serait de résoudre le problème structurel des fondations de la maison.

Brandon entra dans le salon, où Travis était assis sur une chaise pliante installée devant un chevalet qu'il utilisait comme bureau. La plupart des lattes et du plâtre ayant été ôtés, Travis était entouré par des piliers de soutènement temporaires. Il vit donc Brandon arriver de l'autre côté de la maison.

Travis l'examina, enchanté du spectacle. Aujourd'hui Brandon portait une chemise à carreaux violets et noirs qui mettait son torse en valeur et un jean ajusté, sans être trop serré, qui lui seyait à merveille. Il était dans une forme physique remarquable !

Mécontent du tour que prenaient ses pensées, Travis secoua la tête. Il ne *voulait pas* trouver Brandon attirant.

Brandon avança vers lui

— J'ai à vous parler, déclara-t-il.

— Je vous écoute.

— Voilà, j'essaie de prendre en compte vos arguments concernant mes projets. Je vais donc faire appel à un architecte consultant pour bénéficier d'un autre avis.

Travis se frotta la tête.

— Bonne idée. Qui est-ce ?

— Kayla Chase.

Eh bien, en voilà une surprise.

— Votre ex-femme ? vérifia Travis.

— Oui.

Travis avait du mal à comprendre. Dans son cas personnel, ses ex étaient très loin d'avoir été exceptionnels, aussi s'était-il très bien porté de ne plus les revoir.

— Ça ne vous pose pas de problème de travailler avec elle ?

— Je supporte de travailler avec vous, non ? rétorqua Brandon. Kayla, au moins, ne passe pas son temps à me contredire.

— Et moi non plus ! s'enflamma Travis.

— Si, et vous le faites justement en ce moment précis !

Travis laissa échapper un soupir.

— Je ne cherche pas délibérément à vous agacer, vous savez. J'aime ce travail et je tiens à le garder.

Il n'était pas tout à fait sincère, car aiguillonner Brandon l'amusait. L'animateur n'était jamais plus séduisant que lorsqu'il était en colère. De plus, c'était un adversaire énergique qui renvoyait volontiers les coups – verbaux – qu'il recevait. Travis avait pris goût à ces échanges animés. Il trouvait juste sacrément gênant d'être autan5 attiré par un homme avec lequel il était censé travailler, surtout alors que ses collègues sur le plateau ignoraient tous sa véritable orientation sexuelle.

Parfois, alors que Brandon et lui étaient pris dans un duel verbal particulièrement enflammé concernant le style des portes de placards ou les murs porteurs, Travis se demandait si Brandon ne ressentait pas également une certaine attirance pour lui. Mais c'était très probablement une illusion née de son imagination.

Brandon s'adossa au mur extérieur,

— Le plus dingue, déclara-t-il, c'est que la chaîne adore notre antagonisme ! J'ai eu hier une réunion avec Virginia et Garrett Harwood et, d'après eux, nos disputes passent exceptionnellement bien à l'écran.

— Vous êtes sérieux ?

C'était idiot, c'était même risible, mais au fond, que connaissait Travis de la télévision ? En y réfléchissant, il pouvait comprendre que, si la rénovation se passait trop bien, les téléspectateurs s'ennuieraient vite, ce qui nuirait à l'émission.

Brandon haussa les épaules.

— Oui.

— Alors, enchaîna Travis, vous allez consulter votre ex pour ajouter une touche de mélo ?

Brandon soupira.

— Non, pas du tout. Vous m'avez convaincu de renoncer à un design trop moderne, du coup, je commence à douter. La chaîne a une totale confiance en mes compétences, mais personnellement, je pense qu'il est temps de les remettre en question. J'ai voulu faire ce que j'avais toujours fait, sans tenir compte du quartier et des spécificités de la maison. Kayla est une excellente architecte et elle devrait avoir une meilleure idée que moi de ce que veulent les acheteurs de Brooklyn.

Il ferma les yeux et appuya sa tête contre le mur.

— Entre elle et moi, ajouta-t-il, il n'y a jamais eu de carabistouilles.

— Vraiment ? s'étonna Travis. Je croyais qu'elle vous avait trompé.

Ces derniers temps, il regardait sur Google toutes les nouvelles concernant Brandon et les histoires que racontaient les tabloïds lui paraissaient dingues. Même si les faits étaient exagérés ou déformés, les photos ne mentaient pas, donc Kayla avait bel et bien trompé son mari. Elle avait été photographiée dans un restaurant de Manhattan en train d'embrasser un autre homme.

Le divorce des Chase avait été annoncé peu après.

Brandon se frotta les yeux.

— Mon Dieu, soupira-t-il. J'en ai ma claque de toute cette histoire !

— Je sais ce que c'est, déclara Travis, moi aussi, j'ai été trompé une fois ou deux. Ça ne m'a pas laissé de très bons souvenirs de mes ex.

— Les médias n'ont rien compris. La vraie histoire n'est pas ce qu'ils ont raconté.

— Oui, ça, je m'en doute, admit Travis.

Ensuite, il attendit, certain que Brandon allait s'expliquer.

Ce ne fut pas le cas.

Au bout d'un moment, l'animateur se redressa en disant :

— Je crois qu'il est temps pour moi de rentrer chez moi.

— Mes questions vous ont offensé ?

Brandon passa la main dans ses cheveux.

— Non, répondit-il, c'est juste que je déteste les tabloïds.

— Ce n'est pas sur vous qu'ils s'acharnent, fit remarquer Travis.

Brandon roula des yeux.

— Et c'est censé me faire accepter leurs conneries ? Je n'ai jamais voulu ce qui s'est passé, j'aurais préféré que tout reste comme avant. Mais après la bourde de Kayla, la situation est devenue impossible. Pire encore, je me sens coupable, parce que la chaîne l'a virée.

— Vraiment ?

— Oui. Comme vous le faisiez remarquer, c'est elle que les journaux people présentent comme « la méchante », moi, je suis « la victime ». Et apparemment, les abonnés de Restauration Channel refusent de regarder une émission animée par une femme infidèle. En revanche, la chaîne a misé gros sur le fait que le public a de l'empathie pour moi. Les gens espèrent-ils me réconforter en regardant mon émission ? Je ne sais pas.

Très agacé, Brandon fit quelques pas et, une fois au milieu de la pièce, il donna un coup de pied dans une scie qui se trouvait là.

Il leva les mains et ajouta :

— J'ai besoin de réconfort, vous savez ! J'ai perdu ma meilleure amie, j'ai dû quitter ma maison et maintenant, je me retrouve à dépenser une fortune sur une putain d'opération hyper risquée en espérant rentrer plus ou moins dans mes fonds. Et tout ça, parce que je me suis laissé convaincre d'animer une nouvelle émission et que j'ai aimé cette maison au premier regard !

Il avança encore et s'accrocha à un pilier de soutènement.

— C'est la vérité, Travis, j'adore cette maison. Mais la remettre en état est sacrément difficile, et je ne sais plus où j'en suis. Alors j'ai pensé à demander un coup de main à Kayla, parce qu'il me faut un œil neuf et une personne de confiance, quelqu'un qui me comprend bien. Kayla est mon amie, comme je vous le disais, mais tout le monde va penser que je la fais venir pour pimenter l'émission !

Travis posa son stylo et se releva. Il aurait voulu aider Brandon à se calmer, mais il n'était pas tout à fait sûr de savoir quoi faire.

— Je suis désolé, Brandon. Je me suis mal exprimé, je ne voulais pas aggraver votre malaise.

Brandon se retourna vers lui. Quand leurs regards se croisèrent, Travis sentit que l'animateur était proche du point de rupture. Contrôler son angoisse devait lui être très difficile. D'instinct, Travis fut tenté d'enlacer Brandon et de le serrer dans ses bras. Malheureusement, c'était impossible, un tel geste serait même tout à fait inapproprié.

— C'est à moi de m'excuser, déclara Brandon. Je n'avais pas à déverser mes problèmes sur vous. C'est juste… Avant, j'aimais bien ces opérations de relooking, mais là, tout va de travers, je sens que cette opération va causer ma perte.

Travis secoua la tête. Après réflexion, il enchaîna d'un ton prudent :

— Ne dites pas ça, restons positifs. Je ne peux pas régler tous vos problèmes, c'est évident, mais question restauration, j'en connais un rayon. Si nous en discutions calmement ?

Brandon croisa les bras.

— Discuter de quoi ?

Travis avança jusqu'à la cheminée qui, en principe, devait être prochainement démolie. Il posa la main sur le manteau et demanda :

— Dites-moi ce qui vous a le plus plu lorsque vous avez visité cette maison la première fois.

Brandon regarda autour de lui.

48

— Son atmosphère, répondit-il. Et aussi le fait que j'ai senti en elle du potentiel. La bâtisse est très délabrée, c'est évident au premier coup d'œil, mais la disposition des pièces est agréable, et aussi je… euh…

Quand il s'interrompit, Travis insista :

— Et aussi quoi ?

Brandon soupira.

— Vous allez me juger idiot, mais j'ai imaginé une famille vivant ici, un couple, des enfants, un ou deux chiens. Ça m'a fait plaisir d'y penser. Ce que je préfère dans ce métier, c'est d'offrir aux familles un endroit agréable où bien vivre. Ici… eh bien, j'ai presque pensé à ma famille.

— Avec Kayla ?

Brandon hésita avant de répondre

— Non, nous sommes séparés de façon définitive. Je voyais juste un conjoint potentiel, sans visage et sans nom. Pour être franc, je ne tiens pas à avoir des enfants, mais parfois, quand je démarre un projet, j'essaie de me mettre à la place de mes futurs acheteurs. Pour cette maison, j'ai vu un jeune couple avec des enfants, parce que c'est le genre de maison qu'on garde longtemps. Cette image me plaisait bien.

Il secoua la tête et ajouta, lugubre :

— C'est absurde, je sais.

— Non, pas du tout, protesta Travis avec feu. Personnellement, j'ai tenté l'an dernier d'acheter une maison qui ressemblait un peu à celle-ci pour des raisons similaires aux vôtres.

Brandon jeta un coup d'œil à la main gauche de Travis.

— Vous ne portez pas d'alliance. Seriez-vous marié ?

— Non. J'ai rompu avec mon ex il y a quelques mois et, depuis, je vis seul. Une chance pour moi, d'ailleurs, car ce travail me prend la majorité de mon temps. Comme vous le savez, je vis essentiellement ici.

Brandon hocha lentement la tête.

— Vous comptiez acheter une maison rien que pour vous ?

— Oui, pourquoi pas ? Si je rencontre un jour la personne idéale, j'aurai de quoi accueillir notre couple.

Intérieurement, Travis grinça des dents. Pour ne pas se trahir, il avait dit « la personne » au lieu de « l'homme », mais c'était un jeu dangereux. Brandon avait parlé de « conjoint » – au masculin. Était-ce un lapsus ou utilisait-il le mot de façon générique ?

La maison dont Travis avait rêvé était un endroit agréable, familial et rempli de bonheur. C'était ce qu'il avait connu étant enfant : un foyer animé, plein de rires, de bonbons et de junk food. Mais il ne voulait pas s'attarder sur sa déception d'avoir perdu la maison de son grand-père. Le promoteur qui l'avait achetée en avait fait un cauchemar ultra moderne – tout à fait ce que Brandon voulait faire ici. Travis grogna, conscient que son visage devait dévoiler ses émotions. Il fit un effort pour se contrôler et afficher une expression plus sereine.

Brandon ne sembla pas s'en apercevoir.

— C'est une belle pensée, déclara-t-il. Je vous comprends tout à fait. Il m'est arrivé d'aimer certaines des maisons sur lesquelles je travaillais au point que j'envisageais presque de les garder. Mais j'apprécie aussi le fait de redonner une nouvelle jeunesse à une vieille maison, vous savez.

— Oui, bien sûr. C'est aussi un des aspects qui me plaît le plus dans ce métier.

Pendant un moment, Brandon fixa le sol d'un air pensif. Quand il releva la tête, il affronta Travis et déclara :

— Je suis désolé si je vous ai donné l'impression de mépriser vos idées. Vous avez un excellent instinct, en fait. J'admets désormais que ma première approche était totalement déplacée dans ce contexte. Et je vous avoue que je me suis obstiné dans mes idées par entêtement mal placé. C'est vous qui aviez raison. Au départ, j'ai voulu une conception très moderne, mais au fil des jours, je me suis mis à apprécier cet étrange manteau de cheminée, les appliques murales et même les boiseries. La rampe d'escalier est magnifique, et je suis content que nous ayons pu la garder. C'est juste… je dois vraiment faire de ce projet une réussite.

Touché par ces excuses inattendues, Travis prit soudain conscience que Brandon était vraiment stressé par cette opération. Jusque-là, Travis n'avait pas tenu compte du fait que son récent divorce avait bouleversé la vie de Brandon et que l'animateur subissait une terrible pression tant financière que professionnelle. Pour rentrer dans ses fonds, mais aussi pour continuer sa carrière dans les médias, il devait effectivement réussir ce relooking ambitieux.

Quant à Travis, son rôle restait mineur : il serait payé pour ses heures de travail, que l'émission soit bien reçue ou pas par le public.

Pour Brandon, les enjeux étaient tout à fait différents.

Animé d'un élan d'empathie, Travis sourit à Brandon.

— J'accepte vos excuses, merci. À mon tour, je vous prie de m'excuser d'avoir sans doute été trop… agressif dans mes propos. Je sais que, dans son état actuel, cette maison aurait dû être condamnée à la démolition, mais quand même, j'imagine comment elle était autrefois et l'idée que ce patrimoine soit anéanti me faisait vraiment quelque chose, voilà.

Brandon lui retourna son sourire.

— Oui, je comprends.

— Brooklyn est un marché immobilier très particulier.

— C'est vrai.

Brandon hocha la tête avec un soupir. Ensuite, il retourna vers la porte récupérer son sac à dos.

— Bien, ajouta-t-il, j'espère qu'après cette petite discussion, l'ambiance sera plus calme entre nous.

Travis éclata de rire. La bulle de tension régnant autour d'eux éclata si vite qu'il fut surpris de ne pas avoir remarqué plus tôt sa présence.

— J'espère aussi.

— Merci d'avoir pris le temps de m'écouter. Je dois rentrer à présent. À demain.

VI

QUAND BRANDON arriva sur le chantier le lendemain, il trouva Travis occupé à démolir la cheminée. Muni d'une masse, il l'utilisait pour briser le mortier avant d'enlever les tessons de briques. Un tel tintamarre de démolition retentissait dans toute la maison que Brandon n'entendait même pas le son de ses pas. Concentré sur son travail, Travis ne parut pas remarquer son arrivée.

Brandon en profita pour se repaître de la vue. Travis portait un tee-shirt noir qui moulait son torse et ses bras, dont les muscles gonflaient à chacun de ses gestes, avec des veines saillantes terriblement attirantes. Le jean serré avait connu des jours meilleurs et les trous aux genoux semblaient causés par l'usure, pas créés artificiellement par un designer à la mode. *Seigneur !* pensa Brandon, admirant la façon dont le denim collait au cul et aux cuisses du chef de chantier. Travis portait à la taille une ceinture à outils dont il sortait régulièrement un ustensile pour l'aider à arracher le mortier. Il transpirait aussi, et Brandon étudia un moment une goutte glissant sur son front le long d'une mèche de cheveux. Comme de coutume, Travis arborait une barbe de quelques jours.

Il était terriblement sexy, viril sans même le chercher, et Brandon sentit son corps s'enflammer rien qu'à le regarder.

C'est ridicule ! s'admonesta-t-il.

Il s'éclaircit la gorge et déclara :

— Salut.

Travis tourna la tête.

— Salut, Brandon. Je ne vous ai pas vu entrer. Nous avons bien avancé sur la cheminée.

— C'est ce que je vois. Les cameramen ont-ils filmé votre travail ?

— Oui, ils sont restés là près d'une heure. Cette présence m'a rappelé un chef de travaux avec lequel j'ai travaillé sur mon premier chantier dans le bâtiment : il adorait nous surveiller. Du coup, il ne faisait rien et il s'étonnait ensuite que le travail n'avance pas plus vite.

— Je comprends, mais, sur un plateau, c'est un peu différent. De plus, les téléspectateurs adorent tout ce qui à trait à la démolition. Ne me demandez pas pourquoi, je l'ignore, c'est simplement un fait établi.

En son for intérieur, Brandon admit que lui aussi aurait volontiers passé la journée à regarder Travis travailler.

Travis haussa les épaules.

— C'est bizarre, mais pourquoi pas. Personnellement, je trouve qu'arracher le mortier a un petit effet thérapeutique, même si c'est une tâche physique beaucoup plus fatigante que démolir des placards de cuisine.

Brandon sourit.

— C'est vrai.

— En ce moment, vos cameramen sont en bas pour filmer les réparations des fondations. J'ai chargé Ismael de les superviser.

— C'est parfait. Ismael est un homme de confiance.

— Oui. Il sait également profiter d'une opportunité. Par exemple, j'ai remarqué que tous ses hommes portent aujourd'hui une salopette avec le logo de son entreprise. Je présume qu'Ismael le leur a expressément demandé. Il espère sans doute se faire un peu de publicité gratuite quand ils passeront à l'antenne.

— Bien sûr ! répondit Brandon avec un petit rire.

Quand c'était possible, Restauration Channel engageait de préférence des sous-traitants et entrepreneurs exerçant près de l'endroit où l'émission était tournée. Pour *Foyer Idéal*, Brandon et Kayla avaient appliqué la même politique et, au fil des mois, ils avaient établi de bons contacts avec les entreprises. Ils employaient également cinq prestataires pour veiller à ce que le cahier des charges soit harmonieusement réparti et qu'il n'y ait pas de tensions entre les différents chantiers de rénovation. À l'apogée de sa gloire, l'émission désormais défunte travaillait parfois sur cinq maisons en même temps.

Brandon reporta sur attention sur Travis.

— Au fait, déclara-t-il, Kayla a accepté mon offre, elle sera là demain. La démolition sera-t-elle assez avancée pour que nous puissions commencer à parler décoration ?

Travis rangea son burin dans sa ceinture et se leva.

— Oui, tout est pratiquement terminé, à l'exception de la cheminée. Vous pourrez donc commencer pendant que nous terminons les réparations. D'ailleurs, nous aurons besoin pour continuer de savoir quel type de revêtement de sol vous choisirez.

— Ne préconisiez-vous pas de poncer les parquets et de les garder ?

Travis grimaça.

— Ça se discute, en fait. Certaines des taches sont indélébiles. Si on garde l'ancien plancher, il faudrait y mettre des patchs pour raccorder le bois et la couleur, ce qui risque de coûter bien plus cher qu'un remplacement. De plus, le vieux bois grince, ce qui nous obligerait à déposer l'ancien plancher pour remettre la dalle à niveau et réparer les sous-planchers. Une fois ce travail fait, le plus simple, à mon avis, serait de poser un parquet neuf d'aspect ancien. Mais bien sûr, c'est à vous d'en décider.

Brandon avait effectivement remarqué que, près de la porte d'entrée, les lattes de bois du couloir grinçaient particulièrement fort chaque fois que quelqu'un marchait dessus.

— Réparer les sous-planchers éviterait les craquements ?

— Oui. Il existe des solutions moins chères, mais vu le prix auquel vous allez revendre cette maison, mieux vaudrait refaire les planchers. Désolé de ce surcoût.

Sentant sans doute que l'esprit de Brandon était ailleurs, Travis plissa les yeux.

— Vous m'écoutez ? s'enquit-il.

— Oui, oui, mais je réfléchissais aussi à vos propositions.

Travis disait vrai. Refaire les sous-planchers et poser des planchers neufs sur tout le rez-de-chaussée serait coûteux, bien sûr, mais patcher le plancher existant ne serait pas donné non plus.

— Vous tenez à surveiller les dépenses, ajouta Travis, c'est bien normal. À ce stade, pourquoi ne pas opter pour un compromis ? Vous pourriez mettre du bois au rez-de-chaussée, mais abattre un peu moins de murs. La poutre d'acier qu'il faudrait pour replacer celui-ci…

Il traversa la pièce et posa la main sur le mur qui séparait le salon de la cuisine.

— … va ajouter quelques milliers de dollars à votre budget. Alors pourquoi ne pas garder cette paroi ?

— Je vous l'ai déjà dit et répété, les *open spaces* se vendent mieux.

— Certains acheteurs les préfèrent peut-être, mais pas tous. Ne venez-vous pas d'admettre que je connaissais bien l'esprit du quartier ?

— Oui, mais là, ça n'a rien à voir. J'entends déjà les premiers visiteurs déclarer : « pourquoi n'ont-ils pas abattu ce mur pour agrandir l'espace ? » Merde, vous parlez d'un compromis ! Vous cherchez à me faire renoncer à ma conception !

— Vous exagérez, déclara tranquillement Travis. Ce mur n'apporte rien de particulier à votre projet de cuisine. Si vous le gardez, vous pourriez ajouter un garde-manger séparé, voilà tout.

— Je dois y réfléchir.

— Ce n'était qu'une idée, vous savez, le budget est d'ores et déjà largement dépassé. Je me demandais juste si vous aviez une limite concernant les dépenses ?

— Bien entendu, mais nous n'en sommes pas encore là. J'ai une certaine marge de manœuvre.

Et c'était la vérité. Brandon avait fait ses comptes, il savait donc la limite à ne pas outrepasser. Il préférait cependant garder ses frais bien en dessous de cette somme, astronomique à ses yeux.

— Il y a d'autres compromis possibles, déclara Travis.

— Je sais.

— À l'époque victorienne, les maisons n'étaient pas construites pour être trop ouvertes. Pour d'aussi grosses structures, les murs aidaient à les maintenir debout. De nos jours, les matériaux ont évolué, les conceptions aussi, il existe des solutions de remplacement aux murs porteurs, comme les poutres de soutènement, mais pour chaque décision, il y a diverses options plus ou moins coûteuses. Vous avez la possibilité de choisir des poutres suspendues ou collées au plafond, vous pourriez aussi les cacher en abaissant la hauteur du plafond. Bien évidemment, le plus simple est de garder certains murs. J'admets tout à fait que vous enleviez celui qui sépare l'entrée du salon afin que le hall de façade soit moins étroit, ou même celui entre la cuisine et la salle à manger, mais nous pouvons conserver celui-ci.

— Je dois y réfléchir, répéta Brandon, buté.

— Il y a d'autres compromis au niveau des matériaux, insista Travis. Pour les comptoirs de la cuisine, le granit serait moins cher que du quartz ou du marbre. Les placards peuvent être prévus aux mesures du commerce et non faits sur mesure. Dans les salles de bain, vous économiseriez beaucoup en gardant les éléments à leur emplacement actuel plutôt que déplacer tous les conduits.

— Ce ne sont pas des compromis, protesta Brandon, mais des changements drastiques.

— Je cherche juste à vous faire faire des économies.

Brandon grogna.

— D'accord, d'accord. Seigneur, je ne sais plus quoi penser ! C'est bien pourquoi j'ai appelé Kayla à la rescousse.

Il étouffait, comme si les murs de la maison se resserraient autour de lui – même si la plupart d'entre eux avaient été détruits et remplacés par des piliers temporaires.

Il inspira un grand coup et ajouta :

55

— Je me refuse à faire de la rénovation bas de gamme dans une maison que je compte revendre entre deux et trois millions de dollars.

Il grimaça intérieurement en constatant que sa voix tremblait.

Devinant sans doute sa panique, Travis posa la main sur son épaule.

Brandon se crispa. Non, merde ! S'il acceptait l'empathie de cet homme magnifique, il allait perdre la tête. Il se dégagea avec brusquerie et recula.

— Holà ! s'exclama Travis. Vous êtes une vraie pile électrique !

Brandon se frotta le front.

— Excusez-moi, je suis nerveux, c'est exact. Vous essayez de m'aider, ce dont je vous remercie, mais pour le moment, je ne me sens pas capable de prendre une décision définitive.

— Il vous faudra le faire dès aujourd'hui, en fonction de ce qui se passe en bas avec les fondations.

— Je sais, je…

Travis lui coupa la parole :

— Vous avez pourtant l'expérience de ce genre d'opération, non ? Même si c'est la première fois que vous animez une émission en solo, vous avez eu d'autres consultants sur *Foyer Idéal* ? Alors pourquoi êtes-vous aussi tendu ?

Oui, Brandon était stressé – et ce pour d'innombrables raisons.

— Je vois signale qu'hier à peine, grinça-t-il, je vous ai ouvert mon cœur et révélé toutes mes angoisses existentielles.

Travis leva les mains.

— N'en faites pas trop dans le mélo, quand même !

— C'est facile pour vous de juger, rétorqua Brandon, fraîchement, vous ne jouez ni votre argent ni votre réputation dans cette opération.

Travis roula des yeux

— C'est exact, je ne suis qu'un employé.

Une fois encore, Brandon constata que son chef de chantier le rendait chèvre.

— Je n'ai pas dit ça ! protesta-t-il. Et que nous argumentions devant la caméra ou en privé ne change rien à la réalité des faits.

Travis croisa les bras.

— D'accord, alors précisez votre pensée : quelle est la réalité des faits, selon vous ?

Brandon sentit plusieurs émotions bouleversantes lui tomber dessus en même temps. Il chercha à faire le tri dans ses pensées, ce qui n'était pas si simple alors qu'il avait devant lui le plus bel homme qu'il ait rencontré depuis des années, alors qu'il cherchait à garder cette maison debout pour espérer la revendre, alors que le budget de son opération s'alourdissait chaque fois qu'un nouveau problème apparaissait, alors qu'il sentait s'ouvrir devant lui le gouffre d'un échec imminent, ce qui le minait.

Il haussa les épaules et compta sur ses doigts.

— Primo, j'ai mis beaucoup d'argent personnel dans ce projet, je risque de tout perdre. Bien sûr, Restauration Channel finance une partie du relooking, mais si l'émission est un flop, ça n'ira pas plus loin et ma réputation professionnelle en pâtira.

— Je sais.

Brandon fit un pas vers Travis.

— Secundo, chacune de mes décisions a un impact direct sur la valeur finale de la maison, alors oui, je m'inquiète de la façon dont je dépense.

— Je sais, répéta Travis, c'est bien pourquoi je vous propose des solutions moins ruineuses.

Brandon soupira.

— Je suis conscient de vos efforts, admit-il, mais chaque fois que vous ouvrez la bouche, ça me rend fou… et voilà qui m'amène à mon troisième point, ma troisième vérité fondamentale.

— Qui est… ? demanda Travis.

Brandon avança encore.

Ils étaient presque face à face à présent. Travis avait les bras ballants, et Brandon le regard rivé sur le V de sueur qui marquait le haut de son tee-shirt. L'odeur qui émanait de lui était virile, musquée.

Un peu enivré, Brandon avoua d'une toute petite voix :

— L'attirance que j'éprouve pour toi m'empêche de réfléchir de façon cohérente, voilà.

Il n'avait pas voulu révéler le fond de son âme, mais sous l'effet du stress et de l'émotion, les mots lui avaient échappé. Il serra les dents pour affronter la réaction de Travis. Les hommes du bâtiment n'avaient pas la réputation d'être très ouverts d'esprit envers les homosexuels. Brandon ne savait pas du tout comment Travis allait recevoir ses confidences.

Figé de stupeur, Travis le fixait sans ciller.

— Vous… Tu… Quoi ?

— Désolé, je ne sais pas pourquoi j'ai évoqué le sujet, bredouilla Brandon, c'est juste que ça me hante chaque fois que j'entre dans cette maison et que je te vois.

— Tu…. vraiment ? Pourquoi ne pas m'en avoir parlé plus tôt ? Tout ce temps perdu !

Cette fois, ce fut au tour de Brandon de rester tétanisé.

— Quoi?

Soudain, Travis se jeta sur lui et posa ses lèvres sur les siennes. Une réaction à laquelle Brandon ne s'attendait pas, mais alors *pas du tout*. Il avait envisagé une gifle ou un coup de poing, mais un baiser? Jamais.

La bouche de Travis avait un goût délicieux, ses lèvres étaient chaudes et humides. Brandon enfouit les mains dans les cheveux bruns et approfondit le baiser. Il revint à la réalité en entendant du bruit en bas.

Travis s'écarta aussitôt.

— Bon Dieu! souffla Brandon.

Travis esquissa un clin d'œil.

— Au fait, j'ai un truc à te dire : je suis gay.

— Euh, moi aussi.

Brandon doutait encore que les trente dernières secondes aient bien existé. Il finit par s'en convaincre en voyant que Travis avait les joues enflammées et les lèvres un peu gonflées. Quant à Brandon, il sentait encore sur la peau de son visage l'échauffement provoqué par la barbe de Travis.

— Si tu veux mon avis, reprit le chef de chantier, nous accorder des privautés dans un endroit bourré de cameramen n'est sûrement pas la meilleure idée que nous ayons eue aujourd'hui.

Le cerveau encore court-circuité par le tour inattendu pris par les évènements, Brandon n'était absolument pas en état de formuler une réponse cohérente.

De toute façon, il n'en aurait pas eu le temps.

— Travis! cria Ismael. Vous pourriez venir voir…

Une seconde après, Travis avait disparu. Brandon le regarda traverser la cuisine et s'évaporer… sans doute avait-il pris la porte menant au sous-sol.

Brandon resta un long moment tout seul, planté au milieu de la pièce, totalement hébété.

NON D'UN chien! pensa Travis.

Ainsi, Brandon Chase était gay, ou au moins bisexuel? Qui aurait pu le deviner?

Travis dévala l'escalier et rejoignit Ismael au sous-sol.

— Qu'y a-t-il? demanda-t-il.

— Il me faut votre avis.

Conscient de la présence des caméras, Travis inspira un grand coup et passa la main sur son visage. Il espérait que personne n'allait deviner qu'il venait de rouler un patin au patron. Travis étant payé par Restauration Channel, Brandon n'était pas *vraiment* son patron, mais quand même.

Travis ne s'était toujours pas remis d'avoir entendu Brandon déclarer à haute et intelligible voix son attirance pour lui. Pas plus qu'il ne comprenait comment, en réponse, il avait embrassé l'animateur en chef. C'était à la fois une imprudence et une faute professionnelle, non ? En tout cas, c'était contraire à son éthique.

Repoussant pour le moment le problème, Travis s'efforça de prêter attention à Ismael. Par chance, la question était simple et ne lui prit que quelques minutes à résoudre : le contremaître voulait simplement sa confirmation avant de couler la dalle de béton.

Une fois libre, Travis remonta avec l'intention de travailler sur la cheminée – où il avait presque terminé d'ailleurs.

Il ne vit pas Brandon. Était-il seulement encore dans la maison ? Travis secoua la tête, puis il sélectionna ses outils et se mit au travail.

Malheureusement, le démontage des briques était une tâche manuelle, simple et mécanique. Ce qui laissait à Travis la possibilité de cogiter tout en s'affairant. Son imagination s'enflamma, lui offrant des tas de possibilités. Ses images mentales détaillaient d'autres baisers entre Brandon et lui, mais aussi des corps nus et un lit, de préférence. Travis considéra aussi la logistique de trouver sur le chantier un endroit discret où s'ébattre avec Brandon sans attraper le tétanos sur un clou rouillé ou se faire surprendre par les caméras. Pour le moment, le premier étage était encore dans son état originel... Travis frissonna de dégoût en imaginant sa peau nue en contact avec la vieille moquette moisie. Évidemment, il pouvait toujours poser une toile de protection.

Il secoua la tête. De telles pensées étaient aussi dangereuses que stupides. Brandon et lui avaient du travail à accomplir dans la maison. S'ils entamaient une relation sexuelle et que, pour une raison ou une autre, les choses se passaient mal, comment feraient-ils ensuite pour continuer de former une équipe ? Sous l'œil des caméras en plus. Non, ça finirait mal, et c'était Travis qui aurait toutes les chances de se faire virer. Or, il aimait ce travail et tenait à le garder. Donc il devrait avoir une conversation gênante avec Brandon. Et Travis n'était pas vraiment pressé d'y passer.

Les ouvriers qui travaillaient au sous-sol finirent la dalle et quittèrent le chantier au moment où Travis déposait son dernier chargement de briques cassées dans la benne placée devant la maison. Il salua Ismael, qui s'en allait. N'ayant plus rien à faire, Travis s'apprêta à rentrer chez lui.

Brandon revint alors, les bras chargés de sacs. Il les déposa près de la porte d'entrée.

— Bonsoir Travis. Kayla m'a demandé des échantillons de papiers peints et de carrelages. Ces sacs sont terriblement lourds. Je peux les laisser ici ? Ça ne gênera personne ?

— Non, les ouvriers sont tous partis et rien n'est programmé cette nuit. Je suis tout seul. Laissez tout ça là, je doute qu'Ismael trébuche dessus en arrivant demain matin.

Du bout du pied, Brandon poussa néanmoins ses sacs vers l'escalier.

— Tout s'est bien passé aujourd'hui ? Je vois que vous avez fini la cheminée.

— Oui, le travail a bien avancé. Les fondations sont réparées, la dalle a été coulée et nivelée. Il faut attendre que le béton ait séché avant de continuer au sous-sol. Maintenant que l'étape démolition a pris fin, nous pouvons continuer au rez-de-chaussée, mais le travail à venir dépendra de vos décisions concernant les murs à abattre. Il y a aussi les sols à poser et, là encore, tout dépend de vous.

— Je sais, oui. J'espère que Kayla et moi prendrons une décision demain, ce qui nous permettra d'avancer.

— Nous avons dépassé le budget, mais, pour le moment, nous n'avons pris aucun retard sur les prévisions.

Brandon hocha la tête.

— Parfait.

Travis devina que Brandon ne parlerait pas le premier de ce brûlant baiser échangé le matin même. Faire comme si de rien était la voie de la facilité, certes, mais Travis s'y refusa, conscient que, si le problème n'était pas réglé, il ne ferait qu'y penser.

Brandon et lui devaient se fixer des limites.

— Nous devons parler, commença-t-il.

— As-tu dîné ?

— Non, je pensais m'arrêter et récupérer un plat à emporter avant de rentrer chez moi.

— Si ça te dit, je connais un bon restaurant chinois sur la Church. Il est un peu cher, mais on y mange très bien.

— Si c'est cher, c'est chic, et je doute qu'ils m'acceptent dans cet état.

Il désigna son jean usé et son tee-shirt couvert de poussière.

Brandon hocha la tête.

— Tu as raison. Pourquoi ne pas nous faire livrer une pizza alors ? Nous la mangerions ici même, assis par terre, ce qui nous donnerait l'occasion de discuter tranquillement.

— Je... d'accord.

Pendant que Brandon passait un appel à une pizzeria voisine, Travis tourna en rond, sans trop savoir comment s'occuper. Il finit par sortir d'un placard un rouleau de papier brun qu'il déroula en partie sur le sol pour éviter de tacher le plancher avec du gras ou de la sauce tomate.

Brandon le rejoignit en disant :

— Je leur ai demandé de nous mettre des assiettes en carton et des sodas.

— Si ça ne suffit pas, on pourra toujours en piquer dans la remise de la cour, c'est là que les ouvriers gardent leur stock.

— Vraiment ?

— Oui, ils ont des boissons, des couverts et des verres en plastique, ce genre de choses. Ils arrivent tous les matins avec leurs gamelles et installent une tente au moment des repas. Ils ont aussi un frigo pour garder la nourriture au frais. L'équipe de nuit s'en sert aussi.

— C'est bien organisé. Tous les chantiers sont-ils comme ça ?

— La plupart du temps, oui. Le vrai changement ici, ce sont les cameramen qui nous suivent partout.

Brandon eut un petit rire.

Se sentant soudain audacieux, Travis lança :

— C'est aussi le premier chantier où j'embrasse l'architecte d'intérieur qui se trouve aussi être l'animateur de l'émission.

— À ce propos...

Travis l'interrompit en levant la main.

— Attends, j'ai une idée. Nous ne serons pas très à l'aise assis par terre. On peut faire mieux...

Sans plus attendre, il déplaça les tréteaux et la planche dont il s'était fait un bureau, y posa son papier brun et passa dans la cuisine récupérer deux chaises pliantes.

— C'est mieux, déclara Brandon.

— L'an passé, j'ai travaillé sur une *brownstone* à Park Slope, nous avons pris tellement de retard que j'ai fini par dormir sur le chantier pour gagner quelques heures le matin et le soir. J'ai vite appris à tirer le maximum de ce que j'avais sous la main.

— Quand même, ce devait être sommaire.

Travis haussa les épaules.

— J'ai dormi dans de pires endroits.

Brandon eut un petit rire.

— Eh bien, ton engagement professionnel est remarquable !

Il prit l'une des chaises et s'y assit.

— Au fait, ajouta-t-il, je suis passé aux bureaux de Restauration Channel aujourd'hui, j'ai appris qu'ils avaient engagé Mike & Sandy pour refaire la cuisine et les salles de bain, ce sont les sous-traitants que tu leur as recommandés. Nous allons leur demander de commencer sans attendre, ce qui libérera les autres équipes pour le reste de la maison. Avec autant d'ouvriers sur le site, les travaux devraient progresser rapidement.

— Oh, très bien. Tu verras, Mike McPhee [15] et Sandy Sullivan [16] vont te plaire. J'ai travaillé pour eux avant de me mettre à mon compte. Ils sont tous deux d'anciens soldats, des gars solides et fiables. Comme, en plus, ils sont plutôt beaux gosses, ils feront un tabac dans ton émission.

— Oui, ça a dû compter, Restauration Channel aime flatter les téléspectatrices. Personnellement, je m'intéresse davantage à leurs compétences professionnelles. J'ai rencontré Mike lundi, c'est exact, il est super chouette.

— Il est aussi super marié.

Brandon éclata de rire.

— Je ne comptais pas l'embrasser, tu sais, je n'en fais pas une habitude.

— À ce propos, je voulais te…

Il fut interrompu par la sonnette de la porte d'entrée.

Brandon se leva d'un bond.

— J'y vais.

Quelques minutes plus tard, les deux hommes étaient attablés, une tranche de pizza posée devant eux dans une assiette en carton.

Brandon fixa Travis droit dans les yeux.

— Pour être franc, je ne sors jamais avec les gens avec qui je travaille.

— Et ta femme alors ?

---

15 Voir *The Stars that Tremble,* l'histoire de Mike et de Giovanni Boca, non traduit, même auteur, même éditeur.

16 Voir *The Silence of the Stars,* l'histoire de Sandy et d'Everett Blake, non traduit, même auteur, même éditeur.

Sans répondre, Brandon baissa les yeux sur son assiette.

— Écoute, déclara Travis, je voulais te dire que je suis très attiré par toi, mais je sais aussi qu'avoir une aventure au boulot n'est jamais sain ou sensé. Ce matin, tu m'as pris par surprise, parce que je te croyais hétéro, ce qui me permettait jusque-là de résister à la tentation.

Brandon hocha la tête.

— Si je préfère rester dans le placard, c'est à cause de Restauration Channel. Si nous nous faisons prendre ensemble, ça serait un naufrage professionnel pour moi.

Brandon était dans le placard? Pour une raison étrange, Travis n'avait pas prévu cette éventualité. En vérifiant sur Google, Travis l'avait juste pris pour un hétéro dûment marié.

Sauf que... Si l'animateur craignait de «se faire prendre», cela impliquait-il...

— Tu as envisagé une relation avec moi? s'enquit Travis d'un ton prudent.

— Dans des circonstances différentes, ça aurait été une éventualité, oui, tu n'es pas d'accord? Je suis très attiré par toi, je te l'ai déjà dit, et ça me rend idiot, c'est ce qui m'a poussé à ces aveux. J'aurais mieux fait de me taire, non? Ça nous aurait simplifié la vie, mais les mots se sont échappés de ma bouche... en quelque sorte.

— Oh.

Ils mangèrent en silence pendant que Travis réfléchissait. Il finit par secouer la tête.

— Tu as raison, c'est impossible.

— Quoi donc?

— Par principe, je ne sors pas avec quelqu'un au travail. D'un autre côté... j'avoue que, souvent, je me dispute avec toi, parce que j'adore la tête que tu tires quand tu t'énerves. Jusque-là, c'était mon seul exutoire pour ce que je ressentais pour toi. Mais puisque cette attirance est réciproque, ne crois-tu pas que continuer de la nier serait dommage?

Brandon eut un petit rire.

— Oh, pour moi aussi, nos duels verbaux étaient une forme d'échange enflammé. Virginia avait même parlé de tension sexuelle, mais, par chance, les responsables de l'émission sont persuadés que nous nous détestons.

— Le hic, déclara Travis, c'est que j'aime ce travail. Je ne veux pas risquer de le perdre.

— Je vois. Comme je suis « la vedette », tu penses que tu serais viré si ça tourne au vinaigre entre nous, c'est ça ?

— Oui.

— Quel dilemme ! railla Brandon.

Travis leva les yeux au ciel et se resservit de la pizza. Que lui prenait-il d'envisager une aventure avec Brandon ? C'était une aberration, point final. Ils étaient attirés l'un par l'autre, la belle affaire ! Selon Travis, le sexe ne compensait pas la perte d'un poste aussi lucratif. Bon sang, s'il restait quelques mois à travailler pour Restauration Channel, il gagnerait de quoi réaliser une partie de ses rêves.

Quand il releva les yeux, Brandon mâchonnait sa pizza.

— Bien, reprit Travis, oublions ces fantasmes et parlons plutôt de la maison. Tu vas devoir accepter certains compromis pour ne pas faire exploser ton budget.

Ils avaient fini toute la pizza. Travis ne s'en étonna pas après cette journée chargée, il était affamé. Il se leva et commença à ranger ce qui restait de leur pique-nique. Il récupéra les assiettes en carton et la boîte à pizza, puis décida de tout mettre dans la benne. Il n'y avait pas de poubelle domestique sur le chantier, si les ouvriers avaient les leurs, ils les vidaient en quittant les lieux.

— Je sors jeter tout ça dans la benne, déclara-t-il.

— Oui, oui, répondit distraitement Brandon.

Le regard fixe, il semblait regarder les piliers de soutènement.

— Qu'est-ce que tu as ? s'inquiéta Travis. Un problème ?

Brandon se leva.

— Non, c'est juste que… Et merde ! J'ai passé huit ans de ma vie avec Kayla, marié avec elle, travaillant avec elle et, pendant tout ce temps, j'ai tout fait pour ne pas montrer que j'étais attiré par les hommes. Et maintenant que je suis divorcé, je devrais être libre de faire ce que je veux, non ? Eh bien, ce n'est pas le cas et ça m'obsède. J'ai passé la journée à m'interroger sur la réaction de la chaîne si la vérité à mon sujet éclatait. Les téléspectateurs sont vieux jeu, tu sais, ils veulent comme animateurs des couples hétéros et de préférence mariés. Pire encore, les émissions les plus regardées sont celles animées par des couples pratiquants avec une tripotée de gosses.

— Sans blague ?

— N'es-tu pas abonné à Restauration Channel ?

— Non, pas vraiment. J'ai vu quelques épisodes de *Foyer Idéal*, mais seulement après avoir été engagé pour ce relooking, parce que je voulais me faire une idée de toi.

— Ah, d'accord. Eh bien, il y a quelques années, Restauration Channel a diffusé *Maisons de Campagne*, une émission animée par deux amis, des architectes-décorateurs brillants et créatifs spécialisés dans le « country chic ». Les premiers épisodes ont été plutôt bien reçus. Ensuite, les médias ont découvert que les deux animateurs n'étaient pas seulement partenaires en affaires, ils étaient également amants. À partir de là, tout est parti en couilles – sans mauvais jeu de mots. Restauration Channel vise avant tout l'audimat et, dans les régions rurales, le parti républicain est majoritaire, aussi un couple gay n'avait-il aucune chance. L'émission a été annulée et les deux animateurs licenciés.

— Merde.

— Travailler à Brooklyn a une autre connotation, je le sais bien, mais je… je ne peux me permettre de prendre des risques. Pour commencer, j'ai investi beaucoup d'argent dans cette maison, ensuite, perdre mon image serait pour moi un hara-kiri professionnel.

— Je vois. De toute façon, ça n'aurait jamais marché entre nous.

— Qui cherches-tu à convaincre, toi ou moi ?

— Les deux, reconnut Travis.

Il avait le tournis. Le sex-appeal de Brandon lui troublait les idées. Très tenté d'empoigner Brandon pour le plaquer contre un mur, Travis préféra cacher ses mains dans ses poches.

— Un jour ou l'autre, nous nous ferions surprendre, insista Brandon. C'est inévitable au milieu de tant de monde et de caméras.

— Je sais.

Travis reposa la boîte à pizza sur le chevalet aménagé en table. Il restait secoué par cette histoire du couple gay licencié, voilà qui mettait une nouvelle barrière entre Brandon et lui. Travis n'était pas dans le placard, il se souciait peu de savoir qui était au courant de son orientation sexuelle. Quelques jours plus tôt, il s'était trahi devant Ismael en évoquant « un » de ses ex. Le contremaître n'avait pas tiqué, ce dont Travis lui était reconnaissant. Ce soir, quand il avait flirté avec Brandon, il ignorait encore ce qu'une aventure entre eux pourrait coûter à l'animateur. Or, il y avait eu un précédent, et Restauration Channel n'avait pas hésité à licencier un couple homosexuel…

Merde.

— Pourquoi ai-je accepté ce travail ? demanda Travis à voix haute.

Brandon laissa échapper un rire à la fois amer et surpris.

— Je me pose la même question une trentaine de fois par jour.

— Nous allons devoir faire très attention à notre attitude l'un envers l'autre devant les caméras.

Brandon rit encore.

— Je sais. Aujourd'hui, je n'ai pas fait beaucoup d'effort. J'essaierai de faire mieux. Question self-control, tu as aussi des progrès à faire, tu sais.

— Qu'est-ce qui te fait dire ça ? s'offusqua Travis. Le fait que je t'aie embrassé ?

Brandon s'empourpra à ce souvenir.

— Non, je voulais juste dire que tu n'hésites pas à exprimer tes opinions avec passion.

Travis sourit intérieurement.

— Ah, oui. C'est parce que je suis certain d'avoir raison.

— Mais oui, mais oui, tu as *toujours* raison

La voix de Brandon exprimait un tel sarcasme que Travis leva les yeux.

— Non, pas *toujours*.

— En fait, je devrais te détester de constamment saper mon autorité. Je suis censé être un expert en décoration d'intérieur et en relooking.

— Mon but n'est pas de saper ton autorité, Brandon !

— Peut-être, mais tu ne mâches pas tes mots quand tu n'es pas d'accord avec mes idées.

— J'aime l'ambiance de ces vieilles maisons et je tiens à ce qu'elles gardent leur caractère. C'est ce qui fait leur charme.

— Tu t'opposes par principe à tout ce qui est moderne.

— Ne me dis pas que nous allons retomber dans cette ornière ! protesta Travis.

Il en avait assez, il était fatigué. Puisqu'il ne se passerait rien ce soir avec Brandon, Travis était impatient de rentrer chez lui.

— Merde ! aboya-t-il. Fais ce que tu veux, d'accord ? C'est ton projet.

— Ce que je veux ? répéta Brandon d'une voix sèche. Facile à dire. Le problème, vois-tu, c'est que je n'obtiens *jamais* ce que je veux. Sinon, Kayla serait encore là, avec moi, à animer cette émission. Nous travaillerions ensemble sur la meilleure décoration adaptée à la maison et au quartier, et je n'aurais pas la constante sensation d'être nul. Parce que tu as raison, je suis dépassé et je suis presque sûr que tout le monde s'en rend compte, toi, Ismael, les ouvriers...

Il ferma les yeux et pressa la main sur son front.

— Au fait, ajouta-t-il, je ne vois pas pourquoi deux adultes libres et consentants seraient obligés de se cacher ! Merde ! Si j'ai envie de t'embrasser, je le ferai, un point c'est tout.

— Tu as envie de m'embrasser ? souffla Travis.

Brandon soupira et roula des yeux.

— Oui, bien sûr, j'en rêve depuis le jour où je t'ai rencontré. J'y pense tout le temps, c'est d'un chiant !

— Oui, je sais, admit Travis. Je ressens la même chose.

— Et ça me bouffe la vie.

— Les circonstances ne sont pas idéales, hésita Travis, mais…

Il ne put en dire plus, car il se trouva soudain plaqué contre le mur, près de cette cheminée qu'il avait passé la journée à démolir, et Brandon l'embrassait comme s'il essayait d'aspirer son âme à travers sa bouche. La fin de la phrase de Travis – … *nous trouverons le moyen de travailler ensemble et d'oublier cette attraction* – s'évapora de sa tête.

Un baiser, c'était bien aussi.

Brandon sentait bon, son corps était chaud et un peu moite, ses lèvres avaient un goût de pizza et de promesse. Et – oh ! – Brandon inséra les mains sous son tee-shirt pour caresser sa peau nue. Travis sentit l'excitation de Brandon contre sa hanche et…. Putain, allaient-ils baiser ici, dans ce salon délabré ?

Si c'était ce que voulait Brandon, Travis ne comptait pas protester. Il déboutonna la chemise de Brandon et la lui ôta. Waouh ! Quel torse magnifique, ferme et musclé, doté d'une fine toison. À moins qu'il s'agisse d'un reflet né de la mauvaise lampe de la pièce.

Brandon débarrassa Travis de son tee-shirt et glissa la main dans son jean. Oh, tout allait… vraiment vite. Travis s'étonna de ne pas en être choqué. En fait, il savourait pleinement le déroulement des opérations. Ses mains, agissant presque d'elles-mêmes, s'attaquèrent à la braguette du jean de Brandon. En dessous, une solide érection soulevait le coton du boxer.

— Tu vas me tuer ! parvint à gémir Travis.

— Je sais. Moi, c'est pareil. Nous allons nous consumer ensemble.

— Non, c'est aussi que cette pièce… n'est pas sans danger. Le sol est constellé de tessons de brique et de clous rouillés, et les murs ne sont pas très stables et….

Brandon s'éloigna brusquement.

— Je vois.

— Je n'ai rien contre le fait de nous embrasser, protesta Travis, je proposais juste de trouver un endroit plus confortable. Mon appartement, par exemple, il est à peine à dix minutes en taxi.

Avec un petit rire, Brandon le prit dans ses bras et appuya son front contre le sien. Ravi de cette proximité, Travis en profita pour caresser son torse nu.

— Tu te sens capable de patienter dix minutes le temps d'arriver chez toi ? s'enquit Brandon.

— Pour moi, la sécurité passe avant tout, déclara Travis avec un petit air pincé. Tu devrais le savoir.

Brandon recula et se pencha pour ramasser sa chemise.

— Nous devrions probablement… non. Putain. Allons-y.

VII

L'APPARTEMENT DE Travis était un studio minuscule, mais net et bien rangé. Une rangée d'étagères le divisait en deux, et Brandon devina un lit de l'autre côté.

— C'est sympa chez toi ! lança-t-il.

Travis leva les yeux au ciel en déposant son sac près d'un porte-manteau situé près de la porte.

— C'est petit, je sais. Passons aux choses sérieuses, d'accord ?

Brandon se mit à rire, appréciant que Travis soit aussi direct. D'un autre côté, lui était nerveux. Il était chaste depuis tellement longtemps ! Il tenait à baiser, sans aucun doute, mais il avait besoin d'un moment.

— Puis-je avoir un verre d'eau ?

— Bien sûr.

Le coin cuisine était minimaliste : un réfrigérateur, un évier, un four surmonté d'un micro-ondes et un mini-comptoir avec deux placards au-dessus. Pas vraiment la cuisine d'un chef. Pourtant, les placards paraissaient neufs et le comptoir était carrelé d'une mosaïque très à la mode quelques années plus tôt.

Quand Travis lui tendit le verre réclamé, Brandon demanda :

— Tu es locataire, c'est ça ?

— Oui. La cuisine est trop petite, je sais, et je ne l'aurais certainement pas conçue comme ça. C'est un logement temporaire, puisque j'espère toujours tomber un jour sur la maison de mes rêves. Au départ, je n'avais pas imaginé rester longtemps, mais, comme je l'ai vite découvert, acheter à Brooklyn n'est pas aussi simple que je le croyais.

— Une émission de Restauration Channel est destinée aux particuliers qui se lancent dans leur premier achat. Tu devrais t'abonner !

Travis éclata de rire et secoua la tête.

— Non, merci.

En regardant autour de lui, Brandon repéra une petite table ronde avec deux chaises. Comme un ordinateur portable était posé dessus, il devina que Travis s'en servait de bureau.

— Travis, reprit Brandon, que ferais-tu dans la cuisine d'Argyle Road ?

Travis pencha la tête.

— Je croyais que nous allions baiser ! Si c'était pour parler boulot, je n'aurais pas été si pressé de te montrer mon petit appartement.

— Rien ne presse, rétorqua Brandon avec un sourire amusé. Accorde-moi quelques minutes. Considère ce petit échange comme des préliminaires.

Il sirota son eau pendant que Travis l'examinait d'un air méfiant.

— Je préférerais te déshabiller, grommela enfin Travis.

Brandon gloussa. Il commençait à se calmer, tout allait bien.

— Faisons un compromis, proposa-t-il. J'enlève ma chemise, et tu m'expliques ta vision, d'accord ?

Travis hocha la tête, les yeux brillants.

— Excellente idée.

Fidèle à sa parole, Brandon ôta sa chemise écossaise et la posa sur le dossier d'une des chaises de la cuisine.

— C'est beaucoup mieux, déclara Travis. Tu disais ?

— Si tu disposais d'un budget illimité, que ferais-tu dans la cuisine de la maison ?

Travis haussa les épaules.

— Je ne suis pas architecte d'intérieur.

— Et alors ? Là n'est pas la question. Je te demande ton opinion, je suis certain que tu en as une.

Travis ferma les yeux un instant. Il finit par se décider.

— D'accord. Eh bien, je ferais faire des placards en bois sombre par un artisan ébéniste. Et avant que tu prétendes que ça assombrirait la pièce, je te rappelle qu'une fois le mur donnant sur la salle à manger abattu, la cuisine ne manquera pas de fenêtres et de lumière naturelle. Pour les comptoirs, je verrais un quartz gris clair ou même blanc, pour contraster avec les placards. Ensuite, et là j'avoue que c'est plus loufoque, je mettrai sur le mur entre les deux rangées de placards des carreaux en céramiques. J'en ai vu récemment des bleu sarcelle avec une fleur stylisée à l'intérieur… Je ne sais plus comment ça s'appelle… Attends, je vais te montrer.

Il se leva et se dirigea vers sa bibliothèque, dont il sortit un album, il le feuilleta et revint vers Brandon.

— Voilà !

Il désignait une photo avec deux enfants, une fillette et un garçonnet, et un vieillard assis sur le sol d'une cuisine.

— C'est un quadrilobe [17], déclara Brandon. C'est toi, ce petit garçon ?

Travis grogna.

— Oui. C'était chez mon grand-père, avec Jenny, ma cousine. Les carreaux dont je te parle ressemblent beaucoup à ceux-ci, avec un bleu plus vif. Ils ont un petit air tout à fait victorien, alors je me disais qu'ils iraient bien dans la cuisine. Seulement pour le mur, pas pour le sol.

— Bleu sarcelle, hein ? C'est un choix audacieux.

— Tu m'as demandé mon avis !

Brandon se pencha pour mieux étudier les carreaux. Oui, ils étaient jolis et feraient un mur original, mais justement, il ne cherchait jamais à se démarquer quand il décorait une maison à revendre. Il rendit l'album à Travis et le regarda traverser son petit studio pour le remettre en place. Son grand-père avait compté pour lui, comprit-il. Et même beaucoup, car Travis avait regardé la photo avec tendresse.

Brandon s'éclaircit la gorge. Ce n'était pas le moment d'approfondir le vécu émotionnel des uns et des autres. Des préliminaires étaient censés rester superficiels.

— Donc tu ferais aussi tomber ce mur ?

— Oui, parce qu'une cuisine actuelle réclame plus d'espace. Pour le sol, je resterais dans de la céramique, c'est dans l'air du temps et le choix est vaste. Pour la couleur, je pencherai sur un gris chaud, mais clair. Une couleur qui a probablement un nom, mais je ne le connais pas. Tout l'électroménager serait en inox, évidemment. Peut-être en noir, pour changer. Ils font actuellement de superbes fours au look vintage ; ils sont assez chers, mais ça irait vraiment bien. Ensuite, s'il y a de la place pour un îlot – et je pense que c'est le cas –, il lui faudrait un surplomb pour glisser dessous les tabourets et des sous-placards d'un autre ton, pour casser la monotonie. Le dessus serait bien sûr dans le même granit que les comptoirs.

Brandon désigna le minuscule coin-cuisine.

— Je comprends mieux pourquoi cette kitchenette ne te satisfait pas.

Travis sourit.

— C'est vrai, je rêve grand. Pour être franc, je cuisine assez peu, mais quand c'est le cas, j'aime prendre mes aises. Ici, je dois me contenter de réchauffer des plats achetés tout prêts.

Brandon vida son verre d'eau.

---

17 Terme d'architecture, ornement formé de quatre lobes en arcs brisés (style trèfle à quatre feuilles).

— Tu n'as pas trop chaud, Travis ? Pourquoi as-tu gardé ton tee-shirt, alors que je suis torse nu ?

Travis sourit.

— Cherches-tu à obtenir que je me déshabille ?

— Oui, absolument.

— D'accord.

Il enleva son tee-shirt, puis il descendit sa braguette et fit glisser son jean le long de ses jambes. Il s'en débarrassa et tourna le dos à Brandon pour marcher vers son lit. Il avait un corps musclé, long et mince, et des jambes saupoudrées d'une toison claire, qui évoquait du sable resté collé à la peau après une journée passée à la plage. Brandon vit un tatouage sur son pectoral droit et un autre sur son bras. Sans doute y en avait-il d'autres, et Brandon se promit de les découvrir à la première occasion. Prenant conscience que l'objet de son désir avait disparu côté chambre, il le rejoignit.

Une fois au pied du lit, Brandon examina Travis étendu, les jambes ouvertes. Il avait gardé son boxer.

— Qu'est-ce que tu fais ?

Travis passa une main sur sa poitrine.

— J'accélère le processus.

— Oh ?

Il regarda Travis glisser sa main libre dans son caleçon et refermer ses doigts sur un sexe qui paraissait de belle taille.

— Je compte jouir ce soir, expliqua Travis avec un sourire de loup. Que ce soit seul ou non dépend de toi.

Le cœur de Brandon battait la chamade. C'était une invitation difficile à refuser, pas vrai ?

Il ôta son jean et rejoignit Travis dans le lit.

CE FUT avec joie que Travis accepta le poids de ce corps sur le sien. Il caressa avidement le dos de Brandon, appréciant le contact de la peau douce et lisse. Il ouvrit davantage les jambes pour faire de la place à Brandon et releva le bassin pour frotter leurs sexes l'un contre l'autre. Le feu de l'excitation lui fouettait le sang, des étincelles crépitaient partout en lui, le stimulant.

Le désir exacerbé de Travis le poussait à passer à l'action sans attendre, à baiser vite, à la hussarde. Le moment ne réclamait ni romance ni douceur. Ne connaissant pas encore les goûts de Brandon, Travis se demanda combien de préliminaires il fallait à son amant, s'il tenait à des paroles fleuries ou s'il était, comme lui, partisan de francs ébats sans fioritures.

Se fiant à son instinct, Travis leva les jambes et les enserra autour des cuisses de Brandon. D'un coup de reins, il les retourna tous les deux et épingla son amant sur le lit. Brandon se mit à rire, ce qui, d'après Travis, était de bon augure : le sexe au menu serait sensuel et énergique. Travis l'embrassa avec ardeur, mordillant sa lèvre. Le gémissement de Brandon le ravit.

— Alors, tu veux quoi ? demanda Travis.

— Hein ?

Travis passa une main sur la poitrine de Brandon. Ni l'un ni l'autre n'avait ôté son boxer, mais cela n'empêchait pas Travis de sentir l'érection féroce de Brandon. Et les yeux posés sur lui brillaient, avides et audacieux. Oh oui, Brandon était partant – et plus encore.

Travis sourit.

— Je voulais juste connaître tes préférences au lit, Bran. Tu préfères être actif ou passif ? Moi, je suis ouvert à tout.

Brandon l'embrassa, sans doute pour se donner un peu de temps pour répondre à la question. Travis ne comptait pas papoter longtemps, mais s'il devait respecter des limites, il préférait le savoir dès le début. Après tout, Brandon avait été marié à une femme jusqu'à récemment. Peut-être n'avait-il pas eu d'homme depuis longtemps. Si même il en avait eu un jour. Refusant de s'attarder sur cette possibilité, Travis approfondit le baiser et frotta ses hanches contre celles de Brandon.

Il finit par se rendre compte que Brandon ne pipait mot.

— Hé, je suis sérieux, insista Travis, je peux faire à peu près tout. En ce moment, j'ai très envie de retourner et de m'occuper de ton cul glorieux. Je me sens capable de te baiser jusqu'aux calendes grecques.

— Oh, oui ! gémit Brandon.

L'extase qui vibrait dans sa voix était une réponse en soi.

— D'accord. Mets-toi sur le ventre.

Travis s'agenouilla et recula pour laisser de la place à Brandon.

Brandon obtempéra avec un sourire et retomba si fort que le matelas bougea. Travis prit le temps d'admirer le corps étalé, immense, avec les longs membres d'un nageur, des épaules larges et un dos qui n'arborait ni cicatrices ni tatouages. Les cuisses étaient puissantes, masculines, les bras bien musclés, les hanches étroites, le cul adorablement pommé. C'était un corps somptueux digne de paraître à l'écran.

Travis n'avait pas à rougir de son physique, même si ses muscles avaient été acquis à la dure en travaillant avec de lourds outils, pas sculptés dans un gymnase. Et il gardait de la vie qu'il avait menée sur les chantiers des cicatrices et des tatouages. Il était loin d'être aussi parfait que son amant.

Repoussant cette pensée, il fit glisser le boxer de Brandon et dévoila un cul ferme, à la peau douce. Une véritable œuvre d'art !

— Putain ! s'exclama Travis, émerveillé. Tu n'as donc aucun défaut ?

— Si, bien entendu, et je suis sûr que tu finiras par les trouver.

Travis eut un petit rire : Brandon le connaissait bien. Mais l'heure n'était plus aux paroles, mais aux actes. Il empoigna Brandon par les hanches et lui intima de soulever son cul. Ensuite, il caressa les deux globes offerts à sa convoitise et insinua ses pouces dans la fente qui les séparait. Puis il se pencha et pointa la langue.

Au premier contact humide, Brandon gémit et sursauta.

— Tu aimes ? demanda Travis.

— Putain, oui, j'adore ! N'arrête pas !

Travis n'en avait pas l'intention. Il reprit ses caresses, enivré par le goût et l'odeur de Brandon, mélange de sueur et de musc. Brandon représentait exactement le type d'homme que Travis préférait : grand et fort, musclé, qui sentait la sueur et le travail acharné. Certes, Brandon, pour mieux passer à la télé, donnait une image extérieure un peu lisse, mais une fois ses vêtements ôtés, il était authentique et viril.

Travis lui ouvrit les fesses, et sa langue chercha l'anus serré. Il y insinua ses doigts pour assouplir le sphincter, suscitant chez Brandon une litanie érotique de grognements et de gémissements. De sa main libre, Travis chercha entre les jambes et trouva le sexe érigé. Lui-même bandait comme un malade, l'esprit court-circuité, concentré sur la jouissance à venir. Plus que tout, il voulait se perdre dans le corps de Brandon.

Quand il devina que son amant avait atteint le point de non-retour, Travis farfouilla à l'aveuglette dans le tiroir de sa table de chevet. Se croyant abandonné, Brandon émit des bruits de protestation incohérents. Travis sortit de son tiroir un flacon de lubrifiant et un préservatif, puis il se remit à la tâche délicieuse de préparer Brandon à sa pénétration. Il oignit ses doigts et les enfonça dans le cul de Brandon tout en mordillant le creux de ses reins cambrés.

Brandon se tortilla pour mieux s'empaler. Il gémissait, la peau empourprée, le dos agité de spasmes.

— Oh, oui ! Vas-y, prends-moi ! supplia-t-il. Je n'en peux plus !

Travis se débarrassa enfin de son boxer et jeta un coup d'œil à son sexe, si engorgé qu'il paraissait sur le point d'exploser. Il enfila un préservatif et remit Brandon sur le dos.

Le sexe de Brandon était absolument énorme. Travis s'en empara, ce qui fit décoller Brandon du matelas. Poussé par un élan irrépressible, Travis se pencha et engloutit la queue dans sa bouche. Le goût salé lui monta à la tête.

— Je suis en train de mourir, haleta Brandon. Mon cœur ne tiendra jamais le coup. J'en suis certain.

Travis le libéra, il éclata de rire et se mit à genoux.

— Mourir en plein orgasme, railla-t-il, je ne vois pas de meilleure façon de finir sa vie.

Brandon s'empara du lubrifiant et en versa une bonne quantité sur ses doigts. Il saisit ensuite le sexe de Travis protégé par un préservatif.

— Je te veux en moi, insista-t-il.

— Oh, putain, oui !

Brandon prit alors l'initiative de leurs ébats, il écarta les jambes et souleva les hanches tout en positionnant le sexe de Travis entre ses fesses. Travis se pencha et commença à le pénétrer.

Si Travis n'avait rien d'un novice dans les jeux sexuels, jamais il n'avait ressenti ce qu'il éprouvait en ce moment avec Brandon. Il prit possession de ce corps chaud et serré et s'y trouva parfaitement bien, comme si c'était la place qui lui était destinée de toute éternité.

Il embrassa Brandon, qui l'enveloppa de ses bras et lui rendit son baiser tout en s'accordant à ses coups de boutoir.

Bien entendu, ni l'un ni l'autre ne comptait parler de ce qui se passait entre eux cette nuit, pourtant, leurs ébats n'avaient rien de furtif. Toutes les lampes du studio étaient allumées, et les deux amants se regardaient droit dans les yeux. Ils baiseraient tant qu'ils en auraient la force. Après tout, ils avaient toute la nuit.

Travis bougea pour modifier l'angle de sa pénétration et s'enfoncer plus encore. Brandon cria, les lèvres entrouvertes. Il paraissait prêt à jouir. Il ferma les yeux comme pour résister à la vague qui l'emportait. Il rejeta la tête en arrière, les épaules tendues, le corps cambré, les reins soulevés du lit. Travis glissa la main entre eux et s'empara du sexe érigé. Le monde devint alors pure sensation, des images flashèrent dans l'esprit enfiévré de Travis, des sons érotiques vibrèrent à ses oreilles.

Il concentra tout ce qu'il avait sur son objectif : faire jouir Brandon le premier et savourer le spectacle de son orgasme avant de céder au plaisir.

Les traits de Brandon se crispèrent, exprimant une sorte d'angoisse, sa peau était rouge et moite de sueur, ses doigts serrés sur le drap froissé. Il convulsa enfin avec un cri rauque, et son orgasme jaillit.

Quand Brandon retomba enfin sur le matelas, ses muscles internes agités de spasmes, Travis ne put résister davantage et il jouit à son tour, à longues giclées brûlantes.

Une fois vidé de sa dernière goutte de plaisir, il s'écroula de tout son poids sur Brandon.

Lorsqu'il reprit conscience de son environnement, il avait le front pressé contre une poitrine moite. Il s'écarta pour libérer Brandon et retomba à ses côtés sur le lit, les membres flasques.

Au bout d'un moment, Travis roula sur le dos pour jeter le préservatif usagé dans la corbeille de son côté du lit. Ensuite, il mit ses bras sous sa tête et regarda Brandon, qui souriait, heureux, détendu, repu.

Brandon émit un petit rire.

— Merci, c'était génial, souffla-t-il.

— Merci à toi, répondit Travis. C'était génial pour moi aussi.

Soudain, Travis se sentit un peu hors de son élément. Il venait de baiser une célébrité, d'accord, mais Brandon était avant tout un homme avec lequel il travaillait. C'était la première fois que Travis franchissait les frontières de son éthique professionnelle. C'était troublant.

Se disputer avec l'animateur en chef de l'émission, comme il l'avait fait jusque-là, était un modus operandi bien plus simple.

Qu'allait-il se passer désormais ?

Seul l'avenir le dirait. Ce qui était fait était fait.

Au fond, Travis n'avait aucun regret. Il roula donc vers Brandon et posa la tête sur sa poitrine. Les deux hommes restèrent un moment les yeux dans les yeux.

Et Travis jugea que Brandon, d'après son sourire, ne regrettait rien non plus.

VIII

Si Travis se sentait prêt à succomber au sommeil, Brandon avait d'autres idées.

Tout en jouant avec le lobe de l'oreille de Travis, il déclara :

— Je n'avais pas remarqué que tu avais les oreilles percées.

Travis soupira et ferma les yeux.

— J'avais vingt ans quand j'en ai eu l'idée. Quand je sors, je porte mes piercings, mais sur les chantiers, j'ai peur de m'accrocher et de les arracher. Ces derniers temps, je ne fais que travailler, alors je ne porte quasiment jamais mes studs.

Brandon gloussa.

— D'accord. Tu as tout l'attirail du mauvais garçon, quoi ! Tatouages, piercings, un boulot essentiellement manuel.

Travis éclata de rire.

— N'importe quoi ! Bon, on dort maintenant ?

Il enfonça la tête dans son oreiller.

— J'ai quelque chose à te dire, je crois, marmonna Brandon.

— Maintenant ?

Brandon inspira profondément.

— Ben oui, vu qu'on vient de baiser et qu'on va passer la journée de demain avec mon ex-femme, je pense que ce serait mieux que tu sois au courant...

Résigné, Travis se redressa sur un coude pour regarder Brandon.

— Au courant de quoi ?

— Je te fais confiance pour garder mes confidences pour toi, hein ?

Touché de cette marque de vulnérabilité, Travis sourit.

— Bien entendu. Je serai muet comme une tombe.

— Kayla et moi étions à la fois amis et partenaires en affaires bien avant de nous marier. Nous nous sommes connus pendant nos études, nous suivions tous les deux les mêmes cours pour devenir agents immobiliers. Nous avons sympathisé, ce qui nous a poussés, une fois diplômés, à créer ensemble une agence, B & K Immobilier. Au début, comme toutes les boîtes du genre, nous gérions de simples transactions. Peu à peu, nous avons eu l'idée d'acheter des maisons vieillottes et de les relooker, et c'est comme ça que nous sommes devenus marchands de biens dans le nord du comté de Dutchess [18].

— D'accord.

— Tu vois, je me suis toujours intéressé à l'immobilier à cause de mon père… Tu sais qui c'était ?

— Non, pourquoi ? Je devrais ?

— Il s'appelait John Chase.

Sidéré, Travis se rassit dans son lit.

— Le John Chase ? Celui de Chase Tower et de l'hôtel St Joseph ?

— Oui. J'ai grandi dans une suite au St Joseph.

— Waouh ! C'est génial ! C'est même fabuleux !

Brandon haussa les épaules comme s'il n'était pas d'accord. Et il ne s'agissait pas d'arrogance de sa part. En fait, il avait l'air perplexe.

— Je ne suis pas certain que « fabuleux » soit le qualificatif exact. Oh, bien sûr, la suite l'était. La famille n'y habite plus désormais, bien que mon frère Robert l'utilise parfois en tant que bureau. Non, le problème, c'était que vivre avec mon père n'était pas simple. C'était un homme impitoyable, une « qualité » d'après lui nécessaire pour réussir dans le dur marché de l'immobilier new-yorkais. Dans sa vie privée, il était tout aussi implacable. Il ne tolérait aucun échec.

Un peu inquiet de la réponse qu'il allait recevoir, Travis demanda quand même :

— Ça se manifestait comment ?

— Eh bien, je vais te donner un exemple : quand j'étais à l'école secondaire, mon GPA [19] est tombé en dessous de 3,0… Mon père m'a privé de sorties tout le semestre suivant jusqu'à ce que mes notes remontent. À dix-neuf ans, mon frère Luke a écopé un jour d'un PV pour conduite en état d'ivresse, et l'anecdote est parue dans le *Post* [20]. De rage, mon père a refusé de payer le loyer de Luke ce mois-là. Il n'a jamais levé la main sur nous, mais il n'hésitait pas à nous sanctionner verbalement avec sévérité. Dès qu'il désapprouvait notre façon d'agir, il nous snobait. Il n'a pas adressé la

---

18 Un des soixante-deux comtés de l'État de New York.

19 « *Grade Point Average* », système d'évaluation des étudiants américains.

20 *The Washington Post*, journal de la capitale des États-Unis, Washington D.C.

parole à Robert pendant tout un mois après l'achat d'un immeuble dans le Queens [21], qu'il jugeait être un mauvais investissement.

Travis sentit que Brandon ne lui disait pas tout. En fait, il semblait presque excuser son père, ce qui était le signe certain d'une maltraitance sournoise ayant laissé des séquelles. C'était tout à fait compréhensible, vu les circonstances. Pourtant, Travis savait que John Chase était décédé cinq ans plus tôt.

— Si je te raconte ça, enchaîna Brandon, c'est pour te donner le contexte. Quand papa a commencé à avoir des problèmes de santé, mon frère aîné, Robert, a repris les rênes du groupe Chase. Mon second frère, Luke, aidait parfois, bien qu'il ait... euh, des soucis personnels à gérer. Moi, j'étais plus rebelle, alors j'ai voulu me débrouiller seul tout en restant dans l'immobilier. Kayla et moi avons déménagé à Poughkeepsie [22] pour ouvrir notre agence. Nous sommes tombés au bon moment, car les citadins cherchaient à quitter la ville pour s'établir dans le nord de l'État. Nous avons gagné assez d'argent pour que je n'aie pas à réclamer une aide financière de mon père et, franchement, je préférais. Oh, il aurait sans doute accepté d'investir dans mon agence, mais, en retour, il aurait cherché à tout contrôler, ce à quoi je ne tenais pas. Kayla et moi avons réussi de notre propre chef.

Travis s'étendit de nouveau.

— Bravo, déclara-t-il.

— J'en étais assez fier, admit Brandon. Un soir où Kayla et moi regardions une émission de Restauration Channel, elle a proposé que nous tentions notre chance.

Travis jouait avec la toison de la poitrine de Brandon.

— À la télévision ?

— Oui. Elle connaissait un agent dans les médias grâce à qui elle venait d'apprendre que Restauration Channel envisageait de lancer une émission sur les marchands de biens, animée par un couple marié. À l'époque, la chaîne tenait beaucoup à ce que son public puisse se reconnaître dans ses animateurs. Pour être franc, je crois que les téléspectateurs s'intéressaient autant à la vie privée du couple vedette qu'au relooking de la maison visée dans l'émission. Kayla a donc décidé que nous devrions nous marier.

---

21 Un des cinq arrondissements de New York (avec Manhattan, le Bronx, Brooklyn et Staten Island).

22 Ville principale du comté de Dutchess.

— Tu t'es marié pour une minute de gloire éphémère à la télévision ? Je comprends mieux que ça ait fini par un divorce.

— Le plan de Kayla a fonctionné, souligna Brandon, nous avons été engagés.

— Et alors ? *Foyer Idéal* a capoté dès votre séparation.

Les yeux au plafond, Brandon insista :

— Ce que je cherche à te faire comprendre, c'est que notre mariage a toujours été une simple commodité. Je te rappelle que je suis gay.

— Oh !

Travis resta bouche bée. Il avait cru Brandon amoureux de son ex – après tout, il parlait d'elle avec affection. Il pensait donc Brandon bisexuel. Surtout en l'entendant répéter que Kayla lui manquait et qu'il aurait souhaité garder sa vie d'avant. Si Brandon était gay à cent pour cent, cela voulait-il dire que son mariage avec Kayla n'avait jamais été consommé ?

— Mon père était ultra conservateur, enchaîna Brandon. Quand j'ai fait mon coming out à ma famille, il était furieux, il a menacé de me renier. Pour apaiser la situation, ma mère m'a encouragé à rester dans le placard. J'ai obéi. Imagine à quel point ma vie aurait été différente si j'avais…. Bah, à quoi bon y penser ? C'est trop tard à présent. Quand Kayla m'a suggéré son plan, je me suis dit que ce mariage allait résoudre deux de mes problèmes : je faisais plaisir à mes parents et Kayla et moi pouvions animer *Foyer Idéal*. Papa était enchanté que tous ses fils soient dans l'immobilier et que je perpétue la tradition familiale via la télévision.

— Si je comprends bien, ton mariage était bidon.

— Pas du tout ! Il était tout ce qu'il y a de plus légal. Nous avons été unis à la mairie, il y a eu une cérémonie, une réception et tout le tralala. En revanche, Kayla et moi n'avons jamais couché ensemble.

Travis n'arrivait pas à y croire. Un mariage de raison pour cacher une homosexualité ? Il ne se serait jamais douté qu'un truc pareil existait encore à l'époque actuelle.

— D'après les tabloïds, ta femme t'a trompé.

— Kayla et moi avions conclu un accord : pour tenir notre rôle, nous partagions une maison près de Poughkeepsie, mais ni elle ni moi ne tenions à baiser ensemble. Alors, à l'occasion, nous nous accordions des aventures discrètes. Il y a dix-huit mois environ, Kayla a rencontré Dave, dont elle est tombée amoureuse. Du coup, elle s'est montrée imprudente. Un soir qu'elle dînait avec lui à Manhattan, elle l'a embrassé et une table à côté a brandi un portable. Très vite, la photo s'est retrouvée sur les réseaux sociaux, et les tabloïds se sont déchaînés.

Quand il se tut, Travis resta un moment perplexe à réfléchir à ces aveux surprenants.

— Je vois, dit-il ensuite. Ce n'était pas un mariage bidon, mais un mariage blanc. Tout a marché jusqu'à ce que les tabloïds croient que Kayla te trompait. Et ça a suffi à faire annuler votre émission ?

— Il y a quelques années, Restauration Channel avait une autre émission sur les marchands de biens, animée par un couple. Au cours de la sixième saison, les animateurs se sont séparés, et l'audimat a sombré. Il faut dire que le divorce se passait mal et que les animateurs passaient l'essentiel de leur temps d'antenne à s'insulter. La chaîne ne tenait pas à répéter cette erreur. En vérité, j'ai accepté de divorcer pour libérer Kayla, pas parce que j'étais ulcéré d'avoir été trompé. Elle va épouser Dave avec ma bénédiction, mais c'était un message difficile à faire passer à la télé. Et puis, les abonnés avaient cru à l'image que nous leur avions vendue, celle d'un jeune couple sans histoires. Je ne voulais pas casser mon avenir dans les médias en révélant mon orientation sexuelle.

Travis se souvint alors d'une parole de Brandon quelques jours plus tôt.

— Et tu te sens coupable parce que Kayla a été virée, alors que toi, la supposée victime, tu t'en sors blanc comme neige.

— Oui. Je déteste cette injustice ! Kayla prétend qu'elle s'en fiche, parce que Dave et elle continuent leur activité en Californie, loin des projecteurs, mais quand même… Quel gâchis !

— Elle a pris un risque quand elle a embrassé son mec en public, souligna Travis. Tu ne l'y as pas forcée.

— Oui, je sais.

Brandon se frotta le visage. De toute évidence, il n'était pas encore totalement remis de cette situation stressante.

Il enchaîna :

— Kayla et moi avons décidé de divorcer pour mettre fin à cette histoire ridicule. Mon père est décédé depuis cinq ans, j'ai très peu de contacts avec ma mère, je ne travaille même pas pour le groupe Chase, alors pourquoi me donner la peine de cacher ce que je suis ? Même Kayla m'a conseillé de sortir du placard quand *Foyer Idéal* a été annulé. Au lieu de profiter de ma liberté, j'ai signé pour une nouvelle émission.

— Et tu considères toujours ton ex comme une amie, c'est pourquoi tu tenais à avoir son avis à Argyle Road.

— Oui, j'ai besoin de son expertise. J'ai cru pouvoir animer une émission en solo, mais je travaille mieux en duo. Prendre une décision m'est bien plus facile quand j'ai du répondant en face de moi. Sans Kayla, je suis paumé.

— Je vois.

Brandon afficha un air consterné.

— Désolé d'être aussi pathétique, souffla-t-il. Ces derniers mois ont été pour moi émotionnellement difficiles, je ne sais plus où j'en suis.

Travis se rapprocha de lui. Il aurait aimé savoir tout ça *avant* de baiser Brandon. Parce que ça faisait vraiment beaucoup pour un seul homme : un père abusif, des pressions familiales écrasantes, un mariage blanc et maintenant les attentes de la chaîne – et de Brandon lui-même – que l'émission soit un succès. A posteriori, Travis comprenait mieux certaines réactions de Brandon, qui, hors contexte, lui avaient paru étonnantes.

Un fait était clair : Brandon ne gardait pas rancune à son ex de l'avoir trompé, il lui faisait confiance, donc il était logique qu'il veuille son avis. Autre point : Brandon était déterminé à réussir à la fois pour sa famille et malgré elle, ce que Travis pouvait comprendre.

Les Rogers étaient bien moins ambitieux que les Chase. Travis était le dernier rejeton d'une longue lignée d'ouvriers new-yorkais du bâtiment : son grand-père avait travaillé sur l'Empire State Building [23]. Travis aussi aimait travailler de ses mains, alors, quand il avait dû choisir une carrière, il s'était dit : pourquoi ne pas perpétuer la tradition ? Ses parents vivaient dans le Queens, dans un petit bungalow avec des sols en vinyle, pas l'hôtel St Joseph. Ils n'avaient demandé qu'une seule chose à leurs enfants : être heureux.

Travis sentait bien qu'il avait à peine effleuré la surface de l'homme qu'était Brandon. Plus il creuserait, plus il rencontrerait des cicatrices émotionnelles et des problèmes en suspens.

D'un autre côté, il ressentait toujours la même attirance.

Il posa donc une main sur la poitrine de Brandon et essaya de se montrer réconfortant, même si ce n'était vraiment pas son fort. Il avait bien eu quelques « relations », quand un amant d'un soir lui avait semblé plus intéressant que prévu, mais, en général, il s'en tenait plutôt aux plans cul.

Brandon, lui, était différent.

---

23 Gratte-ciel de style Art déco situé à Manhattan, dans le quartier de Midtown.

Du moins, Travis le pensait, mais comment en être certain ? Après tout ce temps consacré à bâtir sa façade, Brandon savait-il encore qui il était vraiment ? Travis n'en était pas certain.

En tout cas, Travis comprenait enfin pourquoi Brandon s'était obstiné à faire de la maison d'Argyle Road un monument de neutralité ! En quelque sorte, c'était ce qu'il avait fait avec lui-même : transformer un être unique et original en un mannequin asexué et générique.

Concernant la maison, Travis avait senti son potentiel caché, deviné sous les outrages du temps la splendeur d'antan qui ne demandait qu'à renaître. Serait-ce la même chose avec Brandon ?

— Je suppose que j'ai aggravé ton stress en remettant en question tes décisions sur le chantier, fit remarquer Travis, penaud.

— Non. En fait, tu m'as aidé, parce que, comme je viens de te le dire, je fonctionne mieux à deux, avec un partenaire avec qui discuter de mes idées. Je ne parle pas d'un « partenaire » au sens romantique, juste d'un interlocuteur… de préférence conflictuel. J'ai même proposé d'engager un autre animateur à Virginia et Garrett Harwood, mais ils ont renâclé.

— Alors je dois continuer de me battre avec toi devant les caméras ? Pas de problème, je peux le faire.

Comme Travis l'espérait, sa pique arracha un petit rire à Brandon.

Ensuite, ils restèrent un moment à se regarder en souriant.

Puis Brandon rompit le silence pour dire :

— Je…. je voulais que tu saches tout ça pour qu'il n'y ait pas de malentendus entre nous. Mais devant les caméras, il nous faudra conserver les apparences.

— Bien sûr.

Cette perspective n'enchantait guère Travis, mais, dans tous les cas, il n'aurait pas été cul et chemise avec Brandon sur le chantier. Que ce soit par principe, éducation ou décence, il n'était pas du genre à s'exhiber en public.

— J'ai hâte d'être à demain et de discuter avec Kayla des projets en cours !

Avec un soupir, Brandon passa un bras autour de Travis et l'attira plus près. Une fois encore, Travis chercha comment réconforter Brandon. Rester silencieux contre lui semblait… insuffisant.

Émotionnellement parlant, Travis n'était pas handicapé. Comme tout un chacun, il avait connu son lot de déceptions, amoureuses et autres, mais il avait l'habitude d'y faire face seul. Et il ne savait comment anticiper ce dont les autres avaient besoin. Il était ému que Brandon se soit aussi spontanément confié, ému, mais un peu mal à l'aise.

Il enlaça Brandon et posa la tête sur son épaule.

— Merci, Travis, souffla Brandon. Merci de m'avoir écouté.

Travis sourit et se blottit davantage.

— De rien. Tu restes dormir ?

— Oui, à moins que ça te pose un problème ?

— Non, pas du tout, au contraire. C'était juste une question.

— Je n'ai aucunement envie de bouger.

— Alors reste.

— Il faudra que je repasse chez moi demain me changer. Je ne rentrerai pas dans tes jeans.

— Où habites-tu ?

— À Brooklyn Heights.

C'était un quartier luxueux dont les loyers élevés dépassaient largement les moyens de Travis. Hériter d'un père richissime offrait certains privilèges, après tout. Réussir à la télévision aussi.

— Si tu prends le métro, tu en auras pour vingt minutes à peine.

— D'accord.

Travis leva la tête pour embrasser Brandon. Sur ce plan-là, au moins, il se sentait compétent. En entendant Brandon pousser un soupir heureux, en sentant des doigts dans ses cheveux, Travis eut enfin l'impression d'avoir agi comme il le fallait.

Il se rallongea et déclara :

— Et maintenant, dodo. Il va falloir se lever tôt demain matin.

BRANDON AVAIT réglé l'alarme de son téléphone à six heures du matin pour se donner le temps de passer chez lui, pour se doucher et se changer avant de retourner sur le chantier et attendre Kayla.

Au final, il n'eut pas besoin d'alarme, car il resta éveillé une bonne partie de la nuit. Son insomnie était due en partie au fait de se trouver dans un appartement étranger, mais surtout, il était sous le choc d'en avoir tant dit à Travis. Il repassa leur conversation dans sa tête en se posant multiples questions : avait-il eu tort de se montrer aussi franc ? N'avait-il pas trop dévoilé sa vulnérabilité ? Travis le jugeait-il idiot d'avoir épousé Kayla dans ces conditions ?

Travis, lui, dormait profondément. Il ne ronflait pas, mais son souffle calme et régulier indiquait qu'il passait une nuit paisible, tandis que Brandon se rongeait les sangs.

Ce qui venait de se passer n'était pas... son style, décida Brandon. Jusqu'à ce jour, il s'était cantonné aux aventures d'un soir pour éviter d'avoir à expliquer son mariage blanc. Cela faisait trop années 1950. Au départ, booster sa carrière lui avait paru une bonne idée, mais avec le temps, il s'était senti de plus en plus piégé. En fait, s'il avait accepté de divorcer, c'était en partie pour sortir enfin de cette ornière.

Les aventures, aussi rares que discrètes, qu'il s'était accordées au fil des ans n'avaient pas été de vraies relations. Avec Travis, c'était différent. Brandon pressentait du potentiel à leur histoire, mais il y avait un point noir important : ils travaillaient ensemble. Brandon comprenait parfaitement que Travis ait hésité en craignant de tout perdre.

Au départ, Brandon s'est senti capable de compartimenter, mais à présent, il n'en était plus aussi sûr. Du coup, il était très mal à l'aise d'avoir confié à Travis ce qu'il avait jusque-là gardé exclusivement pour lui : ce qui s'est passé avec Kayla était de sa faute à lui.

Pour une raison étrange, Brandon avait tenu à expliquer à Travis qu'il n'avait jamais été amoureux de Kayla, surtout alors qu'elle allait les rejoindre le lendemain et travailler sur la maison d'Argyle Road. De même, il lui avait paru important que Travis sache que le personnage si soigneusement bâti par Brandon pour la télévision n'était qu'une façade. Mais en parlant, Brandon avait découvert un nouveau problème : il ne savait plus qui il était vraiment.

Et cette nouvelle angoisse le garda éveillé la majeure partie de la nuit.

Lorsque son alarme se déclencha, à six heures, Brandon fut presque soulagé d'être arraché à ses réflexions. Il récupéra son téléphone et coupa le son. Travis se contenta de grogner avant de se rendormir.

Brandon vérifia ce qui se disait sur les réseaux sociaux. La nouvelle que Kayla ferait une brève apparition sur le plateau de Brandon avait déjà fuité, et les abonnés s'interrogeaient sur la raison de ce rapprochement. Kayla revenait-elle à New York pour tenter de renouer avec Brandon ?

Brandon secoua la tête, il referma son téléphone et quitta le lit. Après un bref passage dans la salle de bain, il repassa dans la chambre pour enfiler ses vêtements.

Assis dans son lit, Travis se frottait les yeux.

— Tu comptais m'abandonner ? demanda-t-il.

— Non, répondit Brandon en enfilant son pantalon, mais je dois retourner chez moi me changer. Sinon, les cameramen remarqueront que je porte les mêmes vêtements qu'hier, ce qui ne m'arrive jamais, et ça risquerait d'éveiller les soupçons.

Travis hocha la tête et se leva, nu comme un ver. Il s'approcha de Brandon, prit son visage en coupe et lui donna un long baiser.

Quand il s'écarta, il déclara :

— C'est pour que tu ne m'oublies pas pendant notre séparation.

Brandon se mit à rire.

— Je te retrouve sur le chantier dans moins d'une heure et demie !

Travis se pencha et lui murmura à l'oreille :

— Je sais, mais je veux que tu évoques la nuit dernière quand tu seras chez toi, que tu me sentes encore te pilonner, que tu revoies nos deux corps nus emboîter l'un dans l'autre, ma main sur ta queue... Je veux que tu te branles sous la douche et que tu penses à moi. Du coup, toute la journée sera un long supplice que tu devras subir avant que nous puissions revenir ici ensemble et nous remettre au lit.

Pour illustrer ses propos, il pressa son érection matinale contre Brandon. La sensation était... jouissive. Peut-être ne s'agissait-il que d'une simple attraction physique, une aventure qui brûlerait vite sans laisser de traces. Les endomorphines n'étaient-elles pas réputées pour être le meilleur des anti-stress ?

Peut-être Travis avait-il déjà oublié ses confidences de la veille.

Brandon en fut rasséréné. Le sexe, il connaissait. Les sentiments par contre... ça n'était pas son truc.

Détendu, il réagit d'instinct : il plaqua Travis contre lui et poussa un gémissement rauque. Il lui empoigna le cul et l'embrassa fort, suçant et mordillant ses lèvres avec passion.

Travis recula, les bras noués autour de Brandon, cherchant à le ramener vers le lit.

— Je dois y aller, protesta Brandon. Je vais être en retard !

— Je vais aller très très vite, promit Travis.

Brandon éclata de rire et se laissa retomber sur le lit.

IX

BRANDON PORTAIT une chemise à carreaux et un jean propre, son
« uniforme » habituel pour travailler. Il fut un peu surpris, quand Kayla entra
dans la maison d'Argyle Road, de la voir sur son trente-et-un. Elle portait un
chemisier en soie prune, une jupe serrée noire et des chaussures à talons, ce
qui n'était pas pratique, vu l'état des lieux. Elle était superbe, certes, mais elle
paraissait plus prête à entrer sur un plateau télévisé que sur un chantier.

Elle s'adressa aux cameramen avec un sourire :

— J'adore le premier jour d'un relooking ! C'est tellement excitant !

Brandon était impatient de lui faire visiter la maison, bien qu'il ait
l'esprit embrouillé par les pensées qui tourbillonnaient dans sa tête.

Planté près de la porte d'entrée, Travis les regardait interagir, l'air un
peu ironique.

Virginia intervint :

— D'accord. Voici comment je pense que ça devrait se passer. Travis,
approchez !

Travis obtempéra tout en jetant un coup d'œil à Brandon. Furieux
contre lui-même, Brandon constata que, depuis son arrivée ce matin, il avait
du mal à quitter son amant des yeux. Aujourd'hui, Travis portait un tee-
shirt de l'entreprise Mike & Sandy – deux spécialistes dans la réfection de
cuisines et salles de bain qu'il avait recommandés à Restauration Channel –
et un jean délavé. Les éraflures de ses bottes prouvaient que ces dernières
étaient utilisées pour du vrai travail manuel, pas comme des accessoires de
style. En revanche, la façon dont son tee-shirt moulait le torse de Travis
était peut-être une sorte de message.

Comment Travis occupait-il ses loisirs ? se demanda soudain Brandon.
Ce n'était pas le bon moment de rêvasser ainsi.

Il se reprit mentalement et reporta son attention sur Virginia.

— Sur quoi comptez-vous travailler aujourd'hui ? demanda-t-elle à
Travis. Maintenant que la démolition et les réparations des fondations sont
terminées, il est temps de passer à la décoration intérieure.

— Les travaux sont bloqués jusqu'à ce que le plan général soit décidé,
répondit Travis. Nous devons savoir comment seront disposées la cuisine et

les salles de bain, bien entendu, mais aussi quels sols poser, quels carreaux, quelles peintures, quels papiers peints… et quoi faire de la cheminée. Il nous faudra passer commande et la livraison des matériaux risque de prendre une semaine ou deux. En attendant, nous nous occuperons des murs qui restent et de la plomberie, mais là aussi, il me faut des plans à suivre.

Une fois encore, Brandon se sentit dépassé.

— Les plans, bien sûr, déclara-t-il.

Virginia tapa dans ses mains.

— Très bien, faisons le tour, décida-t-elle. Ensuite, Brandon et Kayla décideront des plans définitifs, en accord avec Travis. Demain, Brandon et Kayla sortiront commander les papiers peints, les carrelages, etc. pendant que Travis s'occupera du reste, d'accord ?

— Parfait, déclara Kayla. Tu es prêt, Brandon ?

— Oui, oui.

— Super ! lança Kayla. Messieurs les cameramen, suivez-nous.

Brandon avait oublié combien elle était plus à l'aise que lui devant les caméras. Lui préférait croire qu'elles n'existaient pas, tout en sentant toujours le poids de leur présence. Quant à Travis, il semblait imperturbable.

Erik s'écria :

— Action !

Travis se présenta alors à Kayla :

— Bonjour, je suis Travis Rogers, le chef de chantier.

— Enchantée de faire votre connaissance, Travis. Vous n'avez pas trop de mal à supporter Brandon ?

Avec un clin d'œil espiègle, elle donna à son ex-mari un petit coup de coude.

— Non, ça va, répondit Travis. Brandon et moi avons eu quelques accrochages au début, quand je pensais devoir rendre à la maison son caractère victorien, alors qu'il préférait un modernisme un peu agressif, mais nous avons fini par trouver des compromis. Je suis heureux de vous voir ici avec nous, Kayla. Nous avons besoin d'un œil neuf et sans préjugés pour trancher.

Elle eut un sourire éclatant.

— Je vois. Vous savez, je connais bien Brandon, il est très doué pour organiser un espace de vie, il visualise parfaitement la meilleure disposition possible des pièces et même, quand on l'oriente dans la bonne direction, il a plutôt bon goût. En revanche, il craint les couleurs et les motifs. Nous allons trouver un juste équilibre, faites-moi confiance.

Travis sourit.

— Je suis vraiment impatient de vous voir à l'œuvre, déclara-t-il.

Brandon les contemplait d'un œil inquiet.

— Je pressens une coalition, se plaignit-il. Vous comptez vous amuser à mes dépens, c'est ça ?

Kayla se tourna vers lui.

— Pourquoi pas, cher ex-mari ? Viens, allons faire de cette maison une merveille.

Ils commencèrent par le salon. Travis sortit le bloc sur lequel il prenait ses notes et le feuilleta pendant que Brandon regardait par-dessus son épaule. Sur chaque page de papier quadrillé, un plan était grossièrement dessiné, une pièce par feuille. Travis finit par retrouver la page destinée au salon, où se trouvait indiquée la place des anciens murs et de la cheminée.

Kayla regardait autour d'elle.

— Le mur entre cette pièce et le couloir ne sert à rien, annonça-t-elle. Il ne faut pas le garder. Et en ouvrant jusqu'à l'escalier, il y aura encore plus d'espace de vie.

Sur son plan, Travis barra le mur en question.

— C'est vrai. C'était un des rares points sur lequel Brandon et moi étions tombés d'accord.

Ensuite, il garda le silence et laissa les deux architectes discuter des mérites des différentes sortes de foyers. Ils finirent par se décider en faveur d'un encadrement en pierre pour la cheminée, avec l'âtre au gaz, tout en conservant l'ancien manteau.

— Je m'occupe d'installer une conduite de gaz, déclara Travis. Et de démonter la cheminée.

— Chaque fois que vous ouvrez la bouche, dit Brandon, j'entends tinter la caisse enregistreuse qui alourdit mon addition.

Travis se contenta de hausser un sourcil.

Kayla intervint :

— Un foyer au gaz sera plus facile à utiliser pour le futur propriétaire. Trouver du bois de chauffage en plein Brooklyn n'est pas si simple.

— Oui, mais ça coûte cher de démonter une cheminée, fit remarquer Travis. Pourquoi ne pas simplement ramoner le conduit et le laisser tel quel ?

— C'est possible ? demanda Brandon.

— Oui, je pense. Ce serait nettement moins onéreux que de tout démonter. Quant au bois de chauffage, ils en vendent sur la Church.

Kayla hocha la tête.

— D'accord, une cheminée à bois a un côté rétro qui peut séduire certains acheteurs.

— Très bien, dans ce cas, nous la gardons.

Brandon inspira un grand coup pour se calmer. Sur ce point-là, Travis avait raison : mettre une cheminée au gaz était une dépense inutile, puisque cet aménagement n'ajouterait aucune valeur à la maison.

Ils passèrent ensuite à la cuisine. Sur son bloc, Travis avait déjà barré le mur qui la séparait de la salle à manger, donc pas de discussion en vue. Quand Brandon détailla la position de chaque appareil ménager, la taille et la position des placards, Travis se contenta de prendre des notes. Il avait utilisé les petits carreaux de son papier pour dessiner ses plans à l'échelle, c'était très pratique, car il put donner à Brandon et Kaya la taille exacte de l'îlot de cuisine qu'ils envisageaient d'installer. Et Brandon avait déjà aligné ses échantillons le long du mur entre la cuisine et le salon.

— Et ce mur-là ? demanda Kayla. Qu'en faisons-nous ?

— Nous le gardons, déclara Brandon. D'abord, ça nous fait une économie, ensuite, comme Travis l'a très justement fait remarquer, il nous offre la possibilité de créer derrière un garde-manger ou un cellier.

Kayla hocha la tête.

— Oui, bonne idée.

Elle traversa la pièce pour regarder les échantillons.

— Non, je ne vois pas du tout du laqué pour les placards. Par contre, j'aime beaucoup ceci…

Elle désignait une porte à l'ancienne,

— Pas en gris, ajouta-t-elle, c'est hideux. Il nous faut une teinte chaude. Du bois naturel de couleur sombre comme… le cerisier ! C'est tout à fait années 90.

Travis étouffa un ricanement.

Brandon lui jeta un coup d'œil.

— Je vous entends penser : « Je vous l'avais bien dit. »

— N'est-ce pas la vérité ? rétorqua Travis. J'avais effectivement suggéré des placards en bois sombre, non ?

Kayla s'adressa directement à lui :

— Et pour le sol, vous auriez vu quoi, Travis ?

Brandon soupira, résigné, pressentant déjà que son ex-femme allait se liguer avec son chef de chantier contre lui.

— À l'origine, je pensais à des planchers dans toute la maison, mais si les placards de la cuisine sont déjà en bois sombre, ça risque de manquer de contraste.

— Non, ça dépendrait de la couleur des planchers.

Brandon pointa le pied vers un échantillon de carrelage.

— J'aime ces carreaux, annonça-t-il.

Ils passèrent la demi-heure qui suivit à débattre des avantages et des inconvénients des différents échantillons.

Kayla conclut en disant :

— Il nous faut plus d'échantillons. Je ne vois aucun de ces carreaux pour les murs entre les deux rangées de placards.

— D'accord, déclara Brandon.

Les échantillons qu'il avait apportés étaient tous de couleur unie. Il secoua la tête mentalement en évoquant les carreaux anciens que Travis lui avait montrés.

Bien que Travis gardât une expression impassible, lui aussi devait y penser.

Kayla se pencha et ramassa un échantillon.

— Ce quartz gris clair est parfait, déclara-t-elle. J'aime beaucoup son éclat. À mon avis, nous devrions faire dans les salles de bains les mêmes placards et comptoirs.

— Oui, ce ton correspond à l'époque victorienne, déclara Travis.

Ben voyons, pensa Brandon.

— L'authentique, c'est bien gentil, intervint-il, mais le pratique a aussi sa place dans une maison. Le quartz demande peu d'entretien, tant mieux pour ceux qui vivront ici. La pierre n'est pas poreuse, donc elle ne tache pas.

Travis le savait, bien sûr, mais Brandon tenait à le préciser pour les caméras.

— Vous avez raison, concéda Travis.

Brandon ajouta :

— Kayla sera d'accord avec moi, je pense, quand je dis que la plupart des acheteurs tiennent avant tout à des cuisines et à des salles de bain *modernes*. Le cachet victorien n'est qu'un plus.

Kayla hocha distraitement la tête avant d'ajouter :

— Pour les appareils ménagers et l'évier, je verrai de l'inox. Et pour la hotte au-dessus du four, un de ces modèles qui imitent l'ancien.

J'en ai vu en cuivre martelé il y a quelques semaines, ils auraient fière allure ici.

Quand ils terminèrent la dernière salle de bain, Brandon ne parvenait plus à prêter attention à la discussion. Par chance, Kayla et Travis continuaient à échanger avec animation. Kayla voulait modifier la position des douches, baignoires et lavabos – et donc des conduits de plomberie. Soucieux de réduire le budget, Travis réussit à la convaincre de garder les emplacements actuels, sauf dans une salle de bain d'angle, où la douche devait vraiment être déplacée.

Ils retournèrent ensuite dans la pièce à vivre. Travis et Kayla eurent une longue discussion sur l'opportunité de faire tomber le mur qui séparait cette pièce de la salle à manger. Au final, ils décidèrent de simplement agrandir la porte.

— Je connais un magasin sympa à Dyker Heights [24], déclara Kayla. Ils vendent du carrelage à prix d'usine. Nous irons y jeter un coup d'œil demain. Il est parfois possible de faire de bonnes affaires sur des produits de qualité. Tu es d'accord, Bran ?

— Oui, bien sûr.

Il se tourna vers Travis et ajouta un peu sèchement :

— Alors, Travis, aimez-vous la vision de Kayla ? Je présume qu'elle correspond mieux avec ce que vous envisagiez pour la maison ?

— Ce n'est pas à moi de décider des plans définitifs, Brandon, je me contente de donner mon avis.

De derrière la caméra, Virginia gesticula pour les inciter à continuer.

— Justement, insista Brandon, c'est votre avis que je vous demande.

— C'est vrai, j'aime la plupart des idées de Kayla. Maintenant, le résultat final dépendra aussi des matériaux que vous allez choisir. Je sais que vous préférez le moderne clinique, mais je continue d'espérer que vous mettrez dans la déco un peu plus de couleur et de caractère.

Brandon désigna le mur en plâtre blanc qui leur faisait face.

— Que verriez-vous ici pour sortir de l'ordinaire ? demanda-t-il. Un papier peint à motifs victoriens, peut-être ? De quoi rappeler la pièce telle qu'elle était à son heure de gloire ?

— J'ai récupéré une partie du papier d'origine, rétorqua Travis, alors trouver quelque chose qui s'en approche ne serait pas difficile.

---

24 Quartier résidentiel du sud-ouest de Brooklyn.

— Quelle magnifique idée ! s'exclama Kayla. Brandon, il nous faudra aussi demain de nouveaux échantillons de papiers peints.

Cachant sa consternation, Brandon adressa un sourire aux caméras.

— Eh bien, nos plans ont bien avancé, on dirait, déclara-t-il.

TRAVIS AVAIT été surpris de constater qu'il appréciait vraiment Kayla. Oh, elle se montrait parfois bruyante et arrogante, mais il aimait ses idées, et elle réussissait à être positive sans devenir insupportable.

Quand les cameramen s'en allèrent, leur journée de tournage terminée, Travis se trouva face à un dilemme intéressant. Depuis son réveil ce matin, il avait espéré convaincre Brandon de revenir dans son appartement, mais l'animateur semblait désireux de passer du temps avec son ex. Travis n'y voyait rien à redire, car il ne comptait pas revendiquer tout le temps libre de Brandon.

De plus, il ne s'était pas encore totalement remis des aveux de Brandon la veille au soir.

Brandon et Kayla étaient de bons amis, c'était évident. Ils avaient le rapport facile des gens qui se connaissaient et s'appréciaient depuis longtemps. Travis voyait très bien comment les téléspectateurs avaient pu confondre cette alchimie avec de l'amour. Au cours de la journée, Travis avait plusieurs fois éprouvé un bref accès de jalousie, tout en se jugeant ridicule. Baiser une seule fois ne leur donnait, à Brandon et à lui, aucun droit l'un sur l'autre.

Il soupira et secoua la tête. C'était sans importance. Ils travaillaient ensemble, non ? Alors, que Brandon reste avec Kayla ce soir était sans doute mieux. Lui, Travis, allait rentrer chez lui et se chercher de bonnes raisons pour éviter de retomber dans un lit avec Brandon.

Il oublia ses belles résolutions quand Brandon l'approcha avec une proposition inattendue.

— Nous allons dîner près de Cortelyou Road [25]. Kayla veut tester un nouveau restaurant. Ça te dit de venir avec nous ?

Merde.

D'instinct, Travis fut tenté de refuser, mais ça lui paraissait impoli. Et puis, il avait envie de profiter de la compagnie de Brandon.

25 Station de métro à Brooklyn.

— Ne réfléchis pas aussi fort, persifla Brandon, il ne s'agit pas de résoudre une équation compliquée. Ce n'est qu'un dîner.

— Je sais, excuse-moi. C'est juste que je ne me sens pas trop à l'aise dans les situations sociales complexes. Mais bien sûr, je viendrai.

— C'est à quinze minutes de marche, deux arrêts de métro à peine, mais Kayla préfère prendre un taxi. Allez, récupère tes affaires, on y va.

Peu après, Travis était serré sur une banquette arrière entre Brandon et Kayla. Par chance, le trajet fut bref, et ils descendirent du taxi devant un pub flambant neuf. L'extérieur présentait un « faux vieux » que Travis détestait. À coups de chalumeau et de marteau, le métal pouvait paraître ancien, il n'en restait pas moins atrocement artificiel. Le restaurant s'avéra d'ambiance *hipster* [26], ce que Travis aurait pu deviner. La clientèle masculine portait essentiellement la barbe et une chemise en flanelle. Une serveuse aux cheveux violets escorta le trio jusqu'à une table d'angle, avant de leur tendre les menus – des feuilles de papier agrafées à des plaques de bois.

Une fois la fille partie, Kayla remarqua :

— C'est rustique !

Travis rit du sarcasme qui résonnait dans sa voix.

Elle lui sourit et ajouta :

— D'après ce que j'ai lu, ils ont ici un fromager et un expert en bière. Y a-t-il un nom spécifique pour ça ? Pour le vin, on parle d'un sommelier, mais pour la bière, je ne sais pas.

Brandon sortit son téléphone pour vérifier.

— D'après Google, c'est un biérologue ou un zythologue.

Kayla pencha la tête, comme si elle y réfléchissait.

— Je préfère zythologue, c'est plus mystérieux. Eh bien, il y a ici un fromager et un zythologue. Il est conseillé de prendre en guise d'apéritif une assiette de fromages avec plusieurs bières, et ils vous diront quel fromage essayer avec quelle bière. D'ailleurs, même les plats du menu sont composés d'un fromage inhabituel et assortis d'une bière spécifique. Ils ont plus de cent cinquante bières pression à la carte. Regardez le bar.

Travis suivit des yeux le geste de Kayla. Le nombre de buses derrière le comptoir évoquait un stand de glaces aux multiples parfums. Les options étaient si nombreuses qu'il ne savait comment faire son choix. Il aimait bien la bière, préférant en général les blondes légères aux IPA qu'il jugeait trop amères, mais, dans ce contexte, il était prêt à tout tenter. Les prix indiqués

---

26 Stéréotype de jeunes adultes américains des quartiers gentrifiés.

sur le menu, *hipster* lui aussi, étaient plutôt élevés pour Brooklyn. *Bon sang, quelle importance ?* pensa Travis. Ces derniers temps il gagnait une fortune en discutant avec Brandon devant la caméra, aussi s'offrir un bon repas était-il dans ses moyens.

Kayla commanda l'assiette de fromages et ses verres de bière, puis chacun énonça son plat de résistance. Pour accompagner son poulet, Travis s'en tint à la bière recommandée.

Brandon, lui, interrogea la serveuse :

— Pourquoi servir de la bière plutôt que du vin avec le fromage ?

— Cole est notre biérologue, répondit-elle, il saurait mieux vous expliquer que moi, mais, si j'ai bien compris, la bière et le fromage s'accordent, parce que tous deux subissent un procédé de fermentation. Voulez-vous que je demande à Cole de passer à votre table ?

— Non, ça va. Ce n'était qu'une simple curiosité de ma part.

Quand elle s'éloigna, Travis remarqua :

— Cet endroit cherche vraiment à se démarquer.

— J'ai vécu dans ce quartier il y a des années avant de rencontrer Brandon, déclara Kayla. À l'époque, on y trouvait essentiellement des Afro-Caribéens. Et maintenant, regardez ! Des *hipsters* partout !

Elle secoua la tête.

— Oui, Brooklyn s'est gentrifié, reconnut Travis. Avant d'être engagé par Restauration Channel, j'ai travaillé pour une boîte qui réalisait plein de chantiers dans le quartier. J'étais chargé de démolir et de rénover les cuisines et les salles de bain.

— Un boulot plutôt dur !

— Oh, la plupart de ces cuisines et salles de bain étaient minuscules, mais peu à peu, les propriétaires ont compris qu'il y avait aussi un marché pour des appartements se démarquant du modernisme basique des immeubles neufs. Franchement, depuis que je loue, je croirais presque que New York n'a qu'une seule et même vision de la décoration d'intérieur !

— D'après ton accent, tu es né ici, pas vrai ? demanda Kayla.

— Oui, dans le Queens.

— Qu'est-ce qui t'a amené à Brooklyn ?

Travis jeta un coup d'œil à Brandon, qui se contenta de hausser les épaules. Travis ne s'était pas attendu à ces questions. Certes, la curiosité de Kayla était assez anodine, mais il n'aimait pas parler de lui.

Il s'éclaircit la gorge.

— Eh bien, j'ai grandi à Forest Hills [27], mais mon père est né à Brooklyn et mes grands-parents vivaient à Fort Greene. J'avais vingt-cinq ans quand un de mes amis a cherché un colocataire, alors je suis arrivé ici.

Kayla sourit.

— Tu me trouves peut-être indiscrète, s'excusa-t-elle, mais je suis fascinée par les raisons qui poussent les gens à déménager. Ce doit être une déformation professionnelle.

Brandon intervint :

— Kay, raconte-nous comment ça se passe pour toi à Orange [28]. Vous avez été bien accueillis, Dave et toi ?

— Oui, à part L.A, j'adore la Californie ! Nous cherchons à acheter une maison près de la plage. Dès qu'on quitte L.A, cette cité tentaculaire, il y a partout du soleil et le beau temps est constant. En fait, le manque de précipitations est là-bas un vrai problème, tu imagines ? Pour relooker nos maisons, nous avons appris à reconnaître les arbres qui résistent à la chaleur et à créer une nouvelle sorte de jardins, ça me plaît beaucoup !

Brandon gloussa.

— Tu n'as pas perdu ton optimisme, à ce que je vois.

— Nous venons d'acquérir pour des clopinettes un bungalow à Santa Ana. Dans les années cinquante, il appartenait à des stars de cinéma, mais actuellement, c'est une vraie ruine. Dave me laisse entièrement libre de la déco intérieure. Je veux recréer un style à la fois moderne et hyper rétro avec des couleurs éclatantes. Ce sera comme un tableau de Shag.

— De qui ? demanda Travis.

— Josh Agle de son vrai nom, un peintre sud-californien du début des années soixante, connu pour ses peintures rétro et très colorées. J'adore !

Elle regarda Brandon et ajouta en riant :

— Ça n'est pas du tout du goût de Bran ! Pour *Foyer Idéal*, il avait des palpitations quand je suggérais de peindre un mur en violet !

— Je lui ai suggéré pour la cuisine des carreaux bleu sarcelle, renchérit Travis, il a failli s'évanouir.

Kayla hocha la tête.

— Ça ne m'étonne pas.

---

27 Quartier de New York, situé dans le Queens.
28 Comté de Californie et l'une des principales régions du Grand Los Angeles.

96

— Arrêtez de vous liguer contre moi ! protesta Brandon. Je suis censé récupérer mon investissement en vendant bien la maison. Si la déco est trop spécifique, je ne trouverai jamais d'acheteur.

— C'est faux ! rétorqua Kayla. Si tu sais y faire, le produit final sera à la fois chic et personnalisé.

Elle sortit son téléphone et ajouta :

— Regarde la première maison que Dave et moi avons relookée à Orange, dans un chouette petit quartier en plein développement. Aucun de nos acheteurs potentiels ne voulait d'un intérieur générique. Je vais te montrer ce que j'ai fait dans la cuisine.

Travis ravala sa satisfaction et resta à siroter sa bière en attendant son tour pour regarder les photos. Peu après, Brandon lui passa le téléphone. Kayla avait créé une cuisine aux couleurs vives, avec des placards d'un bleu électrique, des carreaux muraux en chevrons [29] blanc et gris clair, des planchers en bois foncé.

— Waouh ! s'exclama Travis. J'aime beaucoup ce bleu ! Et ces touches de jaune le font vraiment bien ressortir !

— Exactement ! Et la maison s'est vendue en deux temps trois mouvements, enchaîna Kayla. Elle n'est pas restée huit heures sur le marché : nous avons reçu deux offres dès la première journée portes ouvertes.

Brandon grimaça.

— Quand même, c'est un gros risque !

Travis décida de prendre le taureau par les cornes.

— Très bien, monsieur l'expert, tu m'as demandé hier ce que je ferais de la maison si elle était à moi, eh bien, je te retourne la question. Cesse de penser à tes acheteurs et réponds comme si c'était toi qui allais habiter Argyle Road. Que choisirais-tu ?

Brandon fronça les sourcils.

— Laisse-moi réfléchir…

Kayla croisa les bras.

— Je suis tout ouïe, déclara-t-elle.

— Des sols en carrelage, pas en bois, reprit Brandon. Et certainement pas des carreaux qui imitent le bois, j'ai horreur de ça. Je prendrais de vraies céramiques. Et seulement pour la cuisine et la salle à manger, puisque les autres pièces à vivre sont séparées par les murs que nous

---

29   Pose qui nécessite des carreaux spécifiquement créés à cet effet, rectangulaires et biseautés sur les largeurs.

avons décidé de garder. Les carreaux seraient d'un gris chaleureux, les placards en bois, en noyer peut-être. Le comptoir serait en béton ciré avec des finitions chromées.

Kayla secoua la tête.

— Un goût industriel et masculin ! protesta-t-elle. J'étais d'accord avec toi jusqu'à ce que tu parles de béton. Je déteste !

Brandon soupira.

— Je sais. Tu n'as jamais voulu que j'en mette dans *Foyer Idéal*, mais nous ne sommes plus associés, et comme c'est une cuisine virtuelle, je peux faire ce qui me plaît. Je mettrais du quartz blanc dans les salles de bain, comme nous l'avons décidé aujourd'hui. Dans la cuisine, pourquoi pas une touche de couleur sur les murs. Du bleu, oui… mais certainement pas électrique, un bleu plus doux qui viendrait équilibrer le gris. Et je peindrais les chambres dans des couleurs différentes, ou tout au moins un mur dans chacune d'elles.

— Que ferais-tu dans la suite principale ? demanda Kayla.

— Du papier peint à motifs géométriques derrière le lit.

— Géométriques ? s'étonna Travis.

Il se mit à rire. C'était si étrange d'entendre Brandon, M. Couleurs Neutres, choisir une telle excentricité.

Kayla posa la main sur la sienne.

— Si, Travis. Il avait choisi le même papier pour notre maison quand nous habitions au nord de l'État, un motif géométrique avec des touches métalliques et dorées.

Travis haussa un sourcil en toisant Brandon.

— Métalliques, hein ? N'est-ce pas un choix audacieux ?

— C'était chez moi, protesta Brandon, l'air traqué. Il ne s'agissait pas d'une maison que je comptais revendre après l'avoir conçue !

— Si je me souviens bien, intervint Kayla, nous avons laissé le papier peint en place en vendant la maison.

— Nous pourrions appliquer tes choix dans la cuisine d'Argyle Road, déclara Travis. Je n'ai rien contre les comptoirs en béton ciré.

Brandon lui jeta un regard surpris.

— Tu es sérieux ? J'étais certain de t'entendre affirmer que cela ne correspondait aucunement à l'époque victorienne.

— C'est exact, ça ne correspond pas, mais peu importe, je ne déteste pas ta conception.

Brandon sourit, l'air satisfait.

— De toute façon, je ne ferais pas ça, surtout chez moi. Le béton est trop poreux et il se tache facilement. C'est une vraie plaie de le garder propre. C'est juste un projet que j'aimerais réaliser un jour. Peut-être dans la prochaine maison…

Ils continuèrent à échanger des idées pendant qu'ils mangeaient et plus le temps passait, plus Travis appréciait la conception qu'avait Kayla de l'architecture d'intérieur. Et il comprenait mieux l'amitié qui la liait à Brandon.

Une fois le dessert avalé, ils demandèrent l'addition et la divisèrent en trois. Ils quittèrent ensemble le restaurant et, une fois sur le trottoir, Kayla héla un taxi pour retourner à son hôtel. Avant de monter dans la voiture jaune qui s'arrêta, elle se retourna et jeta :

— Toujours partant pour acheter des carreaux demain, Bran ?

Brandon sourit.

— Bien sûr.

— Alors, à demain. Bonne nuit !

Elle leur envoya un baiser du bout des doigts avant de claquer sa portière. Travis s'attarda à regarder le taxi qui s'éloignait.

— C'est une fille charmante.

— Oui, répondit Brandon, et je regrette beaucoup de ne plus la voir tous les jours. Comme colocataire, elle était parfaite. Mais on n'a pas toujours ce qu'on veut dans la vie.

Travis ne tenait pas à plomber l'ambiance avec ce genre de rappel.

— Que veux-tu faire, Brandon ? Tu viens dormir chez moi ou…

Brandon lui coupa la parole en tapotant sa sacoche.

— Oui, volontiers. Et cette fois, j'ai apporté de quoi me changer.

— Bravo ! J'aime les gens organisés !

X

BRANDON ÉTAIT allongé sur le lit quand Travis reçut un appel d'Ismael. En écoutant les deux hommes discuter du travail prévu pour le lendemain, Brandon eut la sensation d'être un imposteur. Les ouvriers, eux, faisaient du vrai travail sur la maison. D'accord, Brandon avait levé une masse une fois ou deux et de nombreux plans seraient filmés pendant qu'il poserait des carreaux ou du papier peint, mais en vérité, son travail restait superficiel. Et même en ce qui concernait la décoration d'intérieur, le projet ne lui appartenait plus vraiment depuis qu'il avait fait appel à Kayla. Alors, à quoi diable servait-il?

Après avoir raccroché, Travis lui jeta un coup d'œil.

— Ça va?

— J'aurais dû refuser cette émission. Elle provoque en moi une crise existentielle.

Travis éclata de rire.

— Mon cher, persifla-t-il avec humour, si tu avais refusé, tu n'aurais pas eu la chance de me rencontrer.

Sa voix fit frissonner Brandon.

— Ne m'appelle plus jamais « mon cher »!

Riant toujours, Travis s'étendit dans son lit auprès de lui.

— Nous avons projeté de commencer demain à poser les cloisons sèches. Que veux-tu faire d'autre au sous-sol?

— Mettre de l'isolant et des cloisons, rien d'autre. Je veux que cela reste un espace ouvert. Rappelle-moi la nature du sol?

— Du béton. Il est assez récent, donc en bon état. Avant de filmer, nous pourrions y poser un tapis et soigner l'éclairage, ça ferait moins nu. C'est aussi la buanderie, alors inutile que ça ait l'air effrayant. Tu pourras en parler comme d'une grande pièce aux multiples usages.

— D'accord.

— Dans la maison où j'ai grandi, enchaîna Travis, le sous-sol était très sombre, son atmosphère me terrifiait. Quand j'étais gamin, Maman y mettait tout ce qu'elle ne voulait pas que je voie ou que je touche. Elle savait très bien que j'avais trop peur pour y descendre.

Brandon apprécia cette image d'un petit garçon effrayé par les monstres nés de son imagination. Il passa un bras autour de Travis et lui caressa le dos.

Puis un soupir lui échappa.

— Sommes-nous en train de commettre une erreur ?

Travis resta silencieux pendant un long moment. Enfin, il souffla :

— Que veux-tu dire ?

— Eh bien, je panique parfois à l'idée que nous risquons de nous faire prendre.

Travis fronça les sourcils.

— Tu parles de quoi au juste ? De ce que nous venons de faire ou...

— Non, ça n'a rien à voir avec toi. C'est plutôt l'émission, notre prestation devant les caméras, tout quoi !

— Je vois, c'est donc une crise de panique *générale*.

Brandon inspira profondément et fixa le plafond.

— J'essaie de savoir où j'en suis. J'ai si bien joué à l'hétéro pendant toutes ces années que la chaîne et tous ses abonnés sont persuadés que, jusqu'à mon divorce, j'ai vécu un heureux mariage. Et maintenant, je suis « le pauvre oiseau blessé qui attend la femme parfaite pour me remettre sur pied ». Je te signale avoir lu ces mots exacts dans un tabloïd récent !

— C'est consternant !

— Je sais. Mais j'ai délibérément cultivé cette image pour séduire l'audience de Restauration Channel. J'ai cru que, pour réussir, il me fallait rentrer dans un moule.

— Et devenir un homme générique, ajouta Travis. Et tu fais la même chose dans ces maisons que tu relookes pour attirer le maximum d'acheteurs.

C'était très bien vu. Pourtant, Brandon en fut un peu vexé.

— Je me sens piégé, enchaîna-t-il. J'adore passer du temps avec toi. J'ai bien aimé notre dîner et encore plus baiser en arrivant ici. En fait, même nos disputes devant les caméras me plaisent. Ce qui me terrifie, c'est l'idée que si nous nous faisons prendre, je vais encore tout perdre. Et ma réputation ne sera plus que ruines.

Travis s'écarta et s'assit sur le lit.

— Il n'y a rien de mal à être gay !

— Je n'ai pas dit ça.

— Tu l'as sous-entendu. C'est ce qui t'inquiète le plus, non ? Que le monde découvre ton homosexualité, que ton personnage médiatique, aussi parfait que factice, éclate comme un ballon de baudruche ? En quoi être gay est-il une tare à cacher ?

Brandon posa un bras sur ses yeux, gêné que Travis l'ait si bien cerné.

— Tous les esprits ne sont pas aussi ouverts que tu sembles le penser.

Travis s'étrangla. Il paraissait en colère.

— As-tu honte d'être gay, Brandon ?

Merde !

Brandon le regarda.

— Non, bien sûr que non !

En vérité, il avait toujours trouvé préférable de rester discret concernant sa sexualité. Même avant d'animer *Foyer Idéal*, il ne s'affichait pas ouvertement. Oh, il allait parfois dans un bar gay, mais jamais il n'avait participé à une marche des fiertés, jamais il n'avait cherché à s'engager pour défendre une cause LGBT. Peut-être devrait-il faire un effort à ce sujet, mais certainement pas en ce moment, pas alors qu'il était si préoccupé par la réussite de sa nouvelle émission.

La voix de son père résonna dans sa tête. *Crois-tu vraiment qu'une pédale réussirait dans les affaires ? Non, personne ne te prendrait au sérieux.*

Son père avait tort, Brandon le savait. Cette façon de s'exprimer, ouvertement homophobe, était odieuse et tout à fait déplacée – surtout dans le monde d'aujourd'hui. Malgré tout, Brandon avait encore du mal à se libérer de cet ostracisme. John Chase n'avait pas caché sa joie le jour où son fils avait épousé Kayla, il avait même proposé un grand mariage au lieu d'une simple cérémonie civile. Brandon avait passé des années à chercher à plaire à son père, aussi se débarrasser de cette habitude ancrée en lui était-il très difficile.

Pourtant, il tenait vraiment à être avec Travis.

Jamais il ne se serait douté que son chef de chantier était gay sans ce premier baiser échangé après l'aveu de son attirance. Il faillit le dire à haute voix, puis s'en abstint, certain que Travis en prendrait ombrage. Car Travis ne cachait pas son homosexualité, ça se voyait partout dans son studio : un petit drapeau arc-en-ciel sortait d'un pot à crayons posé sur la commode, toutes les photos le présentaient entouré d'hommes – des amis ou des amants ? –, plusieurs livres de sa bibliothèque étaient consacrés à l'histoire LGBT.

Brandon avait adoré animer *Foyer Idéal*. Kayla et lui s'étaient montrés assez bons acteurs pour être crédibles en tant que couple uni à l'écran. Brandon avait réussi, il était populaire, et John Chase avait approuvé l'émission.

Avait-il vraiment espéré faire durer éternellement ce mariage blanc avec Kayla ? N'avait-il jamais envisagé qu'un jour ou l'autre, elle ou lui souhaiteraient une relation authentique… avec un autre ? Quel aveuglement de sa part !

Dans quel foutu bordel il s'était mis !

— Tu as passé beaucoup de temps dans le placard, reprit Travis. Je comprends les raisons qui t'ont poussé à le faire, mais parlons franchement, c'était un choix personnel. Personne ne t'a forcé à passer à la télé.

En son for intérieur, Brandon reconnut ses torts. Oui, il lui était arrivé d'avoir honte d'être gay, oui, il avait aussi pensé qu'il devait s'en cacher pour espérer garder son poste.

— Tu as raison, répondit-il d'une voix hachée, mais hier encore, tu disais tenir à cet emploi bien rémunéré, pas vrai ? Eh bien, c'est pareil pour moi. D'expérience, je sais que Restauration Channel est prêt à tout pour satisfaire son audience. Or, la plupart des abonnés sont des couples hétéros qui cherchent à relooker leurs maisons. Si je m'affiche en tant que gay, je serai viré sans autre forme de procès si notre aventure est découverte. Voilà.

Travis se gratta le menton.

— Il faudra donc qu'on fasse attention devant les caméras.

À la sécheresse de son ton, Brandon sentit que sa colère n'était pas retombée.

— Tu m'en veux…

— Non. Oui. Peut-être. Je ne sais plus. C'est… la première fois que je couche avec un gars qui refuse d'accepter son homosexualité, c'est déstabilisant. Les exhibitions en public, ce n'est pas mon genre, alors, sur ce plan-là, tu ne risquais pas grand-chose, mais je comprends ton point de vue. Nous courons tous les deux un risque si nous sommes pris.

— Excuse-moi.

— Non, ça va, laisse tomber. Je tiens juste à te dire que, moi, je n'ai pas honte d'être ce que je suis. À une question directe, je répondrai franchement. Si quelqu'un sur le plateau devine que je suis gay, aucune importance. Que peuvent-ils faire au fond ? Je vois mal en quoi ma sexualité affecte la façon dont je fais mon travail.

— C'est exact.

— Mais si tu deviens parano à l'idée d'être surpris, peut-être vaut-il mieux tout arrêter.

Brandon secoua la tête. Ce n'était pas du tout ce qu'il voulait. Il tenait à une certaine discrétion, mais à peine s'était-il exprimé que la situation avait dégénéré. Il aurait aimé avoir le courage d'affirmer que, s'il était pris, tant pis, il affronterait les conséquences, mais il ne le pouvait pas. Rien qu'imaginer la tête que tireraient Harwood et Virginia…

Il frissonna.

— Non, souffla-t-il. Je veux continuer à te voir. Nous éviterons juste de nous tripoter devant la caméra.

— Aucun problème. Je suis capable de contrôler mes pulsions.

TRAVIS S'AFFALA sur le lit. Au départ, il avait trouvé naturel de rester prudent sur le chantier – sur le plateau ! –, mais alors, il n'avait pas conscience de la profondeur des insécurités de Brandon. Après ce bref échange, il doutait beaucoup que leur relation soit viable.

D'accord, Brandon était dans son lit, mais avec un drap cachant les parties les plus intéressantes de son anatomie. Cette liaison n'allait-elle durer que le temps du chantier ? N'était-ce qu'une forme de relaxation après de longues heures de travail ? Si Travis aimait son métier, il ne se cachait pas que c'était parfois difficile et éprouvant.

— Tu es fâché.

Travis se frotta le visage.

— Non, pas vraiment, j'essaie juste de voir où nous en sommes.

— As-tu vraiment besoin de le définir ce soir ?

— Non, sans doute pas. Et je te promets de faire un effort devant les caméras.

Une fois la maison d'Argyle Road restaurée, que se passerait-il ? Dieu seul le savait. Après tout, Travis n'avait passé que deux nuits avec Brandon, pas encore de quoi écrire un roman.

— D'accord, merci, souffla Brandon. Au fait, Restauration Channel m'a parlé d'une autre maison victorienne à Flatbush, sur Rugby Road, à quelques rues de l'endroit où nous travaillons actuellement. La bâtisse est décrépite, bien sûr, mais, par chance, c'est Jessica Benton qui va l'acheter. Et elle réclame notre expertise pour relooker sa propriété.

Qui était Jessica Benton ? se demanda Travis. Après réflexion, il finit par associer un visage à ce nom.

— L'actrice?

— Oui. Sur ce coup-là, au moins, je subirai moins de pression financière. Alors j'ai accepté que ce projet et celui d'Argyle Road se chevauchent quelque temps.

— Je n'arrive pas à croire que tu aies payé de ta poche une partie de la première maison de l'émission, lança Travis.

Brandon l'avait annoncé depuis le début, mais Travis pensait qu'il exagérait et que Restauration Channel restait le principal financeur. Ce n'était pas le cas. Pas étonnant que Brandon soit aussi nerveux.

— J'ai hérité une grosse somme de mon père, répondit Brandon, les yeux détournés. Je l'avais gardée sous le coude en attendant une opération vraiment intéressante. La chaîne et moi avons financé l'achat initial à cinquante/cinquante et, lorsque nous vendrons la maison, les bénéfices seront aussi partagés en deux parts égales. Ils m'ont octroyé en sus une belle somme pour la rénovation, mais tout ce qui outrepasse le budget sort de ma poche, et nous sommes déjà à cent mille dollars de dépassement.

— Je comprends mieux tes inquiétudes. Pour être franc, les chiffres dont tu parles dépassent mon entendement. Je n'ai pas l'habitude de gérer des sommes pareilles.

— Je sais, je sais. Même les nantis ont parfois des problèmes financiers, tu vois.

Bien que Travis ait un peu de mal à plaindre Brandon pour ses soucis d'homme riche, il ne pouvait contester l'authenticité du stress que subissait son amant. Il s'interrogea alors sur la vraie nature de cette anxiété. Le fait que l'argent investi par Brandon vienne de son père était instructif, bien que Travis n'ait pas encore totalement cerné pourquoi. John Chase avait été un père dominateur, qui n'acceptait pas l'échec, donc Brandon devait y penser quand il évoquait le résultat final de cette opération. Il visait le succès quand il s'était construit une image publique. Et pour cette réussite professionnelle, il avait tout sacrifié, comme le prouvait son mariage avec Kayla. Il tenait aussi à garder la face en public et, pour ce faire, il était prêt à renoncer au bonheur, à son identité. C'était une forme d'ambition qui dépassait tout ce dont Travis avait l'habitude. En fait, ça lui faisait peur.

La situation était mal barrée. Au fond, Brandon était un homme blessé par la vie et qui s'était perdu au fil du temps. Il ne savait probablement plus qui il était. Dans son entourage, personne ne l'avait aimé pour ce qu'il était, il n'avait été apprécié qu'à travers ce qu'il était capable d'accomplir. Pas étonnant qu'il soit aussi angoissé!

Donc la vraie question était : pourquoi Travis se pensait-il apte à aider Brandon ? Était-il celui qui pouvait lui offrir l'amour dont il avait besoin ? En général, Travis fuyait au premier signe de complication émotionnelle.

Malgré ses défauts, Brandon était un homme bien : il était intelligent, il travaillait dur et il s'était fait un nom dans l'immobilier sans rien attendre de son illustre père. Vu l'enfance qu'il avait connue, Brandon Chase aurait pu devenir un monstre, mais il avait gardé de saines valeurs morales, ce qui l'avait sauvé. Même quand il doutait de lui, il cherchait toujours à agir pour le mieux. Il voulait aussi le bonheur de ses proches – son attitude envers Kayla était révélatrice – et quand il relookait une vieille maison délabrée, il rêvait d'en faire un lieu de vie sûr et confortable pour une famille heureuse. Il avait une belle âme, il méritait d'être aimé.

Travis lui caressa la poitrine et se pelotonna contre lui.

— Je regrette de m'être défoulé sur toi, souffla Brandon. Après tout, j'ai moi-même creusé le trou dans lequel je suis tombé. Je n'étais pas prêt à animer tout seul une émission, je n'ai pas assez réfléchi avant de signer ce fichu contrat. Mais comme j'ai aimé la maison au premier regard, j'ai eu envie de la restaurer et boum, j'ai plongé.

— Alors concentre-toi là-dessus, rétorqua Travis. Oublie les conneries et pense à la maison. Si tu l'aimes vraiment, fais confiance à ton instinct pour la relooker au mieux, le reste s'arrangera tout seul, aie confiance.

Brandon ferma les yeux.

— J'aimerais y croire, mais…

— Et n'hésite pas à te défouler sur moi si ça peut t'aider.

À sa grande surprise, Travis constata qu'il était sincère. Même si s'impliquer dans cette relation semblait périlleux, Travis s'était attaché à Brandon. Beaucoup même. Et la vie n'avait pas toujours à être rationnelle. Peut-être que Travis n'était pas apte à aimer Brandon comme il le méritait… ou peut-être que si.

Brandon posa un baiser sur ses cheveux.

— Merci, murmura-t-il. Je vais me reprendre, tu verras.

— Une fois que nous aurons terminé ce premier chantier, tout ira mieux, déclara Travis avec plus de confiance qu'il n'en ressentait.

Brandon inspira un grand coup.

— Espérons-le ! Merde, j'ai parfois la sensation de voir mon sang couler sans aucun moyen d'arrêter cette hémorragie. Tu dois me croire complètement cinglé.

Travis eut un bref éclat de rire.

— Oui, ça m'arrive. Mais en même temps, je te comprends.

— Dis, tu n'aurais pas un sombre secret à m'avouer pour… euh, égaliser le score ?

Travis réfléchit. Il n'avait guère de secrets, mais il voyait ce que Brandon désirait. Sous l'effet du stress, Brandon s'était pas mal révélé, alors que lui, Travis, n'avait quasiment rien raconté de personnel. Sans doute Brandon cherchait-il seulement à mieux le connaître.

Travis avait beau chercher, il ne trouvait rien de palpitant à raconter.

— Et si tu me posais des questions plutôt ? proposa-t-il. Je suis un livre ouvert.

— D'accord. Hmm.

Brandon hésita un moment. Puis il demanda :

— Que voulais-tu faire étant enfant ? Je doute que tu pensais déjà au bâtiment et à la rénovation.

Travis n'eut pas à réfléchir, la question était facile.

— Je voulais être architecte. Ou artiste. Mais je préférais travailler de mes mains et construire quelque chose d'utile que peindre un paysage, si tu vois ce que je veux dire. Tout petit, j'ai bâti pour ma sœur une maison de poupée en Lego.

— Waouh ! Architecte !

— Oui. Une fois à l'université, j'ai vite compris que les études, ce n'était pas pour moi. J'ai donc trouvé un contrat d'apprentissage chez un charpentier. Plus tard, j'ai appris que Mike & Sandy cherchaient un ouvrier charpentier pour monter les étagères d'un de leurs chantiers. J'ai postulé, j'ai été engagé et, de fil en aiguille, j'en suis venu à apprendre la plomberie et l'électricité auprès des autres corps de métiers qui travaillaient dans leur boîte. Je me suis alors officiellement inscrit comme spécialiste de la rénovation générale second œuvre.

— Initialement, tu étais charpentier ?

— Oui, j'aime travailler le bois. C'était un hobby au départ, puis c'est devenu mon métier. Ça, par exemple…

Il leva la main et tapota sa tête de lit,

— … c'est moi qui l'ai fait.

C'était même sa première réalisation. Il avait travaillé dans le garage de ses parents peu avant de déménager pour s'installer en colocation. C'était une structure simple, deux poteaux reliés par un panneau central sur lequel il avait sculpté quelques tourbillons, mais ça lui plaisait et c'était un souvenir.

— C'est très réussi! s'exclama Brandon.

— J'ai fait aussi ces sièges là-bas.

Brandon suivit du regard le doigt pointé de Travis.

— Waouh! Bravo! C'est du bel ouvrage. Dis-moi, si je décidais de poser des éléments encastrés dans la salle familiale au lieu de papier peint à motifs sur le mur...

— Des étagères? C'est basique, répondit Travis. Il ne me faudrait qu'une journée pour les réaliser.

— C'est bon à savoir. Je garde cette information en mémoire.

Brandon se pencha pour demander :

— Maintenant, parle-moi de ce tatouage.

Il désignait un dessin art déco qui tournait sur le biceps de Travis, assez près de l'épaule. Travis faillit rire, car Brandon, par pur hasard, l'interrogeait sur son tatouage le plus facile à justifier.

— C'est un dessin que j'ai fait à dix-neuf ans pour rendre hommage à mon grand-père... Il avait participé à la construction de l'Empire State Building, tu vois. C'était aussi un clin d'œil à un style d'architecture que j'aime bien.

— C'est chouette. Ça me plaît.

— Comme secret, ce n'est pas terrible, reconnut Travis, mais je n'ai aucun squelette dans mon placard. J'ai eu une enfance des plus normales. Mes parents me soutiennent, quoi que je fasse. Je n'ai jamais été marié et je n'y ai même jamais pensé. Je suis sorti un temps avec le mec des pubs essuie-tout, mais il m'a largué pour un jeunot. Je doute que ça compte comme un secret.

— Attends, tu parles du barbu à la voix si grave? Celui qui répète sans arrêt : «L'essuie-tout Machin vous sauvera la mise, quelles que soient les bêtises commises»?

— Oui. C'était il y a quelques années, et nous sommes restés ensemble environ trois mois avant que sa célébrité lui monte à la tête.

Brandon eut un petit rire.

— Tu as un goût certain pour les présentateurs télé, on dirait.

Travis haussa les épaules. Peut-être. Brandon avait quelques points communs avec son ex – des épaules de bûcheron, par exemple –, mais il était nettement plus sophistiqué.

— N'exagérons pas, répliqua-t-il. Je te rappelle qu'à New York, il y a pas mal de célébrités ou prétendues telles. Et tu es animateur d'une émission à succès, c'est bien plus valorisant qu'un vague acteur de pub ménagère.

— Si je comprends bien, tu as mené une vie normale et tu n'as aucune psychose, c'est ça ?

— Oui.

— Dans ce cas, comment expliques-tu tes piercings et tes tatouages ?

— Oh, la plupart viennent d'une rébellion adolescente. Je voulais voir la réaction de mes parents. Maman n'a même pas tiqué en voyant mes oreilles : elle a même dit que mes piercings étaient mignons.

Brandon rit encore. Puis il se renfrogna.

— Je n'ose penser à la réaction de mon père si j'avais tenté un piercing ou un tatouage. Je n'en ai jamais eu l'idée.

— Je suis au milieu de la fratrie, déclara Travis, une position des plus stressantes. Mon frère aîné était « le grand », ma petite sœur « le bébé », alors, bien sûr, je ne savais plus quoi inventer pour me faire remarquer.

— Ta mère sait-elle que tu as un tatouage sur la hanche ?

Tout en posant la question, Brandon effleura l'étoile que Travis s'était fait tatouer à vingt-trois ans, suite à un gage.

— Non. Et je préfère que ça reste entre nous.

— Ah, tu vois ! Tu as un secret.

Travis éclata de rire.

— Si tu le dis.

Étendu sur le dos, les mains derrière la tête, Brandon regardait le plafond. Après un long moment de silence, il déclara d'un ton pensif :

— À la fin de la deuxième saison de *Foyer Idéal*, un des responsables de Restauration Channel a lancé l'idée que Kayla et moi devrions avoir un bébé. Tout le monde s'est empressé d'approuver, alors Kayla a prétendu que nous le tentions sans succès et que le sujet était douloureux. Elle a menti pour qu'ils cessent de nous harceler.

Travis n'en croyait pas ses oreilles.

— Waouh ! Ils voulaient que vous deveniez parents pour booster l'audimat ?

— En gros, oui. Garrett Harwood ne travaillait pas encore à la chaîne, la suggestion venait de son prédécesseur.

— J'espère qu'Harwood n'aura pas ce genre d'idées pour notre émission.

— Non, je ne crois pas que ce soit son style, heureusement.

— Je t'aime bien, Brandon, mais je te préviens, ne compte pas sur moi pour te faire un bébé. Tant pis pour l'audimat !

— Idiot !

Brandon éclata de rire et frappa Travis avec un oreiller.

109

XI

BRANDON REGARDA Kayla monter dans le SUV que la chaîne leur avait fourni. Elle jeta un coup d'œil autour d'elle.

— Pas de caméra ?

— Non. Je leur ai demandé de ne pas venir avec nous, parce que me filmer au volant n'a aucun intérêt. Nous avons rendez-vous au magasin.

— Le trajet va nous prendre combien de temps ?

— Cela dépendra de la circulation sur le BQE [30]. Le GPS annonce un quart d'heure.

Vingt minutes plus tard, ils entraient dans le magasin de carrelage. Les cameramen avaient déjà installé leur équipement. En principe, le magasin n'ouvrait qu'à dix heures, mais le gérant leur avait accordé deux heures pour filmer et choisir sans être interrompus.

— Allez, on y va ! s'exclama Kayla.

Le choix proposé était écrasant. Si Brandon n'était encore jamais venu dans cette boutique, Kayla semblait s'y reconnaître.

— J'ai exploré cet endroit lors de mon dernier passage à New York, expliqua-t-elle. D'après les avis clients, ils ont un grand choix et des prix raisonnables. Ils font aussi bien du standard que des carreaux rares et spécifiques. Que cherches-tu au juste ?

— Que ma maison ne soit pas trop ridicule ?

Devant son ton interrogatif, Kayla roula des yeux.

— Nous sommes tombés d'accord pour oublier le basique et les carreaux d'un blanc clinique. Il nous faut trouver les carrelages du sol pour la cuisine, les salles de bain et les pans muraux sous les placards suspendus.

Brandon sortit de sa poche un morceau de papier.

— Travis a fait une liste.

— Il semble bien organisé. Comment s'en sort-il sur le chantier ?

---

30 *Brooklyn-Queens Expressway* : voie rapide qui relie deux quartiers de New York.

Bien que Brandon ne soit pas un acteur de profession, il fit appel à tous ses talents médiatiques pour ne pas se trahir à cette question pourtant simple.

— Plutôt bien. Jusqu'à présent, il est parvenu à tenir les délais, ce qui m'avait paru une tâche presque impossible.

Kayla regarda autour d'elle.

— Commençons par les sols, décida-t-elle, c'est le plus facile. Pour la cuisine, j'avais pensé à de la céramique, qu'en dis-tu ?

Brandon la suivit et traversa le magasin vers les rayons concernés. Au premier étage de la maison d'Argyle Road, Brandon pensait mettre de la moquette – pour des raisons budgétaires –, et pour le reste du rez-de-chaussée, un plancher en bois qu'ils iraient acheter ailleurs. Pour la salle d'eau, il se laissa convaincre de tenter le lavande et blanc, Kayla affirmant que ces teintes iraient très bien avec un papier à imprimé vichy qu'elle avait vu dans un magazine. Brandon s'inquiétait que ce soit trop féminin, il accepta cependant le carrelage gris qu'elle préconisait.

Au final, il ne resta plus que la cuisine. Brandon avait déjà passé sa commande de portes de placards à l'ancienne – ils avaient fait l'unanimité. En quittant le magasin, ils s'arrêteraient dans une autre boutique pour le quartz des comptoirs. Maintenant, il fallait trouver de quoi carreler les murs en dosseret. Kayla pointa le doigt sur des carreaux effet métal [31] que Brandon trouva hideux.

— Il n'en est pas question ! protesta-t-il. Cela n'irait pas du tout.

— Peut-être, admit Kayla, mais reconnais qu'ils sont jolis.

— Non.

Kayla se mit à rire.

— D'accord, trouvons autre chose, tant que tu ne me parles pas de blanc ou de beige !

— Je voudrais du gris ou du bleu gris, coupa Brandon. Ça irait bien avec la teinte sombre du bois des placards que nous avons commandés. Et je pense à des carreaux assez grands pour…

Il s'arrêta net devant un étal où étaient exposés des carreaux de céramique carrés de dix centimètres sur dix. La plupart étaient de couleur unie, mais certains avaient des motifs. Au centre, Brandon vit des carreaux

---

31 Ce carrelage imite différents métaux, comme le zinc, le cuivre, l'étain ou le plomb.

bleus à dessin brun. Ce n'était pas exactement ceux que Travis lui avait montrés, mais ils leur ressemblaient – et ils étaient superbes.

Soudain, Brandon eut une vision de la cuisine, avec son sol gris, ses placards sombres mis en valeur par cette touche de bleu sarcelle sur les murs. C'était la cuisine que Travis lui avait décrite dans cette maison de fous qu'ils restauraient ensemble. Malgré les risques encourus, Brandon continuait d'aimer cette vieille maison, elle avait un charme très particulier. Elle était parfaite. Et elle méritait une cuisine parfaite.

Il désigna le carrelage et se tourna vers Kayla.

— C'est un peu excentrique, déclara-t-il, mais ça me plaît. Qu'en penses-tu ?

— Ils sont magnifiques ! s'enthousiasma Kayla. Le brun rappelle celui des placards, il ira donc bien. Mais le motif est assez chargé, donc il ne faudra pas le monter trop haut. Disons à peu près ça…

Elle écarta les mains de quarante-cinq centimètres environ.

— En plus, c'est assez cher, ajouta-t-elle.

Brandon n'avait même pas regardé le prix. Il savait juste que Travis allait adorer ces carreaux.

Au diable l'argent !

— La dépense en vaut la peine, jeta-t-il. Je veux ces carreaux.

Kayla hocha la tête.

— Ils sont très jolis. Parfois, le choix est évident : un objet ou un matériau qui vous tape dans l'œil !

Pour jouer son rôle devant les caméras, Brandon vérifia les mesures remises par Travis et calcula le prix de sa commande, mais il avait d'ores et déjà pris sa décision : il voulait ces carreaux. Et cette sorte d'obsession était stupide, non ? Après tout, ce n'était que du revêtement mural. Il avait beau chercher à s'en convaincre, il ne parvenait pas à s'ôter de la tête la vision qu'il avait eue de cette cuisine idéale.

Une heure plus tard, Brandon, très satisfait de ses choix, était très impatient de montrer à Travis ses achats. Malheureusement, les carreaux ne seraient pas livrés avant quelques jours.

— Coupez ! ordonna Erik aux caméras.

Il déclara à Brandon que cette virée shopping leur avait fourni de bonnes images. Apparemment, les téléspectateurs appréciaient d'assister à toutes les étapes de la conception. Brandon hocha la tête, tout en se demandant in petto combien d'heures avaient déjà été filmées pour un simple épisode de quarante-cinq minutes.

Kayla intervint :

— Erik, allez-vous filmer pendant que nous choisissons le quartz du comptoir ?

— Oui, je vous retrouve là-bas, d'accord ?

— Bien sûr, déclara Brandon.

Quelques minutes plus tard, il remonta dans la voiture, et Kayla entra dans le GPS l'adresse du magasin de minéraux.

— Tu es certain que nous sommes seuls ? demanda-t-elle.

— Oui, je doute que la chaîne ait mis des micros ou des caméras cachées dans ce SUV, pourquoi ?

— Au sujet des carreaux que tu as choisis… Travis n'a-t-il pas parlé l'autre soir au restaurant d'une cuisine bleu sarcelle ?

Ah, Kayla ! Elle notait tout, elle se souvenait de tout !

Brandon sortit du parking avant répondre :

— C'est possible, oui. Je me fie souvent à son instinct. Il a du goût et jusqu'ici, ses avis se sont avérés judicieux. Il n'est pas décorateur d'intérieur, ce qu'il ne cesse de nous rappeler, mais ce n'est pas pour autant que je rejette d'emblée ses propositions. En plus, j'adore ces carreaux. Tu as toi-même admis qu'ils iraient bien dans la cuisine.

— Travis te plaît, c'est ça ? Et ce qui t'intéresse chez lui, ça n'est pas seulement le chef de chantier. T'es amoureux ?

— Quelle question bête ! On se croirait en primaire !

— Ah, ah, tu en pinces pour lui. Et c'est pour le lui prouver que tu as acheté les carreaux dont il t'a parlé. Hé, inutile de chercher à le nier, je te connais comme si je t'avais fait, n'oublie pas que nous avons été les meilleurs amis du monde pendant des années !

— *Dans cent mètres, tournez à gauche*, déclara le GPS.

Brandon soupira.

— Très bien, oui, c'est vrai, il me plaît, mais ce n'est pas pour lui faire une déclaration que j'ai dépensé quatre cents dollars de plus que prévu pour des carreaux. Je crois à sa vision de la cuisine.

— Ah ! Veux-tu que je joue les entremetteuses ? Ou que je lui passe en douce des billets doux ?

Brandon eut un petit rire.

— Non. Nous… nous avons réussi à communiquer.

— Je vois. Donc tu as déjà couché avec lui !

Choqué par la crudité de cette affirmation, Brandon faillit rater son virage.

— Merde, Kay ! Oui, tu as vu juste, mais personne n'est au courant. Et ne lui dis pas que je te l'ai dit, sinon il va paniquer.

— Oh, oh ! C'est le grand amour ?

— Non, c'est juste… nous nous sommes vus deux fois, c'est tout. C'est encore tout neuf, difficile de prévoir comment ça va évoluer. C'est pourquoi je te demande de rester discrète.

Elle agita la main devant sa bouche.

— Mes lèvres sont scellées ! affirma-t-elle. Je le trouve très sympa, j'espère que ça marchera entre vous, parce que je pense qu'il te conviendrait très bien.

— Pourquoi dis-tu ça ?

— Il est direct, alors que tu ne l'es pas. Et il est pratique, organisé, il comprend les détails. Toi, tu préfères regarder l'image en grand. Il saurait réaliser tes rêves.

Comme Brandon traversait un carrefour, il se retint – à grand-peine – de rouler des yeux.

— N'importe quoi ! Et n'en fais pas tout un roman, s'il te plaît, pour le moment, c'est juste du sexe. Il est sympa, j'aime bien passer du temps avec lui, mais si la chaîne l'apprend, tout serait fini avant même d'avoir commencé. En plus, nous travaillons ensemble, donc, si ça foire, cela risque de compliquer l'émission. J'ai été très con de m'impliquer avec lui.

— Pas du tout ! C'était une idée brillante !

— *Vous êtes arrivé à votre destination*, déclara le GPS.

— Du calme, s'impatienta Brandon. Ne laisse personne remarquer que tu es au courant. Je doute fort que cette petite aventure perdure après la vente de cette maison, alors évite de planifier mon mariage, d'accord ?

— Dommage, insista Kayla. Tu devrais l'épouser.

Brandon entra sur le parking et trouva une place près de l'entrée du magasin. Une fois le moteur coupé, il roula des yeux.

— Nous sommes de retour sur le plateau, Kay. Nous ne parlerons plus que de quartz, compris ?

— Tu peux me faire confiance, Bran.

Il n'en était pas si sûr. Même s'il s'en voulait toujours de leur séparation, un fait n'en restait pas moins incontestable : Kayla avait embrassé Dave en public. Pire encore, elle s'était fait prendre en photo. Donc, soit elle se fichait d'exposer sa vie privée, soit elle en avait assez de devoir se restreindre en public. Ou les deux à la fois. Et la faute initiale avait été commise par Kayla, même si Brandon acceptait de porter la responsabilité du reste.

Ils sortirent de la voiture et suivirent le gérant du magasin jusqu'à l'entrepôt où s'entassaient les dalles de pierres. Kayla se précipita vers la couleur qu'elle voulait, Brandon se contentant de vérifier que la pierre n'avait pas trop d'éclat. Il surveilla aussi Kayla de très près, inquiet qu'elle oublie la présence des caméras et parle trop. Ce ne fut pas le cas, elle s'en tint aux qualités du quartz, comme prévu.

Ils se décidèrent enfin pour une dalle qui, par chance, était déjà en stock. Brandon paya sa facture, puis Erik cria : «Coupez!» avant de rassembler son équipe de tournage sur le parking, devant le magasin.

Plus tard, alors que Brandon et Kayla remontaient dans la voiture, elle claqua sa portière et déclara :

— J'ai vu la façon dont tu me regardais. Je n'ai rien dit!

Brandon chercha à détourner son attention en disant :

— On a fini ou pas? Tu veux faire d'autres achats?

— Pas aujourd'hui. Rentrons plutôt voir ce que devient ton copain.

Brandon soupira et quitta le parking.

— Il n'est pas mon «copain», du moins, pas au sens où tu l'entends.

— Il le deviendra.

— Laisse tomber, Kay.

— J'ai raison, tu verras.

TRAVIS ESSAYA de voir la cuisine comme la voyaient les nouveaux arrivants : les cuisinistes. Mike McPhee, son ancien patron, rénovait essentiellement les cuisines et salles de bain des riches célébrités de Manhattan. Comme il l'avait déjà expliqué, il connaissait moins bien le marché immobilier de Brooklyn. En revanche, Sandy Sullivan, son ami et associé, qui venait de refaire sa maison à Crown Heights, avait des opinions très arrêtées.

Travis leur remit ses croquis.

— Voici les plans, déclara-t-il. Tout est vide, bien sûr, mais pas mal de décisions ont été prises hier.

Glen, un cameraman assistant, s'occupait du tournage sur place pendant que le reste de l'équipe suivait Brandon et Kayla dans les magasins. Conscient d'être filmé, Travis afficha ostensiblement ses plans sur le bureau de fortune qu'il avait bricolé avec des tréteaux à l'endroit où serait bientôt monté un nouvel îlot de cuisine.

— Tout a été détruit ! s'exclama Mike. Ça fait un bail que je n'ai pas travaillé sur un projet aussi important. Nos derniers chantiers étaient tout simples : changer la couleur des placards, mettre des carreaux plus modernes, ce genre de choses.

— Et la plomberie, ça en est où ? demanda Sandy.

— Nous avons bien avancé, répondit Travis. Nous avons déplacé les tuyaux dans ce coin là-bas, mais il reste à poser les conduites de gaz et d'eau ici. Quant aux salles de bain, une seule sera entièrement modifiée, les nouveaux lavabos et douches des autres garderont les anciens emplacements. Le plombier passe demain terminer le gros du travail. Les hommes et moi ferons le reste.

Mike et Sandy se regardèrent, puis hochèrent la tête. Ce n'était pas un chantier glamour, c'était certain. Pour convaincre Mike d'accepter, Travis avait insisté sur la publicité gratuite que lui ferait l'émission : tous les hommes passeraient à la télévision en portant des tee-shirts et des salopettes avec le logo de la boîte.

Ils discutèrent encore quelques minutes des plans, puis Glen cria « Coupez » et accorda à ses hommes cinq minutes de pause.

Une fois Glen sorti, Mike se tourna vers Travis.

— Tu t'es trouvé une chouette planque, déclara-t-il.

— Oui, c'est sympa. Mais ça n'a rien d'une sinécure, parce que, quand je suis arrivé, cette maison était dans un état déplorable ! On ne dirait pas maintenant que le plâtre a séché, mais nous avons eu toutes les complications possibles et imaginables : amiante, insectes, problèmes structurels, dégâts des eaux et tout le bataclan !

— L'extérieur est assez minable, déclara Sandy.

— Non, le revêtement est en bon état, il a juste besoin d'un lavage au jet haute pression et d'une nouvelle couche de peinture. C'est prévu la semaine prochaine.

— Dis donc, ça va vite ! Et tu gères toutes les étapes de cette rénovation ?

Travis hocha la tête.

— Nous avons différentes équipes qui travaillent de jour et de nuit, ce qui nous rend plus rapides, mais c'est pas donné ! Cette rénovation coûte un bras à Brandon !

Sandy s'appuya contre le chevalet.

— Ce Brandon, comment est-il ? Mon mari aimait regarder son ancienne émission – à mon avis, c'est parce qu'il a un faible pour les beaux hommes du bâtiment, dont je fais partie, ajouta-t-il avec un clin d'œil. J'ai vu quelques épisodes avec lui. Brandon passait bien à l'écran. Est-il aussi bien en réalité ?

— Oui, et plus encore.

La porte d'entrée s'ouvrit alors, et Brandon hurla :

— Travis ?

Travis se mit à rire.

— Quand on parle du diable !

Il haussa la voix et cria :

— Je suis dans la cuisine !

Quelques secondes plus tard, Brandon et Kayla les rejoignaient. Devant le sourire que Brandon lui offrit, Travis se sentit fondre.

Mike s'éclaircit la gorge.

Ainsi rappelé à l'ordre, Travis s'empressa de faire les présentations.

— Oh, oui. Brandon, permettez-moi de vous présenter Mike et Sandy.

Il désigna chacun des deux hommes tour à tour.

— Ils vont se charger de restaurer la cuisine et les salles de bain, ajouta-t-il.

Brandon avança et leur tendit la main.

— Ravi de vous rencontrer. Je suis Brandon Chase.

Sandy accepta sa main avec un sourire.

— Tout le plaisir est pour moi. Oh, vous êtes là aussi, Kayla. J'ai beaucoup regardé *Foyer Idéal* ! C'était super !

À la surprise de Travis, Brandon jeta à Kayla un regard méfiant.

Très à son aise, elle sourit à Sandy.

— Merci, cela fait toujours plaisir de rencontrer un fan.

— Alors, ce shopping ? intervint Travis. Tout s'est bien passé ?

— Oui, répondit Brandon, détendu. Nous avons tout commandé, et le matériel devrait arriver d'ici la fin de la semaine, sauf le carrelage du mur de la cuisine, qui risque d'être un peu en retard.

— Aucune importance, déclara Travis, il sera posé en dernier de toute façon. Si nous pouvons installer les placards en début de semaine prochaine, nous serons dans les temps.

— Parfait.

Mike avança pour dire :

— Travis nous a montré ses plans, mais j'aimerais en savoir davantage, Brandon : aménagement, matériaux, tout quoi.

Avec un hochement de tête, Brandon se lança dans la description détaillée de sa conception.

Un peu à l'écart, Travis prenait plaisir à le regarder parler. Puis Erik entra et, d'un signe, il ordonna à son cameraman de filmer. Sans piper mot, Travis tenta subtilement de faire bouger Sandy pour que son dos – où s'affichaient le nom et le numéro de téléphone de sa boîte – apparaisse sur l'écran. Il y avait aussi un petit drapeau arc-en-ciel sur le logo, Travis se demanda si quelqu'un le remarquerait.

Quand il avait commencé à travailler comme charpentier chez Mike & Sandy, il s'y était beaucoup plu, d'abord parce qu'il avait d'excellents patrons, ensuite parce qu'il avait trouvé agréable d'avoir des amis LGBT au boulot.

Après la cuisine, ils passèrent vérifier chacune des salles de bain. Mike et Sandy offrirent ici ou là des suggestions, mais la plupart des décisions étaient bloquées maintenant que le matériel avait été commandé. Bien que curieux de savoir ce que Brandon avait choisi, Travis cacha sa curiosité. Il le découvrirait bien assez tôt, après tout. Il espérait juste que Kayla avait assez d'influence sur son ex pour l'empêcher de retomber dans ses anciens travers et opter pour du blanc.

Comme s'il s'était exprimé à voix haute, Kayla, au même moment, lui envoya un coup de coude.

— Ne t'inquiète pas, tu aimeras ce que nous avons choisi. Cette maison aura du caractère en fin de compte. Tout sera neuf, sécurisé, avec des équipements modernes, mais l'ambiance restera victorienne.

Ne sachant trop que répondre, Travis se contenta d'un :

— Cool.

— Je cherchais juste à te rassurer.

— Merci, c'est sympa. C'est vrai, je serais navré de voir une cuisine blanche, mais cette maison appartient à Brandon, alors c'est à lui que revient le choix final.

— Il m'écoute, affirma Kayla. Je l'ai sauvé de lui-même.

XII

La nuit suivante, Travis suivit Brandon chez lui. En arrivant, il admira le quartier, une rue charmante de Brooklyn Heights. Brandon louait le premier étage d'une *brownstone* qui datait d'environ un siècle et demi. L'appartement, long et étroit, n'était pas très grand en surface, mais il possédait sur l'arrière des portes-fenêtres donnant sur une petite terrasse. Quant à la déco, tout était blanc et un peu austère. L'entrée, face à l'escalier, ouvrait directement sur le salon. Un couloir menait à la chambre. Quant à la cuisine, située tout au fond de l'appartement, sur l'arrière, elle avait de quoi donner à Travis des cauchemars : placards d'un blanc stérile et comptoirs de marbre blanc. Pas de couleur, pas de caractère.

— Je n'ai pas décoré cette cuisine, se défendit Brandon. Je ne suis que locataire, ici.

— Tu m'en vois soulagé, répondit Travis. C'est d'un nul !

— C'est pourtant le genre de cuisine dont rêvent bon nombre des clients auxquels j'ai eu affaire au fil des années, rétorqua Brandon, sur la défensive. Beaucoup de gens apprécient les cuisines blanches.

— Tant mieux pour eux, je les leur laisse sans regret.

— Pourquoi as-tu une telle obsession de la couleur ?

— Tu exagères, protesta Travis.

L'accusation l'avait titillé. Il haussa les épaules pour la réfuter, mais, à son expression, Brandon savait de toute évidence que Travis lui cachait quelque chose.

— Parle, insista Brandon. Je vois bien que c'est important pour toi.

— Tu veux vraiment savoir ?

— Oui.

Travis roula des yeux.

— D'accord, mais sers-moi d'abord un verre, je vais en avoir besoin.

— J'ai de la bière dans le frigo, ça te va ?

— Oui, parfait.

— Alors assieds-toi.

Brandon désigna un des tabourets placés devant le comptoir. La cuisine, aussi générique soit-elle, était dotée d'un immense îlot central. Les assises bleues des hauts tabourets en bois foncé étaient en fait les seuls éclats de couleur de la pièce. Travis s'y installa, pendant que Brandon sortait deux bières du réfrigérateur.

Une fois assis près de Travis, Brandon leva sa bière en disant :

— Santé !

Travis heurta délicatement sa bouteille à celle de son compagnon. Puis les deux hommes sirotèrent une gorgée de leur bière.

— Maintenant, enchaîna Brandon, explique-moi pourquoi tu t'opposes avec tant de passion aux cuisines blanches. Aurais-je enfin déniché un de tes secrets ?

Travis soupira.

— Il ne s'agit pas seulement des cuisines, répondit-il, je déteste quand le blanc rend un appartement fade et homogène. Bien sûr, je sais qu'une propriété à New York est un bon investissement, mais ça peut aussi coûter bonbon. Mes parents possèdent une maison à Forest Hills, et j'ai toujours pensé qu'un jour, je deviendrai moi aussi propriétaire. J'ai travaillé pendant quelques années pour Mike McPhee avant de me lancer à mon compte, je gagnais plutôt bien ma vie et j'ai pu mettre de l'argent de côté. Il y a environ un an, je suis tombé sur une annonce qui répondait à tous mes rêves, cette maison… eh bien, elle avait appartenu à mon grand-père. C'était l'occasion parfaite.

Travis savait qu'il allait devenir sentimental, même s'il n'y tenait pas.

— Vraiment ?

— Oui. Mes parents l'avaient vendue à la mort de mon grand-père, et qu'elle revienne sur le marché m'a paru de bon augure, alors j'ai sauté sur l'occasion. Le prix était dans mes moyens, parce que la maison était dans un état lamentable, une vraie ruine ! Tout était à refaire ! Je pensais la retaper petit à petit sur mon temps libre avant d'y emménager. Je savais que les travaux de restauration me prendraient plusieurs mois.

— Où était-elle située ?

Travis reprit une gorgée de bière pour se donner le temps de faire le tri dans ses pensées et contrôler son émotion. Après tout ce temps, sa déception devrait s'être atténuée. Et pourtant…

— À Fort Greene, répondit-il enfin. C'est un quartier résidentiel avec un véritable méli-mélo de styles architecturaux. Et cette maison… oh, tu ne peux pas imaginer ! Elle est sur deux niveaux, avec d'anciens bardeaux de bois et un tout petit terrain, mais clos, bien individualisé. Les précédents propriétaires l'avaient divisée en appartements, alors que la surface était manifestement mieux adaptée à une seule famille. Du temps de mon grand-père, il y avait trois chambres à l'étage, un rez-de-chaussée un peu serré, mais où il serait facile de faire un grand espace ouvert, et le sous-sol avait été aménagé en 1972. J'ai toujours adoré cette maison ! J'y ai passé une bonne partie de mon enfance, j'en garde d'excellents souvenirs. J'ai détesté les aménagements qui y avaient été apportés, mais je savais que remettre la maison dans son état d'origine ne me serait pas bien difficile. En vérité, j'espérais même la restaurer à mon goût pour qu'elle corresponde exactement à mes rêves... Je m'y voyais déjà y vivre avec mon futur et hypothétique mari... et un chien.

Brandon sourit.

— Que s'est-il passé ?

— J'ai fait une offre, j'avais déjà de quoi verser un bel acompte et je comptais prendre un prêt pour le reste. J'avais tout prévu... Sauf que ça a foiré. Au dernier moment, un putain de marchand de biens a surenchéri et il m'a volé la maison sous le nez.

Travis en souffrait encore. Tout ce travail, ces économies, ces plans sur la comète s'étaient soldés par un échec cuisant... mais à New York, c'était la loi du marché : il y avait toujours un requin à proximité.

— Oh, quel dommage ! compatit Brandon. Comment sais-tu qu'il ne comptait pas y résider ?

— Parce que j'ai revu la maison sur le marché trois mois plus tard ! Il en réclamait trois millions ! Incroyable, non ? Il s'est fait cinq cent mille dollars de bénéfice après des travaux bâclés ! Par curiosité, je suis allé voir la maison le jour des portes ouvertes... Oh, elle était redevenue unifamiliale, mais toute la déco était blanche ou beige. Ce sagouin avait dépouillé la maison de mon grand-père de son individualité !

Pendant cette visite, Travis avait eu le cœur brisé. Un marchand de biens s'intéressait avant tout à la rentabilité de son opération, il le savait bien, mais ce raisonnement n'avait en rien atténué sa réaction : il avait ressenti comme une attaque personnelle de voir les murs démolis, les anciens carrelages arrachés et du blanc partout.

— Je suis désolé, marmonna Brandon, l'air un peu penaud.

— Tu comprends mieux mon agressivité au début de notre collaboration. Excuse-moi si j'ai parfois poussé le bouchon un peu loin, mais après avoir perdu cette maison, après avoir vu ce qu'en avait fait ce marchand, ça me rendait malade d'imaginer que j'allais assister à un autre massacre du même genre : transformer une maison victorienne en demeure banale et générique. Ces demeures historiques sont si belles, si uniques et intéressantes. Il me semble que leur aménagement intérieur doit refléter leur caractère.

— Ce sera le cas à Argyle Road, assura Brandon. Je suis impatient de te montrer les matériaux que nous avons choisis.

Troublé, Travis s'accouda au comptoir – le marbre était froid contre sa peau – et de sa main libre, il se frotta le front. Le regret d'avoir perdu la maison de son enfance lui pesait toujours, et il n'était pas sûr de s'être totalement remis d'avoir vu son rêve ainsi anéanti. Sur le coup, il avait bien failli quitter New York, écœuré. Même son travail lui avait paru odieux : installer des cuisines blanches dans les maisons des autres, alors que lui restait locataire…

— Tu regrettes toujours cette maison, chuchota Brandon.

— Je… Oui, c'est vrai. Depuis, je suis devenu militant. Ces vieilles maisons devraient être préservées, pas annihilées. Et c'est surtout vrai à Brooklyn ! Ce que j'aime dans cet arrondissement, c'est le côté éclectique de son architecture. On y trouve de tout, *brownstones*, immeubles en brique, maisons au bardage vinyle, vieux manoirs, ranchs banlieusards. À proximité de Coney Island [32], certaines maisons évoquent la plage, sur Prospect Park [33], Gold Coast [34], les rues sont bordées de vieilles demeures historiques magnifiques… Bon sang, j'oubliais l'arche de Grand Army Plaza, le Brooklyn Museum et l'église de Plymouth. Tous ces bâtiments ont un tel caractère ! Comment se pointer à New York, à *Brooklyn* en particulier, et décider que ce n'est qu'un décor pour une émission de Restauration Channel ?

Quand Travis fit une pause, il réalisa qu'il avait soif, alors il but une gorgée de sa bière.

— Je parle trop, déclara-t-il ensuite.

— Non, non. Continue.

Travis inspira profondément. Il adorait ces vieilles maisons. Il s'éclatait à leur insuffler une nouvelle vie, à leur rendre leur gloire d'antan. Quand il s'était mis à son compte, il avait choisi de se présenter comme un expert en « restauration » plutôt qu'en « rénovation ». Il avait passé des

---

32 Ancienne île devenue péninsule située à l'extrême sud de Brooklyn.

33 Parc public de Brooklyn.

34 « *La Côte d'Or* », il s'agit de Park Slope, un quartier résidentiel qui ouvre de nouvelles perspectives à ceux qui quittent Manhattan, plus guindé.

heures et des heures à s'imprégner des différents styles architecturaux, à mieux connaître les matériaux vintage et le design victorien.

— Eh bien, je pense que le but de ton émission devrait être que ces vieilles maisons redeviennent telles que les voyaient leurs concepteurs d'origine. Oh, il faut les moderniser, bien sûr, mais il faut surtout montrer au reste du pays ce qu'est le vrai Brooklyn et comment les gens y vivent. Tu vois ?

Brandon hocha lentement la tête.

— Oui. Moi aussi, j'aime cette maison, même si j'ai parfois regretté de m'être un peu précipité pour accepter cette opération – et cette émission. En y réfléchissant a posteriori, je n'ai pas eu d'autre option, parce qu'au premier coup d'œil, j'ai su que je voulais la maison.

— Mmm.

Avec ses émotions à fleur de peau, Travis ne put rien dire de plus. Il ne s'était déjà que trop livré. Il s'étonna aussi de constater qu'il avait presque terminé sa bière. Il soupira et frotta le verre de sa bouteille avec son pouce, essuyant les gouttes de condensation.

Brandon enchaîna :

— Le hic, c'est que Brooklyn est un monde à part – presque une autre époque ! –, Argyle Road en particulier. Je l'ai constaté lors de ma première visite : en quittant Church Avenue, on recule dans le temps. J'aimerais en tenir compte.

— D'accord.

Travis vida ce qui restait de sa bière et se pencha à travers le comptoir pour déposer la bouteille près de l'évier.

Brandon se frotta la nuque.

— Que tu prennes autant à cœur l'authenticité d'une rénovation me plaît beaucoup. En fait, ça prouve aussi que tu es la personne idéale pour ce poste et que Restauration Channel a vu juste en t'engageant.

Travis en eut des picotements dans les yeux – il était d'une émotivité stupide ! Il cligna des paupières à plusieurs reprises et hocha la tête sans piper mot.

— J'espère ne pas t'avoir bouleversé, chuchota Brandon. Ce n'était pas mon but.

— Non, non, ça va, mentit Travis. Tu as raison, perdre la maison de mon grand-père m'a laissé une sorte… d'amertume. Bah, il y aura d'autres occasions.

Brandon resta un instant pensif.

— Bien sûr, dit-il enfin, le regard rêveur.

Il tendit la main et prit le visage de Travis en coupe. Avec un sourire, il se pencha pour embrasser Travis.

Travis ouvrit la bouche, acceptant le baiser, reconnaissant de la gentillesse et de la douceur de son compagnon. Ainsi, Brandon avait compris ce qu'il ressentait. Si Travis n'était pas très démonstratif, cela ne signifiait pas qu'il était de bois. Et un an plus tôt, il avait vécu une déception cruelle.

Mais peut-être était-il enfin sur le chemin de la résilience. Un bel avenir restait possible… Parfois, il en avait l'impression à proximité de Brandon.

Puis Brandon s'écarta légèrement pour dire :

— Moi aussi, il m'est arrivé de vouloir m'installer, planter des racines. Je n'ai jamais eu de vrai foyer étant enfant, ajouta-t-il avec un soupir, puisque j'ai grandi dans un hôtel. Ma première maison, je l'ai achetée avec Kayla, mais d'un certain côté, c'était aussi factice, comme un décor à une mascarade. Nous vivions dans des chambres séparées. En fait, même si je refusais de l'admettre, j'ai toujours su que ça ne durerait pas et que notre mariage était temporaire.

Travis lui posa une main sur l'épaule et s'inclina pour que leurs fronts se touchent.

— Ah, nous faisons la paire, toi et moi ! Quel gâchis !

Brandon eut un petit rire.

— Je voulais juste te dire que je comprends ce que tu ressens.

Travis ferma les yeux un long moment. Brandon disait vrai : *il comprenait*. Du coup, Travis se sentait vulnérable, ce qu'il détestait. Cela faisait remonter en lui de vieilles anxiétés. Il aurait répondu à toutes les questions de Brandon, mais en général, il évitait de creuser trop profond sous la surface. Il n'aimait pas s'exposer autant. Expliquer la raison de ses tatouages était une chose, libérer ses émotions était tout à fait différent.

Travis avait du mal à s'ouvrir, à faire confiance.

Pourtant, il se fiait à Brandon. Ce qui ne lui était jamais arrivé avec ses précédents amants. D'un autre côté, avec eux, ça n'avait été que du sexe…

Soudain nerveux, Travis s'écarta, sans ôter ses mains de Brandon. Comment cet homme s'était-il aussi vite glissé sous sa peau ? Pourquoi cette impression que l'avenir était à nouveau plein de possibilités suite à sa décision de travailler pour une ridicule émission télévisée ?

Et comment un homme comme Brandon – tendre, sexy, passionné, compréhensif et profondément humain – pouvait-il fixer Travis avec une telle affection dans les yeux ?

— Merci de m'avoir écouté, marmonna Travis.

— C'est la moindre des choses. Ça va ?

— Oui, très bien. C'est juste qu'en temps normal j'évite... euh, de parler de moi.

— J'avais remarqué, oui ! Je ne t'en tiendrai pas rigueur.

Désarçonné par le sourire espiègle de Brandon, Travis soupira et essaya de se détendre.

Brandon agita les sourcils.

— Et si on allait au lit ? proposa-t-il avec entrain.

Travis éclata de rire, ce fut un soulagement.

— Je commençais à désespérer que tu me le demandes, bébé. Oublions ces conneries sentimentales. Vive la baise !

TRAVIS S'ENDORMIT. Brandon, lui, n'y parvint pas. Il avait des fourmillements dans les jambes. Il aurait volontiers fait un footing dans les rues du quartier, mais comme il ne voulait pas quitter Travis, il resta allongé, les yeux au plafond, à tenter de faire le tri dans ses pensées.

Il évoqua les aveux de Travis concernant la maison de son grand-père et son vœu de restaurer sa maison dans sa gloire d'antan... Brandon avait reçu ses paroles en plein dans les tripes.

Avec Kayla, il avait réalisé cinq saisons de *Foyer Idéal*, et la série aurait continué sur sa lancée si son ex n'avait pas été surprise à embrasser Dave au restaurant. L'émission avait été populaire et lucrative. Brandon et Kayla avaient financé la majeure partie de leurs opérations immobilières, bien que Restauration Channel ait parfois participé. En général, Brandon et Kayla choisissaient de retaper des pavillons de banlieue, à quelques heures de route de New York, dans des zones bien moins peuplées que le centre-ville. Ils avaient bien rentabilisé leurs projets, surtout en visant des quartiers émergents.

Puis, Kayla supportant de plus en plus de mal les hivers new-yorkais, le couple avait tenté de déplacer l'émission dans le comté d'Orange, en Californie. Les vieilles maisons ne manquaient pas dans les jolis quartiers, c'était l'occasion idéale de faire de beaux bénéfices.

En vérité, Brandon avait été heureux… d'une certaine façon. Il aimait son métier, il appréciait de travailler avec Kayla. Ils vivaient dans une magnifique maison près de Poughkeepsie avec quatre chambres, un rez-de-chaussée ouvert, une cuisine moderne bien équipée – bien que Brandon ait rarement le temps de cuisiner. Chez eux, Brandon et Kayla avaient chacun une chambre et un bureau séparés, ce qui leur convenait très bien. Agissant comme des colocataires, l'un ou l'autre ramenait à l'occasion un partenaire pour la nuit. Pas de questions indiscrètes, c'était le deal. C'était ce qui avait permis à la relation entre Kayla et Dave de s'épanouir sans que Brandon le remarque. De son côté, il avait bien eu quelques aventures au fil des ans, mais il était tellement parano à l'idée que la chaîne découvre son homosexualité que ces relations duraient peu. De plus, ses amants d'un soir trouvaient souvent étrange, sinon franchement gênant, son arrangement avec Kayla.

La fin de *Foyer Idéal* aurait pu représenter une nouvelle phase de sa vie sexuelle. Enfin libre, il aurait pu faire son coming out et rechercher un partenaire. En approchant de la quarantaine, il commençait à craindre de ne jamais tomber amoureux, avoir une famille ou simplement vivre au grand jour.

Et voilà que, bien que divorcé, il se retrouvait plus au moins au même point. Un seul ajout : Travis, du moins pour l'instant. Or, Travis lui aussi avait un rêve : une maison. Une maison à restaurer, une maison où vivre. C'était aussi ce que voulait Brandon, non ? Cet appartement n'était qu'une étape, il le louait à titre temporaire le temps de décider où s'installer de manière permanente.

Et cette maison sur Argyle Road…

Malgré tout ce qu'elle lui avait coûté comme argent et comme ennuis, il l'aimait toujours. Il aimait son charme, il adorait sa disposition, sa taille, son aménagement, son quartier. Il aimait les finitions qu'il avait choisies avec Kayla, surtout ces carreaux qui allaient enchanter Travis, il en était certain. Ne serait-ce pas dommage de revendre cette maison après tout le travail investi ?

Et s'il ne la revendait pas ?

Surpris par cette idée, Brandon quitta son lit et se dirigea vers la cuisine, où il se versa un verre d'eau.

Pourquoi ne pas garder la maison ? Pourquoi ne pas y emménager ?

Les raisons étaient nombreuses, répondit son bon sens. Pour commencer, la maison ne lui appartenait pas entièrement, il en avait financé une grande partie, certes, mais dans sa tête, la maison était aussi à Travis – Travis, qui avait accompli une bonne partie du travail de rénovation de ses mains, qui y avait versé du sang, de la sueur et des larmes au sens littéral.

Brandon secoua la tête. Quelle idée stupide! Le seul moyen pour lui de récupérer ses billes était de vendre la maison. C'était son plan depuis le début.

Il pouvait éventuellement racheter la part de Restauration Channel. Voilà qui viderait un peu son compte, mais il y aurait d'autres occasions de faire du profit, d'autres maisons à restaurer et à revendre. Merde, Virginia lui adressait presque tous les jours des adresses de maisons sur le marché dans le quartier. Son salaire par épisode suffirait à le garder à flot le temps qu'il réfléchisse à ses prochaines opérations.

C'était une idée tellement extravagante! Il devait vendre la maison. La garder serait une aberration… et proposer à Travis de s'y installer avec lui était pire encore. Ils se fréquentaient depuis peu. Côté sexe, c'était super, c'était même ce que Brandon avait connu de meilleur depuis bien longtemps, mais cela suffisait-il à envisager d'emménager ensemble? Non. Un engagement pareil demandait du temps. La vraie vie n'était pas aussi simple.

Peut-être que si…

Brandon déposa son verre dans l'évier et essaya de repousser cette idée de sa tête. Il connaissait à peine Travis. Il était encore trop tôt pour envisager de vivre ensemble, même y penser était totalement ridicule.

Quand Brandon revint se coucher, Travis ouvrit un œil.

— Tout va bien?

— Oui. Rendors-toi.

— Mmm.

Travis roula sur le côté, tournant le dos à Brandon.

Incapable de résister à cette invitation informulée, Brandon se colla à lui, un bras autour de sa taille. Quand Travis poussa un soupir de satisfaction, Brandon posa un baiser sur ses cheveux et se serra contre lui. Il n'avait pas sommeil et doutait fort de réussir à s'endormir, mais il était content d'avoir Travis dans les bras.

C'était ainsi que les choses devaient être. Brandon aimait avoir un homme dans son lit, un homme avec qui faire des projets, un homme à aimer, un homme avec lequel envisager un futur. Travis était-il cet homme? C'était encore trop tôt pour le dire, mais peu importait, il était là et, pour le moment, c'était tout ce qui comptait.

Avant de rencontrer Travis, Brandon ne savait même pas qu'il lui manquait quelque chose dans sa vie. Alors, peut-être que Travis était bien celui qu'il lui fallait. En tout cas, il y avait quelque chose entre eux, quelque chose de fort.

Au cours de sa nuit d'insomnie, Brandon ne cessa de réfléchir, et plus les heures s'écoulaient, plus l'idée d'acheter la maison d'Argyle Road pour s'y installer s'ancrait dans sa tête et lui paraissait réalisable.

XIII

À SON arrivée à Argyle Road, Brandon fantasmait toujours sur l'achat de la maison, la peau encore électrisée par une baise sensationnelle au réveil.

Travis était rentré chez lui se changer. Brandon avait insisté pour qu'ils n'arrivent pas ensemble sur le chantier, et Travis y avait consenti à contrecœur. D'abord, il appréciait peu d'avoir à se cacher, ensuite, il n'était pas un lève-tôt. Tout n'était pas rose dans la vie, décida Brandon, fataliste, sans pour autant perdre sa bonne humeur.

Il trouva Travis déjà au travail sur les cloisons du salon. En le voyant sourire à son arrivée, Brandon sentit une boule de chaleur se propager dans sa poitrine. L'esprit un peu embrumé par sa nuit blanche, Brandon convint que c'était une grande joie pour lui d'avoir Travis dans sa vie.

Malheureusement, la fatigue lui troublait les idées, et Brandon avait oublié ce qu'il était censé filmer aujourd'hui. Il erra donc dans la maison, espérant trouver Erik et lui extorquer des précisions.

Il tomba sur Kayla.

— Ah, te voilà enfin, Bran.

— Salut. Que fais-tu là, Kay ? Je te croyais déjà dans un avion pour la Californie.

Elle jeta un coup d'œil à sa montre.

— J'ai le temps, déclara-t-elle. Mon vol décolle dans six heures. Je voulais te parler.

— D'accord. Devant la caméra ou…

— Non, en privé. Tu as deux minutes pour prendre un café avec moi ? Je connais un petit bar sympa sur la Church.

— Oui, bien sûr. Laisse-moi juste le temps de prévenir Erik.

Au final, quitter le plateau fut plus compliqué que Brandon l'avait prévu, même s'il n'avait aucune obligation particulière ce jour-là. Erik comptait le filmer en train d'aider Travis à poser les cloisons de plâtre, aussi fallut-il user de persuasion pour le faire renoncer à son idée.

Les téléspectateurs s'intéressant peu au montage des cloisons, trente secondes sur Travis au travail suffiraient amplement à les rassasier sur ce plan-là, argumenta Brandon.

Quoi qu'il en soit, une demi-heure plus tard, Brandon et Kayla étaient enfin assis à une table d'angle dans un petit bistrot tranquille.

Brandon sirota son *latte* avant de demander :

— Que voulais-tu me dire, Kay ?

Elle regarda autour d'elle.

— Je ne vois pas de paparazzi.

— Ils rôdent rarement dans les cafés si loin de Manhattan.

Elle acquiesça, puis fouilla dans son sac à main et en sortit un petit écrin à bijoux.

— Je voulais te rendre ceci.

Brandon prit la boîte et l'ouvrit. C'était la bague de fiançailles qu'il avait offerte à Kay. À l'époque, Brandon avait tenu à cette belle bague ancienne, qui se transmettait de génération en génération chez les Chase, pour marquer le fait que, malgré la nature inhabituelle de leur mariage, cela restait à ses yeux un engagement sérieux. Rétrospectivement, ç'avait été plutôt naïf de sa part.

En vérité, Brandon avait complètement oublié ce bijou. Et son attachement envers lui était essentiellement symbolique, surtout maintenant qu'il s'était tellement éloigné de sa mère.

Il posa l'écrin sur la table et bredouilla :

— Euh, merci.

— Il me paraît normal de te la rendre. Je sais que tu parles peu à ta mère ces derniers temps et je m'en veux. C'est moi qui ai causé notre rupture.

— Kayla…

— Non, c'est la vérité. J'ai été trop insouciante. J'avais oublié qu'au restaurant, je risquais d'être reconnue. Apparemment, beaucoup de gens regardent Restauration Channel, hein ? Je crois que… Eh bien, j'ai cru pouvoir embrasser Dave quand l'envie m'en prenait sans réfléchir aux conséquences de mon geste.

— Tu sais quoi ? Au final, tu m'as rendu un grand service.

Elle le fixa, sidérée.

— Quoi ?

Brandon inspira un grand coup et se mit à jouer avec l'écrin.

— Tu es amoureuse, Kay, c'est normal, et je te souhaite d'être très heureuse avec Dave. Tu as le droit d'avoir un vrai mariage plutôt que de rester piégée dans une union factice. Et j'espère aussi avoir cette même chance : vivre au grand jour avec une personne que j'aime. Je ne me sentais pas réellement libre tant que j'étais marié avec toi, même si nous avions un arrangement. Tu vas me trouver idiot, mais j'ai toujours tenté de respecter mes obligations maritales… sauf dans la chambre à coucher.

À travers la table, Kayla posa sa main sur celle de Brandon.

— Je sais, chéri. Moi aussi, d'une certaine façon. Avant Dave en tout cas, avant que je réalise ce qui me manquait vraiment.

Brandon se mit à rire.

— Le problème, soupira-t-il, c'est que je me sens coupable, parce que les médias t'ont collé une étiquette de femme adultère. C'est tellement injuste ! Tout le monde te prend pour « la traîtresse », et la chaîne a racheté ton contrat.

Kayla haussa les épaules.

— Et alors ? Cela me convient très bien. Dave et moi sommes très heureux à Orange County. Je vais continuer de restaurer des maisons, mais sans les caméras, c'est tout. J'ai adoré animer *Foyer Idéal* avec toi, c'était une expérience très enrichissante – dans tous les sens du terme –, mais après quelques années passées sous les projecteurs, je rêve de mener une vie tranquille. Je peux désormais épouser Dave et avoir des enfants sans qu'ils apparaissent à l'écran, comme Restauration Channel me l'avait demandé autrefois. De plus, Dave détesterait faire de la télé, alors tout est très bien comme ça.

Brandon n'osait encore y croire.

— C'est vrai ?

Elle sourit.

— Oui. Je suis heureuse, Bran. Tu n'as pas à t'inquiéter pour moi. Dave et moi allons nous installer ensemble dans une belle maison sur la plage et y faire des bébés.

Brandon secoua la tête.

— Ce n'est pas du tout ce que j'avais prévu.

— Voyons, réfléchis. Combien de temps aurions-nous pu rester mariés ?

C'était la vraie question, non ? Brandon n'avait pas été assez fou pour espérer que le mariage lui fasse oublier son homosexualité – il n'avait jamais été sexuellement attiré par Kayla, qu'il aimait comme une sœur –, mais il s'était malgré tout acharné à maintenir la façade. Il avait voulu faire de son nom un succès personnel, et son mariage avec Kayla en était la pierre angulaire. *L'échec n'est pas une option*, ces mots paternels restaient gravés dans son esprit. C'était grâce à son mariage qu'il avait obtenu son contrat avec Restauration Channel et l'approbation de son père, aussi n'avait-il pas regardé plus loin à l'époque.

Pourtant, Kayla disait vrai. Cette façade pour laquelle il avait investi tant d'énergie au fil des années avait toujours été fragile.

Kayla baissa les yeux.

— J'aurais fini par divorcer, chuchota-t-elle. Dès que j'ai rencontré Dave, je me suis mise à rêver d'un vrai mariage, pas d'un simple contrat télévisé. Toi aussi, tu aurais pensé la même chose si tu avais rencontré quelqu'un le premier. Notre accord nous a aidés à faire de notre émission un succès, mais il aurait aussi pu nous coûter notre bonheur.

— Tu as raison. Tu mérites d'être heureuse, Kay. Et maintenant que nous sommes séparés, je me sens libre d'explorer une nouvelle forme de relation.

Il soupira avant d'ajouter :

— Mais tu me manques. Tu me manques tous les jours. J'aimais ta présence à mes côtés, j'appréciais nos échanges, je tenais à ton amitié.

— Tu peux me joindre quand tu veux, tu sais, s'esclaffa-t-elle. Nous avons le téléphone en Californie.

— Je sais. Mais ça n'est pas pareil.

Kayla sourit.

— Je t'aime beaucoup, Bran. Moi aussi, je tenais à notre amitié. Faisons l'effort de garder le contact, d'accord ? Même s'il ne s'agit que d'un SMS de temps à autre pour te conseiller d'ajouter de la couleur à tes carrelages et de baiser Travis.

Brandon roula des yeux.

— D'accord.

Sur une impulsion, il fit glisser l'écrin sur la table.

— Garde cette bague, insista-t-il. J'y tiens vraiment.

Kayla fixa la boîte.

— C'est une belle bague. Je l'aime beaucoup.

— Alors garde-la en souvenir d'un ami.

— Oooh, ça me rappelle l'école primaire quand une copine m'avait offert une moitié de collier où il était écrit « les meilleures » et elle avait l'autre partie avec « amies du monde » ! C'était le bon temps.

Brandon ne put retenir un bref éclat de rire. Oh, combien l'humour de Kayla lui avait manqué.

— Cette bague a une connotation légèrement différente.

— Je sais. Je la considère comme un gage de ton affection et je la garderai précieusement.

Ils causèrent aimablement en finissant leur café, puis Kayla raccompagna Brandon jusqu'à Argyle Road.

— Je vais appeler un taxi et faire un peu de shopping pour occuper mon temps avant de retourner à l'hôtel récupérer mes bagages et filer à l'aéroport, déclara-t-elle. Merci d'avoir fait appel à moi, Bran, je me suis bien amusée. Et n'oublie pas de me téléphoner pour me donner des nouvelles.

— Je le ferai, c'est promis.

— Je veux aussi des photos de la maison finie. J'ai hâte de voir à quoi elle ressemblera.

— Bien sûr.

Quand Kayla l'étreignit, Brandon l'entoura de ses bras et appuya sa tête sur la sienne. Elle s'écarta et l'embrassa sur la joue avant de faire quelques pas sur le trottoir. Il attendit avec elle l'arrivée de son taxi.

— Bye, Bran, dit-elle en ouvrant la portière. Bonne chance.

— Oui. Merci. Toi aussi. J'espère que je serai invité à ton mariage.

— Bien sûr, chéri.

Elle lui souffla un baiser et entra dans la voiture. Il regarda le taxi s'éloigner, à la fois triste et soulagé. C'était comme si une porte de son passé venait de se fermer.

Il prit une profonde inspiration et retourna dans la maison.

LE TRAVAIL du jour était aussi salissant qu'ennuyeux. Très vite, Erik remballa son matériel et sortit avec son équipe pour filmer l'extérieur. Ensuite, il donna aux cameramen un après-midi de congé.

Travis regarda le tablier qu'il avait enfilé avant de se mettre au travail : il était recouvert de taches blanches. Il montait les cloisons sèches, composées de plaques de plâtre, elles-mêmes vissées sur des supports métalliques. Une fois le mur peint, la surface serait uniformément lisse, bien entendu.

Brandon avait été fort occupé dans la maison, aussi ne revint-il vers Travis qu'au coucher du soleil.

En le voyant entrer dans la salle à manger, Travis lança :

— Peux-tu me rendre un service ?

— Oui, bien sûr.

— Renvoie Ismael et ses hommes. Quand j'aurai fini ce mur, il n'y aura plus rien à faire aujourd'hui. Demain, je demanderai à l'équipe de nuit de commencer à peindre à l'étage, mais il nous faut attendre que le plâtre soit sec.

— Je m'en charge.

Brandon disparut pendant quelques minutes. Peu après, Travis entendit Ismael et les ouvriers quitter la maison.

Puis Brandon revint et dit :

— J'ai changé d'avis concernant l'étage.

— Je t'écoute.

— J'avais d'abord envisagé de la moquette pour des raisons budgétaires, mais au point où nous en sommes, pourquoi mégoter ? Je vais donc faire poser du bois partout.

Travis monta sur une échelle pour combler un trou près du plafond avec du plâtre.

— Tu es sûr ?

— Oui. Pour être franc, je déteste les moquettes, je préfère le bois.

Travis agita le bras et désigna la salle à manger.

— Carreler cette pièce plutôt que refaire le plancher t'a fait faire des économies, non ?

Brandon hocha la tête.

— Oui, mais après réflexion, je ne veux plus de compromis. Je n'ai pas encore atteint la limite de mon budget, alors soyons fous.

Travis éloigna sa truelle du mur.

— Tu ne comptes pas me demander de démolir les murs que nous venons *juste* de terminer, j'espère ?

Brandon s'esclaffa.

— Non. Je garde tout ce qui a déjà été fait, mais l'idée de mettre de la moquette à l'étage me turlupinait.

— Dans ce cas, aucun problème, bien sûr. Il va juste falloir commander plus de bois.

— Non. Je l'ai déjà fait pendant ma virée shopping avec Kayla. En prenant du parquet supplémentaire, je ne risquais pas grand-chose, vu qu'ils reprendront tout ce que nous n'aurons pas utilisé. Et je n'ai pas encore commandé cette foutue moquette.

— Je vois.

En voyant que Brandon s'agitait d'un pied sur l'autre, Travis devina que son compagnon avait un aveu à lui faire.

Pour l'inciter à parler, Travis s'éclaircit la gorge et demanda :

— Alors, tout s'est bien passé avec Kayla ce matin ? Elle est dans l'avion ?

— Oui, elle m'a envoyé un texto une fois montée à bord. Elle n'a pas encore atterri. Elle… euh, elle a voulu me voir pour me rendre sa bague de fiançailles.

— Oh !

Sous le coup de la surprise, Travis se figea. Oui, le geste avait un certain sens : pour marquer un engagement, il fallait une bague, bien entendu. Et après une rupture, il était d'usage de la rendre à son légitime propriétaire.

Une fois remis de son choc, Travis se remit à la tâche.

— Nous avons parlé, déclara Brandon. C'était libérateur.

— Tant mieux.

Travis rangea son grattoir dans sa ceinture à outils et jeta un dernier coup d'œil à son travail avant de descendre de l'échelle.

— Tout va bien, Bran ? s'enquit-il.

Brandon hocha lentement la tête.

— Oui. Cette discussion avec Kay a été… un peu inattendue et troublante. Mais, en même temps, ça m'a fait du bien.

Pendant un moment, Travis l'examina avec attention. Brandon et lui avaient beaucoup échangé concernant leurs passés respectifs, leurs ressentis. En voyant Kayla et Brandon ensemble, Travis avait vite compris que le couple, malgré ce divorce si médiatisé, s'était quitté bons amis. D'ailleurs, il n'avait jamais été question d'amour entre eux.

Ça m'a fait du bien, avait dit Brandon. Travis espérait que Brandon était maintenant prêt à oublier le passé pour aller de l'avant, mais comment l'exprimer sans paraître jouer au thérapeute ?

Brandon examinait le mur terminé.

— Alors, comment ça avance ? demanda-t-il.

Travis ôta son tablier et le drapa sur une chaise pliante pour le laisser sécher.

— Nous avons quasiment fini les cloisons sèches du rez-de-chaussée. Avec un peu de chance, les carrelages annoncés arriveront demain, comme prévu, et nous pourrons commencer à les poser.

— Alors il n'y a pas de souci ?

— Non. Nous sommes dans les temps.

Brandon semblait un peu distant.

135

— Tu es sûr que tout va bien ? insista Travis.

Brandon sourit.

— Oui. C'est juste que… je me sens un peu triste. Aujourd'hui, j'ai mis un terme à une époque de ma vie. Mais j'en avais besoin, je pense, je dois penser à l'avenir.

Travis hocha la tête. Il prit une minute pour écouter avec attention autour de lui. Une fois certain que tout le monde était parti, il se pencha et effleura le bras de Brandon. Sensible à son désarroi, Travis l'attira dans ses bras pour un câlin. Quand Brandon se lova contre lui, Travis ferma les yeux.

Leur relation avait atteint un nouveau stade, c'était évident. Après tout, ils en étaient déjà à échanger des secrets, non ? Était-ce le signe d'une réelle intimité ? Travis l'ignorait, car il n'avait encore jamais connu cette sensation, mais plus le temps passait, plus il commençait à imaginer un avenir avec Brandon.

Sauf s'il se faisait surprendre en flagrant délit et virer de l'émission.

À cette idée, il recula.

— Veux-tu dîner avec moi ? demanda Brandon.

— Bien sûr. Je te signale quand même que je viens de coller du plâtre sur ta chemise. Désolé.

— Dans ce cas, pourquoi ne pas aller chez moi ? proposa Brandon. Nous nous ferons livrer à dîner.

— C'est un excellent compromis, acquiesça Travis.

XIV

QUELQUES JOURS plus tard, Ismael suggéra de commencer à peindre pendant qu'ils attendaient la livraison des planchers. Erik filma avec enthousiasme Brandon et Travis brandissant des rouleaux de peinture. Amusé, Brandon voyait très bien quel serait le rendu final de ces images lors du montage. Parfois, il s'émerveillait encore de la façon dont cette émission était mise en place : deux mois de travail distillés en quarante-cinq minutes de film.

En fin de journée, quand les ouvriers de l'équipe de jour quittèrent le chantier, la peinture du rez-de-chaussée était presque finie. Ismael ayant offert de rester pour aider à finir, Travis l'affecta à la salle à manger, tandis que Brandon et lui se chargeaient du salon.

Brandon examina Travis : il savait manier un rouleau, une expérience sans nul doute durement acquise en peignant des centaines de murs. Il travaillait, comme perdu dans une sorte de transe, totalement concentré sur sa tâche. Brandon avait choisi pour la pièce un jaune pâle, un ton neutre, mais gai. Travis n'ayant pas émis de critique, Brandon supposa que son amant approuvait cette teinte, mais c'était difficile à deviner. Brandon, pour sa part, appréciait le tableau final qui se dessinait peu à peu : les moulures, les plinthes, les cadres de fenêtre étaient en blanc mat, un ton qui n'avait rien d'agressif, et le jaune ensoleillé formerait un contraste plaisant avec le bois foncé des planchers. Ce serait parfait.

Soudain, Brandon ne put résister davantage à son envie de tenter le destin.

— Que penses-tu de mes choix de peinture ? demanda-t-il.

— Ils sont bien.

— Quel enthousiasme débridé !

Cessant de peindre, Travis recula d'un pas. Il déposa le rouleau dans le bac, puis traversa la pièce pour s'approcher de l'échelle.

— Au moins, ce n'est ni gris ni beige.

Brandon roula des yeux.

— Tu aurais préféré rose bonbon, jaune citron ou bleu électrique ?

Travis s'empara de l'échelle et la positionna avec soin afin de peindre les moulures sur les murs où la peinture avait séché. Il versa du blanc dans un plateau, attrapa un large pinceau-brosse et grimpa les échelons.

— Tu ne mets pas de protection ? s'étonna Brandon

— Non. Quand j'aurai fini, cependant, tu en mettras pour faire les plinthes.

Pendant un moment, Brandon le surveilla. Travis peignait la moulure avec aisance et expertise. De toute évidence, il avait l'habitude de travailler ainsi. Il termina toutes les moulures à sa portée – environ quatre-vingt-dix centimètres – sans faire couler une seule goutte de peinture. Puis il redescendit et déplaça l'échelle.

— Tu comptes rester planté là à me regarder ? s'enquit-il poliment.

Brandon secoua la tête. Le mur était presque fini, il ne lui restait plus qu'à peindre les plinthes. Il versa de la peinture blanche dans un plateau et s'apprêta à se mettre au travail.

— Je l'avoue, j'aime te regarder. Et tu n'as pas répondu à ma question.

— Quelle question ?

— Tu détestes la peinture que j'ai choisie, pas vrai ?

Travis soupira sans que ses coups de pinceau perdent leur régularité et leur précision.

— Tu veux la vérité ? Eh bien, j'aurais sans doute pris des tons similaires. Pour donner une touche de couleur dans cette pièce, c'est sur les meubles qu'il faut compter.

— C'est vrai ?

— Bien sûr.

— Ah, tant mieux ! Ton approbation compte beaucoup pour moi.

Cessant une fois encore de travailler, Travis le regarda droit dans les yeux.

— Pourquoi ?

Brandon ne se sentit pas le courage d'avouer la vérité : « parce que je veux vivre avec toi dans cette maison », alors il préféra biaiser :

— Parce que j'apprécie ton avis.

— Ce jaune tendre et inoffensif est une belle couleur.

Brandon s'esclaffa.

— D'accord, ça me va.

Quand Travis se remit à peindre, il souriait. Et Brandon se sentit tout ragaillardi de réussir à lui soutirer un tel sourire. Il s'agenouilla pour peindre la plinthe et, peu à peu, se rapprocha de l'échelle. Quand il ne put aller plus loin, il se releva et remarqua que Travis le regardait.

— Quoi?

— Rien. Sauf que je dois déplacer mon échelle et que tu es sur mon passage.

Incapable de résister à ce sourire câlin et à cette voix narquoise, Brandon se mit sur la pointe des pieds. Travis se pencha pour se mettre à sa portée, et ils échangèrent un baiser. Enivré, Brandon souhaita que cette caresse dure éternellement. Il ne se lassait pas du goût de Travis, de son odeur musquée. Il gémit contre ses lèvres quand Travis glissa les doigts dans ses cheveux pour rapprocher sa tête de la sienne.

Brandon trouvait de plus en plus difficile de se surveiller sur le plateau. Les soirées l'apaisaient en partie, mais il détestait devoir cacher sa relation, alors que Travis et lui passaient quasiment toutes leurs journées ensemble. S'ils se faisaient prendre, cependant, les conséquences…

Il soupira sans s'écarter. Il s'en inquiéterait plus tard.

Une voix s'écria :

— C'est bon, Travis, j'ai… Oh!

Ismael entra et s'arrêta net.

Travis s'écarta si violemment que son échelle vacilla. Il fixa Ismael pendant un long moment sans mot dire.

Quant à Brandon, il essayait de trouver une excuse, sans réussir à formuler un mot sous l'effet de la panique.

— Hum, finit par marmonner Travis. Nous étions…

— Laissez tomber, coupa Ismael avec un accent portoricain plus marqué. Pour Travis, j'étais déjà au courant, mais pas pour vous, Brandon. De toute façon, ça ne me regarde pas. Je voulais juste vous annoncer que j'avais fini la salle à manger. Je vais rentrer chez moi.

— Bien sûr, répondit Travis, d'une voix mal assurée. Brandon et moi allons terminer cette pièce et rentrer aussi. Nous ferons les finitions de la salle adjacente demain.

Après avoir jeté un coup d'œil à Brandon, toujours tétanisé d'horreur, Travis reporta son attention sur le contremaître.

— Puis-je compter sur vous pour rester discret, Ismael? ajouta-t-il.

— Hé, patron, bien sûr, aucun problème! Je sais garder un secret!

— Merci.

Brandon sentait son cœur battre la chamade et ses veines charrier de la glace. Ismael avait répondu de façon désinvolte. Allait-il vraiment se taire ? Brandon venait-il d'agir comme Kayla l'avait fait avant lui ? Dire qu'il l'avait blâmée pour son inconscience ! Quelle stupidité absolue d'embrasser Travis, alors qu'il restait des ouvriers à proximité ! Pourquoi avoir agi ainsi ?

Travis descendit de l'échelle et posa une main sur son bras.

— Ne t'en fais pas. Ismael saura garder sa langue.

— Si la chaîne apprend la vérité…

Travis lui caressa le bras.

— Je sais.

— Je ne dirai rien, affirma Ismael avec force. Je sais ce que vous risquez si la rumeur se propage. Je ne suis pas homme à parler pour nuire à mon prochain.

— Je sais, Ismael, merci, intervint Travis. À demain.

Après un dernier salut de la main, le contremaître s'en alla. Travis leva les yeux vers la moulure qu'il lui restait à peindre, puis il se rapprocha de Brandon. Il inspira un grand coup et se lança :

— Bran, tu as été sacrément secoué. Rentre chez toi. Je passerai te voir une fois le travail terminé. D'accord ?

— Si quelqu'un découvre la vérité…

— Je sais. Ismael est un brave homme, il ne dira rien. Tout ira bien, Brandon. Aie confiance. Calme-toi !

Brandon respira plusieurs fois, cherchant à se reprendre. Son avenir à Restauration Channel n'était sans doute pas totalement compromis, mais cette alerte prouvait combien leur situation était précaire. Pire encore, Brandon avait l'impression d'avoir perdu le contrôle de sa vie, ce qu'il avait du mal à accepter.

— Calme-toi, répéta Travis.

— J'essaie. Désolé d'avoir tant paniqué.

— C'est bon, je comprends. Mais la panique ne nous aidera pas à peindre cette moulure, et il n'y a plus personne pour s'en charger ce soir. Plus personne, sauf nous.

Une fois encore, Brandon prit une profonde inspiration. Il commençait à se calmer. Travis avait raison, il n'y avait pas grand-chose d'autre à faire.

— D'accord. Je vais rentrer et… euh, m'arrêter acheter de quoi manger. J'ai envie d'un *banh mi* [35], je connais un restaurant sympa sur

---

35 Mot vietnamien qui signifie « pain de blé » et plus précisément « baguette ».

Montague, pas très loin de chez moi. Le dîner sera prêt quand tu arriveras. Ça te convient?

— Oui, parfait, mets ce que tu veux dans mon sandwich, à condition que ça ne soit pas trop épicé.

Il prit Brandon dans ses bras et lui frotta le dos.

— S'il te plaît, insista-t-il, dis-moi que ça va.

— Oui, oui, ça va. J'ai juste... paniqué.

— Je sais. Tout ira bien, je te le promets.

Brandon soupira et posa son front sur l'épaule de Travis.

— Tu ne peux pas faire cette promesse! Tu n'en sais rien!

— Eh bien, je sais au moins qu'Ismael ne dira rien.

Brandon s'écarta pour effleurer les lèvres de Travis d'un baiser.

— D'accord, je te crois.

— Maintenant, file pendant que je finis. J'en ai pour une petite heure.

UNE FOIS seul, Travis se remit au travail, l'esprit troublé. Il avait beau faire, il ne parvenait pas à oublier la folle panique de Brandon après qu'Ismael les avait surpris enlacés. Tout en s'activant, Travis consacra ces trois quarts d'heure de répit à réfléchir à ce qui s'était passé.

Il connaissait Ismael depuis des années, ce n'était pas un ami, bien qu'il l'apprécie sur le plan professionnel. Ismael était un homme solide, et Travis se fiait à sa parole.

En quittant la maison, Travis était arrivé à deux conclusions : a) Ismael ne se souciait nullement de sa vie sexuelle, b) il ne répéterait à personne ce qu'il avait vu.

En revanche, l'incident était une bonne piqûre de rappel : Brandon et lui devaient être plus prudents en public.

Aucun problème, pensa Travis, une fois installé dans le taxi qui le conduisait chez Brandon. Pourtant, il n'aimait pas devoir cacher ce qu'il était, c'était comme une irritation constante au fond de son esprit. Pour l'instant, il l'acceptait. Plus tard, si les choses devenaient sérieuses entre Brandon et lui, peut-être la situation évoluerait-elle.

Une autre question lui vint : était-il plus épris qu'il le croyait? Parce qu'un détail de la soirée le sidérait encore : loin d'être rebuté par la violente réaction de Brandon, il n'avait pensé qu'à se ruer à ses côtés pour l'apaiser. Ce qui n'était absolument pas son modus operandi habituel. Qu'est-ce qui n'allait pas chez lui?

Quand il arriva chez Brandon, le dîner était prêt. Brandon semblait plus calme. Ils mangèrent leur *banh mi* en silence.

Ensuite, Brandon jeta à la poubelle les restes et les emballages. En revenant au salon, il déclara :

— Si tu fais confiance à Ismael, alors moi aussi. Excuse-moi d'avoir paniqué.

— C'est bon, je comprends, marmonna Travis.

— Je n'en reviens pas que tu restes aussi calme, c'est… Au fait, Kayla est d'avis que nous allons très bien ensemble, que nous pourrions mutuellement nous apporter beaucoup.

Travis sursauta.

— Tu lui as parlé de nous ?

Il en était très surpris, ayant plus ou moins pensé que Brandon tenait absolument à garder ce secret.

— Elle a deviné toute seule, reconnut Brandon. Me connaissant, elle a senti qu'il y avait quelque chose entre nous, et j'ai fini par avouer. Elle affirme que nous nous complétons. Elle a peut-être raison… Ce soir, par exemple, tu es resté calme pendant que je paniquais. Et ça a été pour moi un grand réconfort. Si nous avions paniqué tous les deux, je serais sans doute en soins intensifs à l'hôpital, parce que mon cœur aurait lâché.

Travis esquissa un sourire, sans révéler qu'a posteriori, il avait des doutes. En principe, Ismael ne dirait rien, du moins pas délibérément, mais ne risquait-il pas par inadvertance de trop parler devant un de ses ouvriers ? Et si ses mots, une fois échappés, revenaient aux oreilles d'un des membres de Restauration Channel…

Travis ne voulait qu'une chose : travailler, gagner sa vie et restaurer des maisons. Le mélodrame, ça n'était pas pour lui. Il ferait mieux de filer, mais… il en était incapable.

Il préféra changer de sujet :

— J'ai croisé les hommes de l'équipe de nuit en quittant la maison. Ils vont peindre l'étage.

— Tu as bien vérifié la couleur de la peinture : mat et coquille d'œuf, hein ? s'inquiéta Brandon.

— Oui. Et avant que tu me poses la question, oui, c'est un bon choix. La couleur des murs est plus importante au rez-de-chaussée et à l'extérieur. Pour les chambres, les acheteurs préfèrent les personnaliser. Si les nouveaux propriétaires ont une fille qui veut une chambre fuchsia, eh bien, tant mieux pour eux ! Un pot de peinture ne coûte pas trop cher.

Brandon sourit.

— Restauration Channel avait une série qui mettait en compétition de jeunes d'architectes d'intérieur. Dans cette émission, les candidats devaient chacun décorer une pièce de la maison témoin d'un lotissement. Pour plaire aux clients potentiels, il faut, dans un endroit de ce genre, trouver le juste équilibre entre une maison qu'ils se voient habiter et une toile vierge où libérer leur créativité.

— C'est vrai.

— Dans un épisode, les apprentis décorateurs se sont lâchés : ils ont choisi pour les murs des couleurs éclatantes, pour les papiers peints des motifs contrastés, pour toutes les pièces des meubles originaux. Et les juges ont été très sévères envers eux, du genre : «Qui voudrait vivre dans une maison pareille?» J'y pense toujours quand je choisis les couleurs des peintures intérieures.

— Je te comprends tout à fait. Un éventuel acheteur risque d'être rebuté par une peinture trop vive, sans réaliser que rien n'est plus facile à rectifier.

— C'est tout à fait vrai! Pour un de nos projets, Kayla et moi avions une très grande cuisine à rénover. Nous y avions installé des placards très modernes, gris laqué, assez sombres – une de nos plus belles réalisations! Le jour des portes ouvertes, une visiteuse rêvait d'une cuisine toute blanche. Son mari a eu beau lui dire qu'il était possible de peindre les placards, elle n'a rien voulu savoir.

— Je commence à comprendre d'où te vient cette obsession pour le blanc clinique.

— Dans ce cas, cette femme avait tort, je le reconnais.

Travis gloussa.

Brandon jugea préférable de changer de sujet.

— Au fait, Virginia m'a annoncé qu'un photographe passerait bientôt sur le plateau. Elle prévoit de lancer la promotion d'*OPI à Brooklyn*.

Travis fit la grimace. Il s'y attendait, bien entendu. Brandon étant l'animateur vedette, l'essentiel de la campagne de lancement serait braqué sur lui, mais Virginia avait prévenu Travis que des photos de lui en plein travail seraient aussi postées sur le site Internet de Restauration Channel.

— Je vois que cette idée t'enchante, railla Brandon.

— Je n'ai jamais aimé qu'on me prenne en photo, grogna Travis.

— Vraiment?

— Ça paraît te surprendre, s'étonna Travis.

143

Brandon sourit.

— Bien sûr! Je te trouve à tomber. Avec des affiches de toi au travail, de préférence à moitié déshabillé, dans le métro et sur les panneaux publicitaires, nous allons nous faire des couilles en or. Rien que tes muscles feront grimper l'audimat!

Tout en parlant, Brandon s'était approché pour lui caresser la cuisse. Travis le fixa, incrédule. Il n'avait jamais pensé à se juger ainsi. Oh, chez un autre, il appréciait certainement des jambes solides, mais jusqu'à ce soir, il ignorait que Brandon admirait son physique.

— Euh, merci.

Brandon se pencha.

— Je sens déjà que de nombreux téléspectateurs vont fantasmer sur notre si sexy chef de travaux. Tu seras la révélation de cette nouvelle émission, Travis. Mon nom attirera peut-être ceux qui me connaissent déjà, mais c'est de toi qu'ils tomberont amoureux.

— Tu es gentil, mais c'est ridicule.

— Pas du tout! Moi, je regarderai l'émission rien que pour toi.

— Voyons, bébé, tu peux me regarder quand tu veux!

Brandon soupira.

— Oui, et je ne m'en prive pas. Et c'est ce qui finira par causer ma perte.

— Eh bien, regarde-moi maintenant, c'est sans risque, offrit Travis. Nous sommes seuls.

Brandon glissa les bras autour de la taille de Travis et remonta dans son dos, sous le tee-shirt.

— Oh oui! Nous sommes seuls. Et bien trop habillés.

Travis l'embrassa, soulagé de constater qu'ils se retrouvaient en terrain stable, sûr. Il sentait une vague de panique monter en lui, glaçante, paralysante, quand il pensait à Ismael ou aux photos de lui affichées partout… mais il ne voulait pas que Brandon s'en rende compte. Désireux de tout oublier, il s'abandonna aux lèvres qui cherchaient les siennes et aux mains qui rampaient sur son corps.

— Allons au lit, proposa-t-il.

— Volontiers! Tu n'as même pas à le demander.

Dès que Brandon recula, Travis quitta son tabouret et suivit son amant dans sa chambre. Ils se déshabillèrent à la hâte et s'allongèrent sur le lit. Travis tenta de prétendre que c'était du sexe, seulement du sexe.

Mais c'était faux, il le savait très bien. Quand Brandon le prit dans ses bras, quand leurs peaux se frottèrent l'une contre l'autre, quand leurs queues se touchèrent et que des picotements d'excitation le traversèrent de part en part, Travis dut s'avouer la vérité : ce qui existait entre Brandon et lui était bien plus que du sexe.

Il s'était ouvert à Brandon, il avait fait preuve envers lui de douceur et de vulnérabilité, il tenait à lui, il voulait apaiser ses tourments et même le rendre heureux. Et ces sentiments, cette attention, cette tendresse, jamais Travis ne les avait éprouvés pour aucun de ses anciens amants.

Et tandis qu'il embrassait Brandon, Travis reconnut enfin la vraie différence : cette fois, son cœur était impliqué.

— Je veux te sentir en moi, murmura Brandon. Baise-moi !

Tout aussi impatient, Travis ne se fit pas prier. Ayant souvent passé la nuit chez Brandon, il savait où trouver ce dont il avait besoin. Il se servit donc dans le tiroir de la table de chevet.

Peu après, il pénétra Brandon. Ils étaient face à face, les yeux dans les yeux. Et, dans le regard de son amant, levé sur lui, Travis crut voir se refléter cette forte émotion qu'il éprouvait aussi. Il en fut heureux. Cette connexion, c'était fort, c'était bon, c'était bien, c'était ce qu'il désirait au fond de son cœur. En fait, ce qu'il éprouvait pour Brandon commençait à submerger son cynisme, son bon sens, tout ce qui l'avait émotionnellement retenu jusque-là.

Et ce, bien que cette relation le mette en porte-à-faux. Elle risquait de le faire virer d'un travail intéressant et bien rémunéré. Mais Travis n'y pensait plus pendant qu'il baisait Brandon, qu'il l'embrassait et que Brandon mettait les bras autour de son cou pour mieux lui rendre son baiser. Ils étaient serrés l'un contre l'autre, tous deux murmurant des mots incohérents pour exprimer leur plaisir, leur complétion.

Une fois encore, Travis reçut la révélation indéniable qu'il vivait une expérience tout à fait nouvelle, à la fois merveilleuse et terrifiante.

Il était amoureux de Brandon.

Plus tard, quand les deux amants repus s'allongèrent dans les bras l'un de l'autre, le souffle encore erratique, Travis déclara :

— Cette histoire va finir par nous exploser à la gueule.

Brandon ne fit pas semblant de ne pas comprendre. Il se contenta de répondre :

— Je m'en fous. Ça en vaut la peine.

XV

CE SOIR-LÀ, après le travail, Mike leur proposa d'aller prendre un verre. La journée avait été éreintante ! Ils avaient installé une baignoire antique dans la salle de bain principale et posé la plupart des carreaux des salles d'eau de l'étage. Brandon se défila, il devait dîner avec ses frères, aussi Travis était-il seul pour la soirée.

Le trio se rendit sur Cortelyou Road et y trouva un bar qui leur parut simple et accueillant. Le drapeau arc-en-ciel près de l'auvent était encourageant. L'intérieur était d'ambiance tamisée, avec des murs en briques apparentes, et le bar cerné d'une ancienne rampe en laiton. Le menu proposait surtout de la viande, exactement ce dont Travis avait envie après une longue journée de travail.

Ils s'installèrent dans une stalle d'angle et commandèrent des bières. Travis mit un moment à choisir son burger, les choix proposés étant tous plus décadents les uns que les autres. Son ventre finit par grogner d'impatience.

— Que pensez-vous de ce chantier ? demanda Sandy. Je trouve l'ambiance assez étrange.

— C'est vrai, convint Travis, la présence constante des caméras est plutôt déconcertante au début. Au fait, les gars, merci d'être venus nous donner un coup de main. Je vous en suis vraiment reconnaissant !

— Tu parles ! répliqua Mike en riant. Une solide rémunération et la perspective de se faire de la pub gratos, c'était difficile de refuser.

Travis hocha la tête.

— Je n'ai jamais travaillé avec un budget aussi faramineux. J'ai parfois l'impression que Brandon a de l'argent à foison !

— Il est lié à John Chase ? demanda Mike.

Travis ne s'étonna pas que Mike connaisse ce nom. Ayant fait des recherches sur Internet depuis qu'il avait rencontré Brandon, Travis savait désormais que Chase senior avait construit une douzaine d'immeubles à Manhattan et que sa boîte, le groupe Chase – que dirigeait actuellement son fils aîné –, avait encore plusieurs programmes immobiliers dans les quartiers périphériques. Le plus célèbre achèvement de John Chase était l'hôtel St Joseph, une relique de la Période Dorée [36] qu'il avait achetée pour rien en 1975 – l'année de la Une [37] si tristement célèbre : « Ford à la ville : Crevez ! » – et restaurée de façon glorieuse. Devenu un des plus beaux hôtels de New York, le St Joseph était célèbre pour ses finitions somptueuses et ses prestations de luxe. La famille Chase possédait également un vaste complexe d'appartements près de Riverside Park [38], quelques tours de bureaux dans Lower Manhattan [39] et à Midtown [40], et un autre grand immeuble à proximité du Lincoln Center [41]. Dans les années quatre-vingt et quatre-vingt-dix, les journaux new-yorkais avaient surnommé John Chase « le roi de l'Upper West Side » – quand ils ne le traitaient pas de « sinistre maître de corvées, incapable de rire ou de sourire ». À ce qu'il semblait, Chase senior avait régné sur le marché immobilier en usant de tous les moyens à sa portée : intimidation, argent, menace et avocats. Et dans chaque interview de lui que Travis avait lue, il s'arrangeait toujours pour placer sa célèbre devise : « *L'échec n'est pas une option* ».

Pas étonnant que Brandon soit aussi complexé !

— Oui, répondit Travis, c'était son père. D'après ce que j'en sais, Brandon finance surtout ses opérations immobilières avec l'argent qu'il a gagné avec Kayla, bien qu'il ait mentionné aussi un héritage substantiel. Dans tous les cas, il ne travaille pas dans la boîte créée par son père, il tient beaucoup à son indépendance. J'ai cru comprendre qu'il voyait peu sa famille.

— Le père Chase devait être un sacré emmerdeur, déclara Mike. Il y a huit ans, j'ai rénové un appartement à Chase Plaza, et vous n'imaginez pas la liste des réglementations, limitations et interdictions à laquelle j'ai été soumis pendant ces travaux ! Nous n'avions droit qu'à certaines couleurs,

---

36 « *Gilded Age* » en VO, période de l'histoire des États-Unis s'étalant de 1865 (fin de la guerre de Sécession) jusqu'en 1901 et marquée par la prospérité et la reconstruction.

37 Il s'agit du *Daily News*, le 30 octobre 1975, s'adressant au président Gérard Ford (1913-2006) suite à la cessation de paiements de la municipalité de New York.

38 Parc situé au nord-ouest de Manhattan.

39 Quartier le plus au sud de l'île de Manhattan.

40 Quartier d'affaires au sud de Manhattan.

41 Centre culturel de New York, situé à Manhattan au sud de l'Upper West Side.

qu'à des matériaux spécifiques, même nos heures de travail étaient contrôlées ! Et les copropriétaires devaient se fournir chez des fournisseurs dûment agréés. J'ai bien failli baisser les bras et tout planter.

— Oh, mon Dieu ! s'exclama Sandy. Oui, je m'en souviens !

— Ne vous inquiétez pas, intervint Travis, Brandon est bien plus souple.

Sandy parut intrigué.

— Mmm. Vraiment ?

Même si Travis faisait confiance à ses amis, il ne tenait pas à évoquer sa relation naissante. Il préféra donc changer de sujet :

— Et vous, les gars ? Quoi de neuf dans vos familles ?

— Tout baigne, déclara Mike. Sauf qu'Emma va bientôt partir pour l'université et que je ne me sens pas prêt pour ça.

Emma était la fille de Mike.

— Dans ma tête, elle a encore dix ans, admit Travis.

— Pour moi, elle est encore un bébé, rétorqua Mike, mais je suis dans le déni. C'est une adulte à présent.

— Elle ne va pas très loin, chercha à le consoler Sandy.

— C'est vrai.

Puis Mike expliqua que, grâce à Gio, son mari, Emma entrerait à l'automne à Juilliard [42] pour étudier le chant et l'opéra.

— En septembre, Alex sera à l'école primaire, ajouta Sandy. Ça me met déjà dans tous mes états, alors j'ai du mal à imaginer ce que tu vis avec ta fille à l'université.

Mike et Sandy étaient heureux, pensa Travis, c'était le principal. Il enviait un peu leur vie de famille. Quelques mois plus tôt, il avait fêté ses trente-cinq ans et, depuis, il se lassait des plans cul. Il voulait se poser. N'était-ce pas dans ce but qu'il avait envisagé d'acheter une maison ? Avant même que celle de son grand-père apparaisse sur le marché, Travis s'était mis à économiser dans le but de s'offrir un endroit où prendre racine, où fonder un foyer. Concernant les enfants, il hésitait encore. Il ne se voyait pas en papa poule, comme Mike et Sandy. Mais une belle maison à partager avec un mari et un chien, ça, c'était dans ses cordes.

Sandy se retourna vers lui.

— Et toi ? Tu en es où ?

---

42 *Juilliard School*, conservatoire supérieur privé de musique et des arts du spectacle de réputation internationale localisé au Lincoln Center, à Manhattan.

Travis hésita : devait-il ou non parler de Brandon ?

— Euh… En ce moment, je vis quasiment sur le chantier, tu sais. Je passe tout mon temps à Argyle Road.

Sandy se pencha vers Mike pour lancer d'une voix de conspirateur :

— Tu n'as pas l'impression qu'il ne nous dit pas tout ?

Travis sirota sa bière et garda le silence.

— Tu baises avec Brandon, c'est ça ? insista Sandy. Le mec est bon, je le reconnais. J'ai vu des tonnes d'épisodes de *Foyer Idéal* à cause d'Everett, qui en est dingue. Au fait, il parle de refaire la cuisine.

— Pourquoi ? s'étonna Mike. Elle est très bien, ta cuisine.

— *Je sais*. C'est moi qui l'ai construite. Bref, je trouvais que Brandon et Kayla formaient un joli couple à l'écran, mais quand j'ai rencontré Brandon, mon *gaydar* s'est mis à clignoter comme un feu d'artifice. Et comme j'ai aussi senti des étincelles crépiter entre vous deux, Travis, je me suis dit que… tu vois !

Travis croisa les bras sans pouvoir retenir un sourire béat.

— Non, explique…

Sandy leva les mains.

— Il est super beau gosse et libre, comme tout le monde le sait. Vous travaillez ensemble toute la journée, à transpirer en soulevant des objets lourds et encombrants. Ça crée des liens, c'est inévitable.

Travis hésita. S'il reconnaissait coucher avec Brandon, il craignait que ses paroles ne reviennent le mordre aux talons.

— C'est compliqué, marmonna-t-il.

— Hmm-mm, ricana Mike.

— Arrête, nous avons un peu parlé, Brandon et moi, il n'a pas vécu une enfance très heureuse. En tant que père, John Chase était froid, autoritaire et exigeant. Si j'ai bien compris, il ne mâchait pas ses mots vis-à-vis de ses fils, et sa violence verbale n'avait aucune limite. Pour plaire à son père, Brandon s'est construit une jolie image médiatique à laquelle il tient beaucoup, aussi factice soit-elle. Maintenant, il s'implique à fond dans cette nouvelle émission. Ses fans ayant lu les journaux, ils le prennent pour un hétéro qui se remet difficilement d'un divorce houleux. La vérité est tout autre, bien évidemment.

Sandy se pencha en avant

— L'intrigue s'épaissit, déclara-t-il.

— Ce n'est pas à moi de révéler les secrets de Brandon, ajouta Travis, mais à l'heure actuelle, ce qui compte le plus pour lui, c'est cette foutue émission, sa carrière et le nom qu'il s'est forgé à la force du poignet. D'après moi, une relation, quelle qu'elle soit, passera toujours pour lui au second plan.

— Baise-le pour lui remettre les idées en place, conseilla Sandy.

— Non, non, intervint Mike. Moi, je comprends que Travis hésite à s'engager. C'est lourd à gérer.

— Tu es un romantique, déclara Sandy. Voilà le problème. Tu fais passer les sentiments avant le sexe.

Mike haussa les sourcils.

— Sandy, puis-je te rappeler ce que tu m'as dit le jour où tu as rencontré Everett ? Qu'il était le gars le plus *bandant* que tu aies jamais vu.

— C'est vrai. Donc je lui ai sauté dessus et je l'ai baisé.

— Ensuite, tu l'as épousé. Donc tu es aussi un romantique.

Sandy grommela en croisant les bras sur sa poitrine.

Travis éclata de rire.

— Vous me faites marrer, les gars, annonça-t-il, mais je doute qu'une histoire soit viable entre Brandon et moi. Comme vous le disiez, nous travaillons ensemble. Il n'est pas vraiment mon patron, mais les relations au boulot, ça tourne vite au vinaigre. Et comme j'adore ce travail avec Restauration Channel, j'aimerais le garder, même si j'ai vraiment du mal à supporter d'être constamment filmé.

— Pareil pour moi, renchérit Sandy. Aujourd'hui, pendant que je bossais sur le carrelage dans la salle de bain principale, je sentais le caméraman derrière moi. Du coup, j'ai paniqué à l'idée de faire une connerie ! Je me suis tellement appliqué que j'ai mis trois fois plus de temps que d'ordinaire. J'ai eu de la chance que le gars se soit vite emmerdé, il a remballé sa caméra pour aller filmer quelque chose de moins ennuyeux.

Mike se frotta les mains.

— Ces films nous feront une excellente publicité, déclara-t-il. Je vais ajouter « vu sur Restauration Channel » à notre site Internet.

— Je me suis dit la même chose, convint Travis. Je compte rester quelques années à travailler pour la chaîne et, en plus de ma rémunération, j'y gagnerai de la notoriété. Quand je créerai ma boîte OPI, je mettrai le même logo que toi sur mon site Web.

— Tu passeras très bien à la télé, déclara Sandy. Ton look de dur à cuire au cœur d'or va faire un malheur ! Les femmes vont t'adorer !

Travis fit la moue.

— Ce ne sont pas les femmes qui m'intéressent.

Sandy se renfonça dans son siège et le considéra un long moment.

— Non, bien sûr que non. Tu en pinces pour un bel animateur.

LA SUITE présidentielle de l'hôtel St Joseph comportait quatre chambres, un spacieux salon, une cuisine équipée et deux salles de bain. En fait, c'était bel et bien un appartement. De son vivant, John Chase y vivait avec sa femme et ses trois fils. Après son décès, son fils aîné, Robert, avait repris les rênes. Sa veuve, Emily Chase, avait quitté New York pour le Massachusetts, décidée à finir ses jours dans la propriété familiale, près des Berkshires [43].

Robert utilisait la suite comme bureau/salle de réunion. Lui et sa famille vivaient dans un somptueux appartement à proximité.

Quand Brandon arriva pour dîner avec ses frères, il constata que la suite était partiellement en travaux. Robert avait installé un bureau là où le canapé familial se trouvait autrefois.

— Tout a changé ici, remarqua Brandon.

Robert se leva et avança à sa rencontre.

— Oui, déclara-t-il. Comme plus personne ne vit ici, je n'ai pas besoin d'autant de chambres. J'ai décidé de repenser l'espace et de faire quelques travaux de rafraîchissement.

Il serra la main de Brandon en disant :

— Comment vas-tu ?

— Bien, bien.

Robert désigna une table préparée pour trois et lui fit signe de s'asseoir.

— J'ai commandé notre dîner au room-service de l'hôtel, annonça-t-il. Luke devrait être là d'une minute à l'autre.

Brandon ne répondit pas, blessé de cet accueil si froid, si formaliste. D'accord, Robert et lui n'avaient jamais été proches – un écart d'âge de huit ans, c'était beaucoup –, mais quand même, ils étaient frères, merde. Ils partageaient le même ADN, ils avaient grandi ensemble ici même, dans cette fichue suite, alors pourquoi son aîné le traitait-il comme une vague connaissance ?

Puis Brandon s'en voulut d'espérer encore, après tout ce temps, un geste ou une attention de la part d'un des membres de sa famille.

---

43 Chaîne de montagnes et de plateaux située à l'ouest du Massachusetts et du Connecticut.

N'apprendrait-il donc jamais ? Il eut beau se morigéner, la froideur de Robert lui restait sur le cœur.

— Comment va Hannah ? demanda-t-il.

C'était la femme de Robert.

— Bien, très bien. Elle serait volontiers venue ce soir, mais elle tenait à aller chercher Chloé à son entraînement de football. Elle préfère ne pas laisser les enfants rentrer seuls en métro.

Ce que Brandon comprenait tout à fait, vu que Chloé, l'aînée de Robert, n'avait que dix ans.

— Je n'ai pas revu les enfants depuis mon retour à New York, fit-il remarquer. Il faudrait organiser un déjeuner un de ces jours.

— Bien sûr, le problème est de trouver une date qui convienne à tout le monde.

À ce moment, Luke arriva à son tour. Tout comme Brandon, il avait une clé de la suite, aussi entra-t-il sans frapper.

Il avait l'air débraillé, ses cheveux étaient trop longs et il ne s'était pas rasé depuis quelques jours. Sa barbe hirsute n'avait rien à voir avec celle de Travis : chez Luke, c'était plus du je-m'en-foutisme qu'un effet de style. De plus, Brandon s'étonna de sa tenue décontractée : un simple tee-shirt et un jean.

De temps à autre, Luke travaillait pour le groupe Chase, il gérait les propriétés que la société possédait à Brooklyn et dans le Queens. De ce fait, il voyait souvent Robert, alors que Brandon n'avait avec chacun de ses frères que des rapports très espacés.

Chacun des fils Chase gérait à sa façon les séquelles de l'éducation reçue, Brandon en était conscient. L'aîné, Robert, était plus ou moins devenu la copie conforme de leur père. Brandon, anxieux de plaire à John Chase, avait contracté un mariage blanc pour réussir à la télévision. Quant à Luke, eh bien, il buvait. Il buvait beaucoup trop. Et ça commençait à se voir.

Luke, contrairement à Robert, étreignit Brandon.

Un serveur frappa à la porte et entra en poussant un chariot chargé de plats, qu'il déposa consciencieusement sur la table : filets mignons, plusieurs sortes de légumes et des pommes de terre, deux bouteilles de vin et des petits gâteaux pour le dessert. Quel festin !

Brandon reconnut les assiettes en porcelaine créées spécifiquement pour le St Joseph. Il avait mangé toute son enfance dans ce même service.

Une fois que tous trois furent servis, Robert demanda :

— Alors, Brandon, comment se passe ton émission ?

— Jusqu'à présent, bien.

Luke intervint :

— J'ai été navré d'apprendre ce qui s'était passé avec Kayla. J'aimais bien cette fille !

Brandon soupira.

— Ne crois pas tout ce que racontent les journaux, Luke. Kayla et moi sommes toujours amis.

Luke remplit son verre à vin presque à ras bord.

— Quelle idée ! Je n'aurais jamais pu rester ami avec une de mes ex !

— Notre mariage était… particulier, nous n'étions pas un vrai couple. Tu le sais très bien, non ?

Luke haussa les épaules et sirota son vin sans répondre.

Brandon s'irrita de cette indifférence affichée. Quelques années plus tôt, il avait expliqué à Luke son arrangement avec Kayla.

— De toute façon, insista-t-il, j'ai tourné la page. Je vois quelqu'un d'autre.

Robert haussa un sourcil.

— Vraiment ?

— Comment est-elle ? demanda Luke. Baisable, je présume ?

Brandon posa sa fourchette d'un geste plus violent qu'il n'en avait eu l'intention. Devant le tintamarre provoqué, ses deux frères le regardèrent fixement.

— *IL* est baisable, oui, car il s'agit d'un homme. Je suis gay, au cas où vous l'auriez oublié. C'est très étrange, cette amnésie qui vous vient si opportunément dès que je m'absente quelque temps ! Je n'ai pas fait mon coming out plus jeune pour respecter le souhait de papa, mais il a disparu à présent. Je ne compte pas changer d'orientation sexuelle, mettez-vous bien ça dans le crâne ! Je sors avec un homme, d'accord ? Pour le moment, je reste discret à cause de l'émission, mais devant mes frères, j'espérais pouvoir parler franchement.

Robert et Luke craignaient que son homosexualité porte ombrage au groupe Chase, Brandon le savait très bien. Comment serait-ce possible ? Brandon n'en avait aucune idée, mais le silence de ses frères ne l'étonna nullement. C'était tout de même frustrant, se dit-il soudain, agacé qu'ils le connaissent si peu, si mal, et qu'ils ignorent tout de sa vie.

En notant l'air crispé de Robert, Brandon eut un bref espoir.

Cela ne dura pas.

— Si tu viens un jour déjeuner chez moi, déclara son aîné, viens seul. Je ne veux pas de lui près des enfants !

Brandon se leva.

— J'en ai assez entendu, je vais vous laisser.

Robert se mit debout à son tour.

— Non, assieds-toi. Et excuse-moi. J'ai parlé trop vite.

Ils se regardèrent pendant une longue minute, puis Brandon se rassit.

Il eut alors une révélation. Il avait passé l'essentiel de sa vie à tenter de contenter son père. « *L'échec n'est pas une option* » étant la devise paternelle, il l'avait adoptée, presque à son insu. Sachant que Robert serait l'héritier, Brandon, encore adolescent, avait pris la décision de faire cavalier seul.

Il avait commencé en tant qu'agent immobilier, il s'était associé avec Kayla, une décoratrice d'intérieur pleine de feu, il avait attendu d'avoir assez d'argent pour lancer sa première opération de marchand de biens. En fait, il n'avait jamais compté sur sa famille pour financer ses projets. Quelque part, il s'était dit qu'en étant indépendant, il ne devrait rien aux siens. Il serait libre.

C'était une illusion.

Libre, il ne l'avait jamais été.

Il n'avait pas échappé à sa famille. Le nom de John Chase n'était connu qu'à New York – et encore, surtout dans le petit monde de l'immobilier. Brandon, lui, s'était forgé un nom à la télévision. Il s'était fait connaître par lui-même, pas comme « le fils de John Chase ». Pourtant, son père avait toujours pesé sur lui, sur sa vie, à marmonner à son oreille, à regarder par-dessus son épaule.

Tout comme il pesait sur la vie de ses deux aînés.

Robert, appliquant lui aussi la devise familiale, consacrait tout son temps et son énergie à faire prospérer le groupe Chase. Récemment, il s'était mis à investir dans de luxueuses résidences à Brooklyn. Il travaillait beaucoup et voyait peu sa femme et ses enfants.

Luke s'impliquait par à-coups. Parfois, il aidait Robert, parfois, il cherchait d'autres emplois, mais dès qu'il se faisait virer, il revenait dans le giron familial. Et il buvait pour oublier que son père le hantait.

Quant à lui, Brandon, il avait essayé de s'échapper, sans pour autant y parvenir.

Ses frères étaient devenus pour lui des étrangers. Il avait aimé Kayla, d'une certaine façon, il s'était senti très proche d'elle, pourtant, leur mariage avait été factice. Comme toute sa vie avait été factice. Avait-il vraiment eu

154

une « vraie » enfance dans cette suite ridicule ? Non, pas plus qu'il n'avait eu de « vraie » famille ou de « vrai » foyer. Et une fois adulte, il s'était donné à fond dans son métier : trouver des maisons et les relooker pour en faire des foyers accueillants destinés à de parfaits inconnus.

C'était surréaliste !

Il croqua dans une pomme de terre et se frotta le front.

— Puisque tu travailles à Brooklyn, déclara Robert, j'ai une proposition pour toi. Deux appartements sont encore disponibles dans mon nouvel immeuble de Schermerhorn. Comme tu es mon frère, je te ferai un bon prix.

Pour rien au monde, Brandon n'accepterait d'être redevable à Robert.

— Non, merci. L'appartement que j'occupe actuellement me convient très bien.

— C'est une *location*, dit Robert.

À son ton méprisant, seuls les plébéiens s'abaissaient à louer.

Brandon garda son calme.

— Justement, cela me donne le temps de réfléchir. Je ne suis pas encore certain de l'endroit où je vais m'installer. Je vais d'abord attendre de voir si l'émission a du succès.

— Tu n'envisages tout de même pas un échec !

Brandon soupira. Comment n'avait-il pas remarqué plus tôt combien la fréquentation de sa famille l'épuisait ?

— Non. Comme je le disais, pour le moment, tout va bien. Mais je ne peux pas tout contrôler, l'audimat, par exemple. Le contrat que j'ai signé prévoit six épisodes. La deuxième saison dépendra de la réponse du public. Et il y a toujours le risque qu'une de nos opérations se passe mal, financièrement parlant. Ces vieilles maisons sont tellement imprévisibles ! Je reste raisonnablement optimiste, je pense que tout ira bien, mais je préfère ne pas vendre la peau de l'ours trop vite.

— Ce projet porte le nom des Chase.

Cette fois, Brandon se hérissa pour de bon.

— M'aurais-tu convié à dîner pour vérifier mon statut, Robert ?

— Non, bien sûr que non.

— De toute façon, tu dis n'importe quoi : ce projet ne porte pas le nom des Chase, il est à mon nom, à mon nom seulement. Brandon Chase. Crois-tu vraiment que les ménagères de l'Iowa connaissent John Chase ? Aurais-tu peur que le succès de ta prochaine promotion soit menacé, si je ne rentre pas dans mes frais en relookant un manoir victorien à Brooklyn, dans un quartier où tu n'as jamais mis les pieds ? Penses-tu que mon aventure avec un homme risque de porter atteinte à la renommée du groupe Chase ? Papa a toujours refusé d'admettre mon homosexualité, mais que toi et Luke le fassiez aussi me sidère, je vous croyais plus évolués !

— Tu as été marié, rétorqua Robert.

Une fois encore, Brandon se leva.

— C'est exact. Et Kayla est une fille adorable et une excellente amie, mais je suis gay, je le serai toujours. Pour le moment, ce secret « honteux » reste encore dans le placard, mais préparez-vous un jour ou l'autre à un changement. Dès que je quitterai la télévision, je serai libre de vivre comme je l'entends. J'ai perdu bien trop de temps à tenter de satisfaire notre père. J'ai trente-cinq ans, Robert, je suis seul, je suis fatigué, j'en ai assez. Je n'ai jamais eu le temps de bâtir une vraie relation, parce que j'étais trop occupé à peaufiner mon image publique. Et aussi parce que la chaîne me croit hétéro : apparemment, c'est préférable pour l'audimat. Maintenant, ça suffit. Papa est mort. Moi pas, je veux vivre au grand jour. Je vous laisse.

Luke se leva et fit le tour de la table. Il prit Brandon par le bras.

— Brandon, ne sois pas idiot. Tu n'as pas terminé ton repas.

— Je n'ai plus faim.

Robert n'avait pas bougé, il fixait son assiette en silence.

Brandon laissa échapper un soupir.

— J'ai encore quelque chose à vous dire, reprit-il. Papa a peut-être très bien réussi, professionnellement parlant, mais il n'était pas heureux. Comme être humain, il était dur et exigeant, et si nous sommes tous les trois aussi malheureux, c'est à cause de lui. Si vous voulez passer le reste de votre vie à lui ressembler, c'est votre affaire. Moi, j'en ai ma claque. Rappelez-moi le jour où vous vous sentirez capable de me parler normalement au lieu de me traiter en lépreux.

Sans attendre de réponse, Brandon arracha son bras à Luke et quitta la suite au pas de course. Une fois dans l'ascenseur, il jugea que son éclat et sa fuite éperdue n'étaient sans doute pas d'une maturité absolue, pourtant, il ne regrettait rien.

Il savait que ses frères ne l'appelleraient pas avant un bon bout de temps, mais il s'en fichait. Il n'avait pas besoin d'eux.

Las de s'occuper des autres, il décida de penser d'abord à lui. Il était plus que temps, non ?

Ce qu'il allait faire au juste, il n'en savait trop rien, surtout en plein tournage de cette émission, mais il trouverait un moyen de modifier son mode de vie. Il le devait.

Il voulait une vie, une maison et une vraie histoire d'amour. Pas question de devenir comme Robert ou Luke, deux fantômes sans consistance, vidés de chaleur et d'empathie.

Et la « renommée » du nom qu'il portait, il s'en fichait complètement.

XVI

TRAVIS ÉTAIT dans le bus B35 – il ne tenait pas à dépenser inutilement en prenant un taxi pour traverser Brooklyn. À sa grande consternation, il se mit à pleuvoir avant qu'il arrive à Argyle Road. Quand il descendit du bus à la station la plus proche de la maison, il entra dans un magasin discount pour acheter un parapluie.

En arrivant sur le chantier, il était trempé, d'une humeur massacrante… et très en retard.

Dans le hall, il tomba sur Ismael, la mine sinistre.

— Que se passe-t-il ? s'inquiéta Travis.

Ismael fronça les sourcils.

— Nous avons un problème.

— C'est-à-dire ?

D'abord agacé de voir qu'Ismael faisait durer le suspense, Travis comprit vite que le contremaître attendait le caméraman, qui approchait à grands pas. Résigné, Travis contrôla son impatience tout en faisant un effort pour regarder Ismael et non la caméra.

— Eh bien, déclara enfin Ismael, comme vous le savez, patron, nous n'avons pas eu de grosses intempéries depuis le début de ce chantier.

Tout en hochant la tête, Travis serra les dents. Il savait déjà ce que le contremaître allait annoncer, et ça ne lui plaisait pas du tout. Effectivement, ils avaient eu quelques averses sans gravité, mais pas de fortes pluies.

— Il y a une fuite d'eau dans la maison, c'est ça ? demanda Travis.

— Oui, venez, je vais vous montrer.

Travis suivit Ismael jusqu'à la chambre principale. Il leva les yeux, consterné. Les dégâts étaient tels que la nouvelle peinture du plafond était toute boursouflée.

Conscient de la présence de la caméra, Travis retint de justesse un « putain de merde ! » explosif et se contenta de grommeler :

— Et zut !

— Voulez-vous savoir d'où ça vient ? insista Ismael.

— Oui.

Ismael l'entraîna jusqu'au placard au fond du couloir. L'échelle qui menait au grenier était déjà descendue, et Ismael avait allumé plusieurs lampes de chantier pour permettre à Travis de monter. Une fois à mi-hauteur, Travis comprit la nature du problème, il n'eut même pas à aller jusqu'au grenier pour voir qu'une partie du toit s'était écroulée, juste au-dessus de la chambre principale. L'eau qui inondait le sol fuitait à travers le plafond.

Travis redescendit l'échelle.

— Cette chambre est-elle la seule pièce à avoir été touchée ?

— Oui, mais vous avez vu comme moi la quantité d'eau qu'il y a dans le grenier et les dégâts du toit. D'après le dossier qui nous a été remis, la toiture aurait été remise en état il y a deux ans. Nous avions bien constaté des dégâts des eaux, mais je les ai crus antérieurs à ces réparations. Alors qu'en fait…

Ismael gesticula en montrant le grenier.

Et merde !

— Le toit a-t-il été réparé ou pas ? demanda Travis.

Ismael dansait d'un pied sur l'autre.

— Euh, oui, de façon superficielle. Et ça n'a pas tenu.

— En clair, c'est à refaire, c'est ça ?

— Non, il faut un toit tout neuf.

Voilà une nouvelle qui allait certainement enchanter Brandon.

— Coupez, déclara Erik. Brandon vient d'arriver. Nous allons le prévenir.

Une excitation fébrile vibrait dans sa voix.

Travis leva les yeux au ciel, mais plutôt que de faire redescendre tout le monde pour remonter d'ici cinq minutes, il cria du haut de l'escalier :

— Brandon !

— Deux minutes ! répondit Brandon sur le même ton.

— Ismael, demanda Travis, avons-nous des bâches imperméables ou des toiles de protection à poser pour éviter d'aggraver les dégâts ?

— Attendez que Brandon ait vu ce qui se passe, intervint Erik.

Ismael fit preuve de plus de bon sens que le réalisateur.

— J'ai une bâche en bas, déclara-t-il. Je vais la chercher. Je pense avoir aussi vu des seaux vides dans l'arrière-cuisine.

Deux minutes plus tard, comme s'il avait un minuteur dans la tête, Brandon arriva dans la chambre inondée. Il vit donc Ismael entrer avec des seaux et une grande bâche bleue pliée sous son bras.

159

En professionnelle de la télévision, Brandon attendit le signal d'Erik «Action!» pour demander :

— Que se passe-t-il?

— Vous allez apprécier, répondit Travis, le toit fuit. Nous avons un important dégât des eaux.

Du doigt, il désignait la peinture boursouflée au plafond.

Brandon pâlit. D'instinct, il porta une main à sa bouche, avant de l'écarter d'un geste délibéré.

— Comment est-ce arrivé?

— Le toit est trop vieux. Lors de l'inspection initiale, nous avons vu qu'il avait été réparé, nous avons donc cru que les traces d'eau repérées dans le grenier étaient anciennes. Nous comptions justement nous en occuper cette semaine. Malheureusement, les réparations faites il y a deux ans sont insuffisantes, le toit est fichu. Il va falloir le changer.

— On ne peut pas le réparer?

Ismael intervint :

— Si, c'est *possible*, mais quel intérêt? Ça ne tiendrait pas. Ce toit est usé, il faut le remplacer. C'est mieux pour l'acheteur, non? Un toit neuf est garanti dix ans.

— Changer le toit coûterait combien? demanda Brandon.

Vu son expérience dans le bâtiment, Brandon savait déjà le coût de cette dépense imprévue, Travis en était certain.

Pourtant, il tint son rôle et répondit :

— Pour une telle surface, il va falloir compter huit mille dollars. Peut-être même huit mille cinq cents.

Les sourcils froncés, Brandon leva les yeux vers le plafond endommagé.

— Je vois. Nous ne pouvons pas y couper, bien entendu. En attendant, est-il possible de minimiser cette fuite? Pourquoi ne pas installer ces seaux au grenier, histoire que les dégâts n'empirent pas?

Ismael se dirigeait déjà vers l'échelle.

— Je m'en charge!

Peu après, Travis l'entendit grogner en plaçant sa bâche et ses seaux.

Toujours planté au centre de la chambre, Brandon mit les mains sur ses hanches.

— N'y a-t-il donc aucun moyen de différencier un ancien dégât des eaux d'un nouveau? marmonna-t-il.

Comme Ismael était occupé dans le grenier et que ses rares ouvriers présents dans la chambre dévastée semblaient trop terrifiés pour parler, Travis jugea que c'était à lui de répondre.

— Non, tous les dégâts des eaux se ressemblent une fois secs. Cette pluie nous a sauvé la mise, c'est une chance, sinon, nous aurions pu passer à côté du problème.

Brandon soupira.

— Une chance ? J'aurais plutôt parlé d'une catastrophe. Comment l'état déplorable du toit a-t-il pu échapper à notre inspection ? Pour qu'il y ait de tels dégâts, ça aurait dû se voir, non ?

Il montra le plafond.

Travis se sentit coupable de ne rien avoir remarqué. En vérité, il se posait la même question que Brandon : pourquoi personne n'avait rien vu ? Restauration Channel avait même payé un spécialiste pour inspecter la maison avant de l'acquérir. Il avait raté le toit. Travis y avait jeté un coup d'œil pour estimer le coût des rénovations, il avait raté le toit. Et Ismael aussi.

Le jour de leur inspection, le grenier était sec. Tous avaient dûment noté la trace des réparations, aussi étaient-ils tous partis du principe que les traces d'eau étaient anciennes. En général, c'était juste après une inondation qu'un propriétaire faisait réparer son toit. Travis s'en était souvent fait la remarque. En revanche, ledit propriétaire ne se donnait pas toujours la peine de repeindre les traces d'eaux, surtout dans une maison où les combles n'étaient pas aménagés – comme c'était le cas de celle-ci. Si personne ne montait là-haut, quelle importance ?

— Je n'ai rien remarqué, avoua Travis, je suis désolé. Il est possible que les dégâts constatés aient bel et bien été anciens et que la forte quantité d'eau tombée aujourd'hui ait suffi à faire céder les réparations. Il a plu quelques fois depuis le début du chantier, et nous n'avons jamais eu d'eau sur les murs. Alors, pourquoi penser à une fuite ? Je ne sais pas ce qui s'est passé, je ne suis pas encore monté au grenier. Je vous rappelle tout de même que cette maison est restée longtemps inhabitée, je doute que les réparations du toit soient encore garanties. Ismael a raison : il va falloir le refaire à neuf.

— J'ai déjà plus que dépassé mon budget, grinça Brandon. Je n'avais pas envisagé une nouvelle dépense de cette importance.

Travis haussa les épaules.

— Je sais, mais je ne vois aucune alternative.

161

Commençant à bien connaître Brandon, il sentait la colère bouillonner sous le masque rigide qu'il gardait face à la caméra. Et d'après lui, c'était justifié. Même si Brandon avait de l'argent, cette accumulation de frais inattendus avait de quoi le stresser.

— Tout est déjà commandé, ajouta Brandon, sombrement. Je n'ai plus l'option de faire des coupes budgétaires sur d'autres postes.

En clair, il avait pensé être arrivé au bout de ses dépenses. Désormais, c'était trop tard, il ne pouvait plus tenter un compromis ou un changement. Travis savait qu'une somme avait été allouée aux portes ouvertes, quand il s'agirait de mettre la maison en valeur afin de la vendre plus facilement, sinon, toutes les factures étaient d'ores et déjà réglées. Ils avaient tenté d'économiser là où c'était possible, mais malgré cela, ils dépassaient encore le budget.

Les yeux toujours au plafond, Brandon secouait la tête.

— Je savais bien que cette opération était risquée !

— Vous rentrerez dans vos fonds, affirma Travis. Vous savez aussi bien que moi que, dans ce quartier, une belle maison est susceptible d'atteindre deux ou trois millions de dollars.

Brandon soupira.

— Ma marge bénéficiaire ne cesse de diminuer. Mais bon, d'accord pour un nouveau toit.

Travis hocha la tête.

— Très bien.

— Je ne peux pas croire à une malchance pareille, ajouta Brandon. Que va-t-il encore nous arriver ?

— Je ne saurais vous le dire avec certitude, mais je doute que vous ayez d'autres mauvaises surprises à l'intérieur.

Brandon tressaillit et se tourna vers lui.

— Que voulez-vous dire par là ? Vous attendez-vous à d'autres catastrophes à l'extérieur ?

— Non, je n'ai pas dit cela. En fait, je ne le pense pas.

L'équipe de jour avait déjà lavé les murs extérieurs au jet sous pression, posé du crépi et démoli le bois moisi du porche. Il restait à repeindre et à mettre de nouvelles dalles, mais ces dépenses étaient déjà décomptées dans le budget.

— Je ne peux rien promettre, bien sûr, insista Travis, mais le bardage étant terminé, les travaux qui nous restent à faire sur l'extérieur sont d'ordre esthétique. Nous pouvons repeindre la porte avant au lieu de la remplacer, ce qui vous fera une économie. Quant au porche, il est possible de changer le bois ou de poser à la place des pavés.

— À votre avis, que devrions-nous faire?

Travis ne tenait pas à s'impliquer davantage.

— Ce n'est pas à moi d'en décider, répondit-il. C'est votre maison.

— J'ai compté le minimum pour l'aménagement paysager, déclara Brandon. Je pensais faire bêcher les parterres de fleurs et poser une pelouse toute prête…

Il fit quelques pas et intima d'un geste à Travis de le suivre :

— Venez avec moi, reprit-il, allons voir de plus près. Je veux m'assurer qu'il n'y aura pas d'autres mauvaises surprises. Il n'y a pas de gazon, la peinture n'est pas finie… Seigneur, il y a encore tant à faire ! Comment espérer mettre la maison en vente dans deux semaines?

Il paraissait perdu, au bord de la panique. Conscient des caméras qui tournaient, Travis chercha comment calmer Brandon et lui faire oublier le surcoût de la réfection du toit.

— Et si vous supprimiez le plancher du premier pour poser à la place de la moquette? proposa-t-il. Cela irait plus vite et vous ferait faire une économie substantielle.

— Non, je tiens à mettre du bois.

— Brandon, insista Travis, vous savez comme moi que, pour équilibrer un budget, il faut savoir faire des compromis. Mettre de la moquette compenserait presque la dépense de ce nouveau toit. Surtout si, en plus, nous peignons la porte d'entrée et optons pour des pavés moins coûteux que les dalles en bois.

Brandon secoua la tête.

— Je dois y réfléchir. À ce stade, je pense que tous les compromis acceptables ont déjà été faits, je n'aime pas les changements de dernière minute, qu'il s'agisse des matériaux ou de la conception.

— Je cherchais juste une solution pour compenser ce dépassement budgétaire, répliqua Travis. Mais bien entendu, la décision finale vous appartient. C'est votre projet.

— Oui, je sais, aboya Brandon. C'est *mon* projet, c'est *ma* maison ! Je ne vous demandais qu'un avis !

Travis garda son calme.

— Mon avis n'a aucune valeur. Mon rôle est d'exécuter au mieux vos idées.

Brandon grimaça de frustration.

163

— Je sais. Très bien, laissez-moi un moment pour prendre une décision. En attendant, contactez les couvreurs et demandez-leur un devis. De toute façon, nous ne pouvons pas poser le sol au premier avant que les fuites du toit soient colmatées.

— Bien sûr.

Sans ajouter un mot, Brandon sortit de la pièce en trombe.

— C'était une super prise ! s'exclama Erik. Coupez !

Travis attendit que les caméras soient éteintes pour lever les yeux au ciel. Il hésita à rejoindre Brandon ou à le laisser ruminer. Mieux valait le laisser tranquille, décida-t-il, après réflexion. Autant qu'il se calme sans intervention extérieure – qui risquait de le faire basculer.

Travis inspira profondément.

— Bien, mettons-nous au travail, déclara-t-il à la cantonade. Nous avons du pain sur la planche pour réparer tout ça.

LA COLÈRE de Brandon se dissipa à peine au fur et à mesure que la journée s'écoulait, en grande partie parce qu'il ne lui trouva aucun exutoire, aucune cible sur laquelle se défouler. En toute justice, il ne pouvait en vouloir à Travis : ce n'était pas sa faute si le toit était percé. Pourtant, Brandon ne comprenait toujours pas que personne n'ait remarqué le problème avant cette terrible inondation.

Il était irrité des suggestions de Travis pour alléger le budget, même si c'était son rôle.

En fait, ce qui lui restait vraiment sur le cœur, c'était d'avoir fantasmé sur cette maison : il s'était vu y vivre avec Travis. Maintenant, il faisait face à un dilemme : devait-il agir en professionnel – en clair, respecter le budget et maximiser sa marge bénéficiaire en vendant la maison – ou écouter son cœur et créer la maison de ses rêves afin de la garder.

Quelle était la meilleure option ? Brandon ne savait pas.

S'il achetait cette maison, voudrait-il y vivre sans Travis ? Parce que rien ne lui assurait que son amant accepterait d'emménager avec lui, même si Brandon le lui proposait. Leur couple était-il même prêt à franchir cette étape importante dans leur relation ? Brandon en doutait. Bien que l'image d'eux vivant ici ensemble lui plaise beaucoup, il n'en restait pas moins que Travis et lui se fréquentaient depuis quelques semaines à peine, et en secret. Et déjà qu'ils s'inquiétaient autant l'un que l'autre de se faire prendre, s'installer ensemble dans cette maison qu'ils avaient rénovée ensemble semblait aberrant, cela mettrait leur liaison au premier plan. Cette idée était vraiment ridicule, un simple fantasme. Brandon s'en voulait de s'y être investi si passionnément.

Pour expurger sa colère, il martelait le plancher qu'il installait au rez-de-chaussée si fort que le maillet en caoutchouc rebondissait avec fracas. Un tintamarre très satisfaisant, trouvait Brandon, quelque peu apaisé de voir ces planches s'aligner, bien en place.

Travis entra dans la pièce.

— Si tu continues, tu vas finir par ébrécher ces lattes.

Brandon se redressa avec un soupir.

— Tu me déranges par plaisir ou tu as quelque chose à me demander ?

Travis leva les mains dans un geste défensif.

— Holà, du calme. Je voulais juste te prévenir que l'équipe de tournage vient de partir. Je suppose qu'Erik a pris son pied en te filmant dans cet état de rage.

Au cours de la journée, le réalisateur avait enregistré plusieurs prises de bec entre Brandon et Travis. Incapable de prendre une décision sensée, Brandon s'en était pris à tout le monde… et surtout à Travis.

Comment Travis ne voyait-il pas qu'ils étaient parfaitement assortis ? Ne prenait-il pas en compte le potentiel de cette maison ? Non, bien sûr que non, parce que Brandon n'avait jamais évoqué son rêve, puisque leur liaison devait rester un secret.

Et c'était lui, Brandon, le responsable de cet état de fait.

Alors peut-être sa colère était-elle surtout dirigée contre lui-même. Tenté de jeter son maillet sur le mur récemment peint, il parvint à maîtriser sa pulsion destructrice et se contenta de poser son outil sur le sol.

L'équipe de jour travaillait sur les salles de bain à l'étage. Tous les sols et les carrelages avaient été posés – sauf la mosaïque du dosseret mural de la cuisine, livrée le matin même. Brandon s'était porté volontaire pour aider, espérant qu'un travail manuel le distrairait de ses idées noires. Tout au contraire, il s'était retrouvé tout seul face à son plancher et avait passé son temps à ruminer.

Travis le regardait fixement.

— Quoi encore ? grommela Brandon

— Je me demande si je dois m'excuser.

— De quoi ?

— Aucune idée. Peut-être de t'avoir énervé ce matin en te proposant de mettre de la moquette, mais je ne comprends pas que tu aies aussi mal pris cette suggestion. Nous t'avons prévenu de la fuite du toit dès que nous l'avons découverte, nous ne pouvions rien faire de plus en l'état actuel des choses.

— J'ai encore du mal à accepter que personne n'ait rien vu plus tôt. Vous avez tous examiné ce toit, merde, toi, Ismael et ce prétendu spécialiste que nous avons payé une fortune. Vous avez tous affirmé que le toit était sain.

— Oui, et nous avions tort. Après ton départ ce matin, je suis monté examiner le toit de plus près. La fuite d'aujourd'hui est nouvelle. Le toit était vieux, il a cédé sous une grosse pluie, voilà tout. Nous avions espéré faire cette économie, nous nous sommes trompés. Ça arrive.

Brandon hocha la tête. Travis avait raison, d'accord, mais cela ne l'aidait pas à se calmer.

— Que suis-je censé faire faire maintenant, merde? Nous avons dépassé le budget. Et si nous ne trouvons pas très vite un couvreur avec un créneau disponible, nous risquons aussi de ne pas tenir nos délais. Mon bénéfice sur cette opération diminue de jour en jour et plus j'y pense, plus je me demande si je n'ai pas commis une terrible erreur en investissant dans cette maison maudite. Alors maintenant, j'ai un dilemme : dois-je bâcler le reste des travaux et me débarrasser au plus vite de cette maison, histoire de rentrer dans mes frais, ou dois-je rester fidèle à la vision que j'en ai eue?

— Je ne peux pas prendre cette décision à ta place.

— Pourquoi pas? cracha Brandon.

Il se reprit aussitôt :

— Désolé, ce n'est pas ce que je voulais dire. J'aimerais juste savoir ce que tu ferais à ma place.

Travis secoua la tête.

— Je ne sais pas.

— Ça m'étonnerait! Tu as toujours une opinion sur tout.

— Cette maison coûte une fortune, Brandon, et ce n'est pas du tout le genre de somme que j'ai l'habitude de gérer. Bon, admettons que l'argent n'entre pas en compte, je crois que… eh bien, je m'en tiendrais aux décisions déjà prises et je ferais réparer le toit. Mais le postulat de départ est erroné, parce que l'argent entre en compte, que tu penses au bénéfice de ton investissement et qu'à ce stade, tous les changements affecteront la valeur sur le marché de la maison. Les compromis que je t'ai suggérés te feront faire une économie substantielle sans trop compromettre le produit final.

Évidemment, du plancher au premier étage, c'était mieux, mais certains acheteurs préfèrent la moquette.

— Si cette maison était à toi, que mettrais-tu ?

L'air épuisé, Travis se frotta la tête.

— Certainement pas de la moquette, avoua-t-il.

Brandon soupira.

— Et voilà !

— Mais ce n'est pas ma maison, reprit Travis, ce n'est pas mon argent. C'est à toi de décider. Je ne peux pas remplacer Kayla.

Brandon reçut ces mots comme un coup de poing au plexus solaire.

— C'est quoi cette connerie ? Qu'est-ce que tu sous-entends ?

— Chut, ne crie pas !

Furieux, Brandon serra les lèvres. Travis avait raison, bien sûr. Il y avait encore du monde dans la maison.

— Écoute, reprit Travis, c'est toi qui m'as dit que tu préférais travailler à deux, parce que discuter avec un partenaire t'aidait à éclaircir tes idées. Je comprends ton point de vue, mais ça n'est pas mon rôle. Contrairement à ton ex, je n'anime pas cette émission avec toi, je ne suis qu'un travailleur manuel.

— Ne dis pas n'importe quoi, Travis !

— Tu m'as demandé mon avis, je te l'ai donné. Je voudrais juste savoir à qui ta question s'adressait, Bran, au chef de chantier ou au mec qui te baise ?

— Ne sois pas obtus, tu représentes bien plus que ça pour moi, tu le sais très bien.

Brandon le fixa, les yeux écarquillés. Merde, quoi ! Travis devait bien savoir qu'il existait un lien très fort entre eux, non ? Même s'ils n'étaient pas ensemble depuis très longtemps. Il retint son souffle.

Mais Travis secoua la tête.

— Je ne peux pas non plus résoudre tous tes problèmes, Bran. Mon boulot, c'est de retaper les maisons, pas de les vendre. Si mon avis s'avère catastrophique, vas-tu m'en vouloir ? Tu as plus d'expérience que moi dans ce domaine, alors pourquoi hésites-tu autant ? As-tu vraiment du mal à te décider ou cherches-tu seulement une raison de crier et de te défouler sur moi ?

— Travis, je…

Brandon se tut, ne sachant trop quoi dire.

— Je ne cherche pas à te compliquer la vie, reprit Travis, c'est juste que je ne sais plus comment je suis censé me comporter. Je surveille mon comportement avec toi devant les caméras, mais dois-je aussi le faire dès que nous ne sommes pas totalement seuls ? L'idée de mentir constamment sur ce que je suis me pèse de plus en plus.

Brandon le comprenait, lui aussi ressentait cette tension.

— Que voudrais-tu faire, alors ?

Travis se rapprocha de lui.

— Rien, chuchota-t-il, nous sommes coincés, je ne vois pas d'issue à cet imbroglio. Pour être crédibles en tant que collègues de travail, il est préférable de rester froids l'un envers l'autre durant la journée. Merde, j'ai l'impression de retourner dans le placard !

— Je suis désolé.

Travis recula d'un pas.

— Nous avons vraiment mal choisi notre moment pour une discussion de ce genre, grommela-t-il. Bon, autant y réfléchir chacun de notre côté.

— Oui, sans doute.

Brandon se rembrunit, inquiet. Travis envisageait-il de rompre avec lui ? Brandon ne s'était pas du tout attendu à cette conclusion. Bien sûr, ils s'étaient accrochés aujourd'hui, mais tout s'était si bien passé entre eux ces derniers temps. Travis ne comprenait-il pas que, pour la première fois de sa vie, Brandon se sentait prêt à faire son coming out, si seulement il le pouvait ? Il le voulait vraiment, mais étant donné sa position, ça n'était pas encore possible. Si quelqu'un découvrait leur liaison, l'émission serait annulée. *L'échec n'est pas une option.*

Brandon s'en voulait terriblement : jamais il n'aurait dû accepter de signer ce contrat.

Pour garder Travis, il démissionnerait sans un regard en arrière.

Ils restèrent un long moment à se fixer.

Puis Travis détourna la tête.

— Je dois aller vérifier les salles de bain.

Brandon acquiesça et s'agenouilla, prêt à se remettre au travail.

Au même moment, Erik entra dans la pièce.

— Mes hommes sont partis, déclara-t-il. Je m'en vais aussi. Tout va bien, les gars ? Je vous ai entendu vous disputer.

— Rien d'important, déclara Brandon. C'est arrangé.

— D'accord, salut.

Après un dernier geste, Erik s'en alla. Travis s'attarda un moment à l'embrasure de la porte. Puis il soupira et tourna les talons.

XVII

BRANDON N'ÉTAIT pas particulièrement impatient d'entamer une nouvelle discussion avec Travis. Et pourtant, il le fallait, il le savait.

Travis l'avait suivi chez lui, mais il était resté maussade toute la soirée. En guise de dîner, ils avaient fini les restes du réfrigérateur, quasiment sans échanger un mot.

En voyant Travis ramasser leurs assiettes et couverts et les déposer dans l'évier, Brandon demanda soudain :

— Que voudrais-tu que je fasse ?

— À quel propos ?

— À propos de nous, Travis. Que devrions-nous faire, selon toi ? Je vais te dire où j'en suis : j'aime passer du temps avec toi, j'espère que notre relation durera. Je nous vois un… avenir. Ce que je ressens pour toi, je ne l'ai encore jamais ressenti pour personne d'autre. Tu as raison, je ne crois pas que ce soit sain pour nous de nous fréquenter en secret, mais quelle alternative avons-nous ? Si nous nous affichons ensemble, mon émission sera purement et simplement annulée.

— Pourquoi en es-tu aussi certain ?

— Parce que Restauration Channel a une mentalité hétérosexuelle.

— Vraiment ? J'ai vu sur la chaîne un épisode avec des clients gays. C'était la semaine dernière, une émission présentée par deux frères qui relookaient un appartement pour un couple homosexuel.

Brandon le fixa, étonné

— Tu regardes Restauration Channel ?

Travis haussa les épaules.

— Ça m'arrive. Parfois, j'ai du mal à dormir, et les rediffusions passent aux petites heures du matin – une idée vraiment bizarre, d'ailleurs.

— Et moi, je faisais quoi ? Depuis que nous avons commencé à coucher ensemble, nous avons passé presque toutes nos nuits ensemble, il me semble.

— Tu as le sommeil profond.

Brandon soupira et se frotta le front. Cette digression ne les menait nulle part.

— Alors, on fait quoi ? On arrête les cachotteries et on affronte les conséquences au grand jour ? Ça risque d'être explosif, Travis.

— Je crois que tu surestimes l'homophobie de Restauration Channel. Cette émission dont tu m'as parlé, celle qui a été annulée à cause d'un couple de gays, c'était du temps du prédécesseur de Garrett Harwood, pas vrai ? Harwood est peut-être plus ouvert, plus moderne.

Brandon en resta ébahi. Travis parlait-il sérieusement ?

— C'est ce que tu veux, alors ? Que nous nous affichions ensemble ? Oh, merde, je vois déjà les gros titres des tabloïds !

Travis se laissa lourdement tomber sur un siège.

— Quoi ? Qu'est-ce que tu racontes ? Pourquoi les tabloïds s'intéresseraient-ils à notre relation ? Tu es connu, mais quand même pas au point que tous tes faits et gestes fassent la Une des journaux people !

Brandon fit la grimace.

— Je peux te garantir que mon divorce a été largement médiatisé. Et voir sa vie privée exposée au grand jour est franchement odieux, surtout quand les médias se soucient peu de vérifier ce qu'ils impriment. Les gens croient avoir tout compris, alors qu'ils sont très loin de la vérité. Ces journalistes ! Certains sont de vrais piranhas !

Brandon vit Travis tressaillir. De toute évidence, son amant n'avait jamais réfléchi à cet aspect du problème.

— Nous ferions scandale, c'est ça ? Si nous nous affichons au grand jour, nous serons aussi... *partout* dans les journaux !

— Oui. Si nous ne faisons rien, c'est la merde, si nous agissons ; c'est la merde aussi. Génial !

— Quel foutu bordel !

— Que veux-tu faire, alors ?

Travis laissa tomber son visage dans ses mains. Brandon le regarda, à la fois perplexe et inquiet. Comment tout ça allait-il finir ? Leur histoire avait commencé par une attraction mutuelle, sans complication, suivie de sexe explosif, rien que du plaisir... Mais maintenant, Brandon commençait à penser à un avenir à deux – même si Travis ne le savait pas encore – et il ne voulait pas envisager une rupture.

Et pourtant, ils étaient dans une impasse, non ?

Avant qu'il n'ait le temps d'ouvrir la bouche, son téléphone sonna. Brandon le sortit de sa poche et vérifia l'écran pour savoir qui l'appelait.

— C'est Virginia, déclara-t-il. Il vaut mieux que je réponde.

— Bien sûr, maugréa Travis, la tête toujours dans les mains.

170

Brandon décrocha.

— Bonsoir Virginia.

— Salut Brandon, j'ai à vous parler.

— Il y a un problème ?

— Non, pas vraiment. J'aimerais vous voir dans mon bureau demain matin.

Brandon fronça les sourcils. Il se passait quelque chose, c'était évident. Sa première pensée fut que Virginia savait pour Travis et lui. Mais comment serait-ce arrivé ? Ismael aurait-il parlé ? Non, c'était peu probable. La productrice avait très peu de contact avec un contremaître.

Alors serait-ce Erik ? Ce soir, il avait entendu Travis et Brandon se disputer. Avait-il surpris davantage ? Aurait-il écouté à la porte avant de les rejoindre pour leur dire qu'il s'en allait ?

— Brandon ? insista Virginia.

Revenant à sa conversation téléphonique, Brandon répondit :

— Bien sûr, Virginia, je serai là demain matin. De quoi s'agit-il ? Vous pourriez au moins me donner un indice…

— Non, je préfère vous en parler face à face. Vous avez des séquences prévues à Argyle Road demain en fin de matinée. Alors disons… neuf heures au QG, cela vous convient-il ?

— Oui, très bien. À demain.

Quand Brandon raccrocha, Travis releva la tête et lui jeta un regard interrogateur.

— Qu'est-ce qu'elle veut ?

— Je ne sais pas. Elle m'a demandé de passer aux bureaux de Restauration Channel demain matin à neuf heures.

— Ah, d'accord.

— Elle n'a pas voulu me dire pourquoi, reprit Brandon, mal à l'aise. J'ai senti une tension dans sa voix, il y a un problème, j'en suis certain. Je pense… qu'elle est au courant pour nous deux.

— Hein ? Comment ? Oh, non ! Erik, bien sûr ! Il nous a probablement entendus ce soir.

— Oui, c'est aussi ce que je me suis dit.

Pour Brandon, c'était comme si son pire cauchemar se concrétisait.

— Et merde ! s'écria-t-il, écœuré. Si elle annule l'émission… Quand je pense à tout l'argent que j'ai déjà investi dans cette maison, à tout ce temps passé à la restaurer… et tout ça pour rien ? Quel gâchis !

— Peut-être veut-elle te parler de la maison Benton ? proposa Travis.

171

Ah, oui, le second projet, Brandon l'avait presque oublié. La semaine précédente, il avait rencontré Jessica Benton et il avait déjà une idée de ce que l'actrice voulait faire de la maison qu'elle venait d'acheter. Lundi, Travis et lui étaient censés partager leur temps entre la maison Benton et celle d'Argyle Road. Maintenant que le plus gros du travail était terminé sur le premier projet, une partie des ouvriers passerait sur le second. Travis devait rencontrer Jessica et inspecter la maison Benton afin d'établir un premier devis des rénovations nécessaires.

Brandon frissonna. Travis et lui auraient-ils atteint le point où leur relation dans son état actuel n'était plus possible ? Il espérait que ce n'était pas le cas, car s'il tenait à son émission, il était plus vital encore pour lui de garder Travis dans sa vie.

Mais si les deux étaient inconciliables…

— Inutile de te ronger les sangs tant que tu ignores ce que Virginia va te dire, déclara Travis. Prendre une décision sans avoir tous les éléments en main n'est jamais une bonne idée.

TRAVIS ÉTAIT soulagé que ce coup de fil lui ait permis d'esquiver la question que Brandon lui avait posée. *Que veux-tu faire ?*

En fait, que voulait-il au juste ?

Ces dernières semaines, il s'était laissé porter par le courant. Il avait passé du bon temps avec Brandon, de super bons moments même. Il avait apprécié leurs échanges animés sur le relooking et la décoration de la maison. Il avait adoré bavarder de tout et de rien avec lui pendant leurs dîners impromptus. Ce soir, il était venu chez Brandon d'instinct, sans même y réfléchir. Leur relation était forte, solide, mais secrète, ce que Travis supportait de moins en moins. C'était frustrant.

Et pourtant, c'était aussi une forme d'autoprotection.

Il n'avait jamais pensé que les tabloïds pouvaient représenter un problème. À la télévision, face à son public et à ses fans, Brandon était à sa manière une célébrité. Les abonnés de Restauration Channel le connaissaient, mais les autres ? Était-ce si important ? Une fois que les paparazzis apprendraient que Brandon Chase – ce charmant garçon mal remis d'une rupture douloureuse avec une épouse infidèle – se consolait dans les bras d'un homme, ils se déchaîneraient contre lui.

Et contre le nouvel élément du triangle : Travis Rogers.

Travis avait cru pouvoir compartimenter sa vie : travailler le jour sur le plateau et passer ses nuits avec Brandon. Il s'était lourdement trompé. Les frontières cédaient, les parties privée et professionnelle fuitaient l'une dans l'autre. Il ne parvenait même plus à discuter sur le chantier d'un dégât des eaux, d'un toit à refaire et d'un plafond gâché sans que ses sentiments pour Brandon interfèrent avec son objectivité professionnelle.

Travis tenait à Brandon, il voulait que leur relation perdure, mais, dans ce contexte, c'était sacrément difficile.

Si Virginia était au courant de leur liaison, que se passerait-il ? D'après Travis, Restauration Channel avait trop investi, financièrement parlant, sur cette émission pour l'annuler sans autre forme de procès.

Au départ, Travis ne s'était pas posé de questions. Ou alors il s'était dit que baiser Brandon tout en gardant le secret sur le plateau serait facile, malgré la présence constante et irritante des caméras. Elles tournaient autour d'eux en bourdonnant en sourdine, comme des moustiques par une chaude journée d'été. Peu à peu, Travis s'était habitué à elles, il avait même occulté le fait que, bientôt, lui et les autres intervenants passeraient à la télé en même temps que Brandon.

Il était gay et fier de l'être, il voulait que Brandon sorte du placard, pourtant, il ne lui était pas venu à l'esprit qu'être en couple dans le privé se refléterait dans l'émission. Du coup, Brandon et lui formeraient un couple à l'écran. Ils seraient offerts en pâture aux abonnés de Restauration Channel, et tous ceux qui avaient suivi dans les médias le divorce de Brandon auraient sans doute une opinion à formuler sur sa « nouvelle » orientation sexuelle.

Il fut arraché à ses réflexions quand Brandon se gratta le menton.

— Tu as raison, Travis, admit-il. Peut-être Virginia veut-elle seulement me parler de la maison Benton. D'un autre côté, si c'est le cas, pourquoi ne pas le dire au téléphone ?

Très agité, il s'écarta de la table et se leva pour faire les cent pas dans la cuisine.

— S'ils annulent l'émission, reprit-il, nous finirons quand même la maison. Je paierai de ma poche les salaires des hommes, je la revendrai et je serai enfin débarrassé d'elle.

Travis fut touché qu'en pleine crise de panique, Brandon pense aux ouvriers.

— C'est généreux de ta part.

— Je pensais aimer cette maison, mais elle ne m'a apporté que des ennuis !

Il s'arrêta de marcher et s'appuya au comptoir.

— Dès que j'y ai mis le pied, enchaîna-t-il d'une voix rêveuse, je suis tombé sous le charme. J'ai même eu ce rêve fou de racheter la part de la chaîne et de garder la maison pour y vivre. Merde ! J'ai dépensé des milliers de dollars que je ne suis même pas sûr de récupérer, parce que j'ai laissé mon cœur me diriger au lieu de ma tête. Tout ce temps, ces rêves jetés, gaspillés… Tout aurait été pour rien ?

Travis se leva.

— Non, Bran, ne dis pas ça !

Il était mal remis de son choc : Brandon avait envisagé de garder la maison ? Travis n'avait pas le temps d'y penser pour le moment, il le ferait plus tard. Repoussant cette pensée, il avança vers Brandon.

— Ce n'était pas pour rien, insista-t-il. D'abord, on s'est bien amusé, pas vrai ? Ensuite, on s'est rencontrés. Sans cette émission, ça ne serait jamais arrivé.

Brandon lui jeta un regard incertain.

— Qu'est-ce que tu dis ?

— Entre nous, au début, c'était surtout physique, c'est vrai, souffla Travis, nous avons tout de suite été attirés l'un vers l'autre. En fait, ça explique nos violents échanges des premiers jours : c'était une sorte d'exutoire sexuel. Ensuite, nous avons baisé, et j'ai appris à te connaître. Et plus nous passons de temps ensemble, plus je t'apprécie.

Brandon sourit.

— Moi aussi.

Travis était au moins certain d'une chose : il ne voulait pas rompre avec Brandon. Ce serait la solution de facilité. Oh, bien sûr, ils pouvaient décider de tout arrêter, de redevenir de simples collègues de travail, ce qui permettrait à Travis de faire son travail et à Brandon de jurer à Virginia qu'il n'avait rien à cacher.

Mais ce n'était pas ce que voulait Travis.

En plus, après ce qu'ils avaient partagé, il doutait qu'un retour en arrière soit une option viable.

Que veux-tu faire, alors ? Cette fois avait la réponse : il voulait tout, travailler avec Brandon et vivre avec lui. Ils allaient bien ensemble.

Se rapprochant de Brandon, Travis marmonna :

— Je n'ai jamais su m'exprimer.

— Pourtant, tu n'hésites jamais à parler !

— Oui, quand il s'agit de la couleur des carreaux ou des revêtements de sol, bien sûr, là, c'est facile. Quand c'est plus personnel, plus profond, quand il s'agit de ce que j'ai dans le cœur? Non. En vérité, j'ai même parfois du mal à y penser. Mais je vais être franc, Brandon, je t'ai dans la peau. Ce soir, je suis venu ici sans même avoir à y penser, juste pour être avec toi. Merde, quoi! J'aimerais aussi qu'on puisse parler à cœur ouvert sur ce foutu chantier sans trembler à l'idée d'être surpris. D'un autre côté, l'idée que les paparazzis bavassent sur ma vie privée me donne envie de vomir.

Brandon parut s'affoler.

— Non, non, nous n'avons peut-être pas été découverts. Attendons de savoir ce que Virginia va me dire avant prendre une décision. Tu disais qu'il nous fallait tous les éléments et...

Travis posa une main sur sa joue.

— Chut, Brandon, écoute-moi. Je doute que ça me prenne souvent, alors pour une fois que je tiens à parler de nous deux, écoute-moi.

Brandon afficha alors un petit sourire niais. Travis fut tenté d'embrasser ces lèvres espiègles – une pulsion qui en disait long sur ses sentiments.

— Impossible de faire marche arrière, déclara Travis. Je tiens beaucoup à toi. Je veux que nous restions ensemble, mais... je crains que la situation devienne très vite bien plus difficile.

Brandon acquiesça.

— C'est vrai. Mais je ne veux pas y penser.

— Alors, n'y pensons pas, dit Travis.

Brandon croisa son regard.

Travis se leva et tendit la main. Quand Brandon la prit, Travis l'entraîna jusqu'à la chambre. Ce soir, décida Travis, ils oublieraient tout le reste, ils ne penseraient qu'à eux deux. Ce soir, ils feraient l'amour. Avant de connaître Brandon, Travis avait toujours trouvé cette formulation ringarde, mais là, il ne voyait pas d'autres mots pour exprimer ce qui allait arriver entre eux. Il voulait faire l'amour à Brandon et qu'ils se perdent mutuellement l'un dans l'autre. Ils retrouveraient bien assez tôt la vie réelle... demain matin, au réveil.

Ils étaient ensemble depuis assez longtemps pour que Travis se soit familiarisé avec le corps de Brandon. Il en connaissait la forme, les contours, l'odeur, les bruits. Il déshabilla rapidement son amant avant de se dénuder à son tour, puis ils tombèrent ensemble sur le lit.

Travis lécha le cou de Brandon, puis il remonta sous la mâchoire et savoura la texture rugueuse de la barbe, le goût salé de la peau. Ensuite, il déposa une pluie de baisers sur l'épaule et nicha son visage dans le creux de l'aisselle. Brandon portait un déodorant boisé avec des notes mentholées, ce que Travis regretta un peu. Il aurait préféré une franche odeur de sueur, un goût sans doute acquis à l'adolescence, dans les vestiaires sportifs de son école publique du Queens, à l'époque où il découvrait son homosexualité. D'un autre côté, le côté dandy de Brandon lui plaisait aussi. Si Brandon ne portait ni parfum ni eau de toilette, il s'aspergeait néanmoins après sa douche matinale d'un après-rasage aux notes viriles et agressives.

Travis fit alors descendre sa bouche jusqu'au centre de la poitrine de Brandon. La peau était lisse et parfaite, pas de cicatrices, pas de tatouages, juste une légère toison d'un blond un peu plus foncé que ses cheveux. Ce corps que Brandon s'était sculpté au gymnase était une vraie œuvre d'art, fort et masculin, avec des pectoraux gonflés et des abdominaux qui dessinaient un relief sous la peau. Travis fit jouer sa langue sur les creux et les reliefs du torse, tandis que Brandon haletait et se tordait sous ses caresses. Il grogna carrément quand Travis pesa sur lui, coinçant entre eux son sexe érigé. Travis sourit, satisfait de l'effet qu'il avait sur Brandon.

Brandon souleva les hanches.

— Merde, suce-moi !

Travis n'obtempéra pas, il prenait trop de plaisir à torturer Brandon. Il frotta son menton contre l'aine, entre sa queue et sa cuisse, et inhala avec délice. C'était l'endroit où l'odeur de Brandon était la plus authentique : pas de menthe ou de santal, juste l'odeur musquée de la transpiration. Travis s'en délecta. Il lécha la peau un moment, puis tourna la tête et darda sa langue pour caresser la peau satinée du sexe.

— Oh, putain ! protesta Brandon. Arrête de m'allumer !

Travis se redressa pour le regarder, ses deux mains encadrant les hanches de son amant.

— Tu te plains ? Je n'ai pas compris ce que tu voulais de moi.

— Enfoiré !

Travis éclata de rire. Puis il plongea en avant et engloutit le sexe tendu vers lui. Brandon gémit.

Trouvant qu'il n'avait pas assez d'espace, Travis changea de position : il s'agenouilla au pied du lit et tira Brandon jusqu'au bord du matelas tout en lui écartant les jambes en grand. Ensuite, il s'activa pour de bon sur le sexe de Brandon, auquel il accordait dorénavant toutes ses attentions. Il adorait ce membre glorieux ! Il le caressa avec révérence, l'embrassa et le lécha comme si sa vie en dépendait.

— C'est trop bon, marmonna Brandon. Arrête, je ne vais pas pouvoir tenir longtemps.

Travis continua encore un moment. Quand il sentit Brandon prêt à jouir, il s'écarta à contrecœur et remonta sur le lit. Il était à peine étendu que Brandon lui sauta dessus pour lui tailler une pipe.

— Oh, Seigneur ! cria Travis.

— Je vais te faire voir le Seigneur, promit Brandon, la bouche pleine.

Travis aurait voulu rire, mais déjà, sa gorge ne formulait plus que des grognements et des soupirs de plaisir. Il ferma les yeux et savoura la sensation chaude et humide qui enveloppait sa queue hypersensible. Puis Brandon s'attaqua à ses bourses, qu'il frotta d'une main tandis que les doigts de l'autre s'insinuaient entre les fesses de Travis, cherchant l'ouverture de son corps. Enivré par ces caresses, Travis ouvrit les jambes. Puis, décidant soudain qu'il en voulait davantage, il pivota sur lui-même et, sans arracher son bas-ventre à Brandon, il rapprocha sa bouche de la queue de son amant. Ah, il adorait le soixante-neuf ! se dit-il en atteignant son objectif.

Après avoir brièvement inhalé l'odeur musquée de Brandon, Travis se jeta sur ce sexe palpitant, avide de retrouver sa texture, son goût unique. Comblé par une overdose de sensations, il perdit un peu la tête. C'était bouleversant, c'était incroyable. Et le bouquet final approchant, ça risquait de devenir très explosif. Donc salissant et poisseux.

Une idée saugrenue lui vint soudain : pour un mec dans le placard depuis si longtemps, Brandon était vraiment doué pour les fellations ! Bordel de queue !

Travis poussa ses hanches en avant afin d'encourager Brandon à accélérer. En même temps, ses caresses devinrent plus frénétiques et urgentes. Brandon répondit à cet élan d'enthousiasme par un chapelet de blasphèmes et d'obscénités, mais son rythme changea, plus énergique, presque violent, exactement ce que Travis aimait.

— Je vais jouir, bredouilla Travis. Tu vas en avoir plein la gueule.

— Je vais te faire la même chose, promit Brandon. En fait, je compte jouir avant toi.

Il tint parole et explosa dans un long cri inarticulé, presque un gémissement. Alors qu'il se vidait dans sa bouche, Travis avala tout, laissant le goût métallique imprégner sa langue avant de déglutir. Et ne pas s'étouffer lui demanda un effort, car il jouissait lui aussi dans un glorieux geyser de sensations qui le traversaient de part en part.

Quand il retomba sur Terre, sa première vision fut les cuisses poilues de Brandon. Avec un petit rire, Travis se souleva et bougea dans le lit pour poser sa tête sur son oreiller.

— Tu sais, déclara Brandon, en baisant avec toi, je me dis que c'est ce que j'aurais dû connaître à vingt ans. C'est tellement intense, tellement rapide parfois. Je décolle comme une fusée !

— C'est parce que je suis très doué.

Brandon sourit et lui caressa la poitrine.

— C'est vrai.

Brandon ferma les yeux avec un soupir repu, le visage apaisé, détendu. Puis ses paupières se soulevèrent et son regard croisa celui de Travis.

— Pendant un long moment, souffla-t-il, j'ai oublié tous mes ennuis de fuite d'eau, de toit percé et de peinture à refaire.

— Dès que j'aurai récupéré, je vais te baiser pour de bon, répondit Travis. En plus de tes ennuis, je vais te faire oublier jusqu'à ton nom.

Brandon se mit à rire.

— Tu en es capable, je le sais d'expérience.

Il fit la grimace en ajoutant :

— Je voudrais me lever et passer à la salle de bain, mais mes guiboles sont de la gélatine.

Travis roula sur le côté et prit Brandon par la taille.

— Alors ne bouge pas tout de suite.

Il donna à Brandon un doux baiser, conscient que tout son être devenait somnolent. Il était aussi envahi d'un profond contentement.

— Peut-être que, quand nous nous réveillerons demain matin, tout sera arrangé, offrit-il.

— J'en doute, répondit Brandon, mais je ne veux pas y penser ce soir, pour ne pas gâcher l'ambiance.

Travis le libéra pour retenir un bâillement.

— Excellente idée. Bon, je vais dormir maintenant, tu penses réussir à atteindre la salle de bain tout seul ?

— Dormir ? protesta Brandon. Tu avais promis de me baiser !

— Tu te crois peut-être jeune, mais moi, je sens le poids des années, et il me faut du temps pour récupérer, alors pourquoi ne pas en profiter pour piquer un petit roupillon, hein ? Quand nous nous réveillerons à trois heures du matin pour nous inquiéter de ce que Virginia te dira, je pourrai te retourner et m'occuper de ton cul…

— D'accord, d'accord. Dans ce cas, tu peux dormir.

Brandon quitta son lit en riant.

XVIII

BRANDON AVAIT le cœur dans la gorge. Il espérait ne pas vomir dans l'ascenseur qui le menait au QG de Restauration Channel.

Un peu plus tôt, Travis l'avait embrassé en lui promettant que tout finirait par s'arranger, mais, de toute évidence, c'était un pieux mensonge. Et puis Travis était parti pour travailler à Argyle Road, et maintenant, Brandon était coincé dans une cabine d'ascenseur, presque prêt à céder à crise de panique.

En le voyant entrer dans les bureaux de la chaîne, la réceptionniste bondit de son siège et avança vers lui.

— Mme Frank vous attend, Brandon, déclara-t-elle. Vous ne voyez pas d'inconvénient à ce que je vous appelle Brandon, j'espère ? Je regarde toutes vos émissions, et vous demandez toujours à ceux qui travaillent avec vous de vous appeler par votre prénom [44].

— Bien sûr, bien sûr. Rappelez-moi où se trouve le bureau de Virginia…

— Je suis tellement impatiente de découvrir la nouvelle émission ! Jessica Benton est passée nous rendre visite l'autre jour, vous savez. Quelle femme magnifique ! Vous devez être ravi de travailler avec elle !

— Oui, oui, marmonna Brandon.

Merde, quoi ! Il avait la nausée.

— Voulez-vous me montrer le chemin ? insista-t-il. Virginia m'attendait à neuf heures.

— Oh, oui, bien sûr, suivez-moi.

La mine sombre, Brandon suivit la réceptionniste le long des couloirs de Restauration Channel. Pris dans son mélodrame interne, il avait la sensation d'être un condamné marchant vers l'échafaud.

Quand il ouvrit la porte de Virginia, il s'attarda quelques secondes dans l'embrasure avant d'entrer. La productrice, assise à son bureau, lui adressa un sourire éclatant. C'était un indice, décida Brandon, mais était-il

---

44 Coutume américaine.

de bon ou de mauvais augure ? L'esprit court-circuité par la terreur, il ne put répondre à cette question.

Virginia agita la main :

— Merci, Hayley. Brandon, entrez et fermez la porte.

Merde.

Brandon jeta un dernier coup d'œil à la réceptionniste, qui s'éloignait, puis il entra, referma la porte derrière lui, traversa le bureau et prit place dans un des sièges destinés aux visiteurs.

Virginia joignit les mains.

— J'ai appris hier une nouvelle des plus surprenantes, déclara-t-elle.

— Vraiment ?

— Ça va, Brandon ? Vous êtes blême ! Vous n'êtes pas malade, j'espère ?

— Non, non, je n'ai pas assez dormi, c'est tout.

Il se pencha pour prendre un mouchoir dans une boîte posée sur le bureau de Virginia et essuya son front moite.

Il décida ensuite de prendre le taureau par les cornes.

— Vous parliez d'une nouvelle, Virginia, reprit-il. Je présume qu'il y a un problème ?

— Non, pas du tout. J'ai préféré me donner un moment de réflexion pour décider comment intégrer cette nouvelle donne dans l'émission, c'est tout. À présent, j'ai une idée brillante pour l'exploiter à notre avantage.

— Ah.

Brandon n'en pouvait plus. Pourquoi tous ces atermoiements ? Pourquoi ne parlait-elle pas franchement ? Voulait-elle sa mort ?

Comme si Virginia l'avait entendu, elle s'écria soudain :

— Je vais aller droit au but. Hier soir, j'ai reçu un appel d'Erik, il m'a rapporté une conversation qu'il avait surprise entre Travis et vous, une conversation qui semblait fortement indiquer... ah, que vous aviez une liaison !

Cette fois, la vérité était sortie du puits : ils avaient bel et bien été découverts. Le souffle coupé, incapable de proférer un son, Brandon se pencha en avant et posa la tête dans ses mains.

Virginia enchaîna :

— D'après votre réaction, Erik a vu juste. Vous et Travis êtes... *ensemble.*

Brandon se redressa.

— Virginia, je suis vraiment désolé. Je...

181

Virginia attrapa un bloc-notes au bord de son bureau.

— Désolé de quoi ? coupa-t-elle. Vous n'avez rien commis d'illégal, que je sache. De plus, Travis travaille pour moi, pas pour vous, donc c'est un souci en moins. Je voudrais juste que vous m'expliquiez la situation.

— Je…

Brandon se tut, ne sachant pas quoi dire. « La situation », comme disait Virginia, était grave, mais peut-être pas désespérée. Du moins, pas autant qu'il l'avait craint. Virginia avait parlé d'une « idée brillante », ce qui signifiait au moins qu'elle ne comptait pas annuler l'émission.

— Brandon, insista Virginia, vous n'avez rien fait de mal, je ne cherche pas à vous causer des ennuis. Je veux juste comprendre ce qui s'est passé.

— Je… je ne sais même pas comment vous l'expliquer, reconnut Brandon. Travis est homosexuel. Le saviez-vous quand vous l'avez engagé ?

— Non, mais en le rencontrant, j'en ai eu l'intuition. Légalement, je ne pouvais lui poser la question, et son orientation sexuelle n'est pas censée influer sur son contrat. Mon problème, voyez-vous, c'est de déterminer si une liaison – qu'elle soit hétéro ou gay – entre deux personnes qui travaillent ensemble, sous mes ordres, risque ou pas d'affecter l'émission que je produis.

Brandon ne savait trop jusqu'où il pouvait – ou devait – se montrer sincère dans ses aveux.

— Je sais. Je peux vous garantir que Travis et moi sommes assez professionnels pour ne pas laisser notre relation mettre l'émission en péril. De plus, nous n'avons pas encore défini ce qui se passait entre nous. Vous vouliez savoir ce qui s'était passé, eh bien, voilà : quinze jours environ après le début des travaux, nous avons reconnu qu'il existait entre nous une attirance et… nous nous sommes revus le soir, en quittant le chantier. S'agit-il d'une simple aventure sans lendemain ou d'une relation durable ? Je n'en sais encore rien. Nous en avons un peu discuté, mais rien n'a encore été décidé. Nous nous entendons bien, c'est tout ce dont je suis certain pour le moment. Cela répond-il à votre question ?

Le sourire félin de Virginia ne correspondait pas *du tout* à la réaction à laquelle Brandon s'attendait.

— J'admets qu'au départ, je me suis inquiétée, déclara Virginia. Quand deux personnes qui travaillent ensemble s'impliquent sur le plan personnel, c'est potentiellement un risque, car, en cas de rupture, les retombées affectent la production… et le plus souvent de façon négative. Ma priorité est de protéger mon émission, vous le comprenez certainement. Mais si Travis et vous êtes ensemble *pour de bon*, c'est tout à fait différent. La chaîne tient beaucoup à présenter des couples solides.

Brandon n'en croyait pas ses oreilles.

— C'est une plaisanterie, Virginia ?

— Pas du tout.

Brandon ne parvenait toujours pas à la croire.

— Mais enfin, Restauration Channel a toujours été une chaîne agressivement hétérosexuelle. Vous n'avez jamais engagé d'animateur gay et pire encore, vous avez annulé l'émission *Maisons de Campagne* au premier relent d'homosexualité.

— Cette décision ne venait pas de moi, mais de mon ancien patron. Depuis qu'il est arrivé sur le réseau, Garrett Harwood essaie de changer les mentalités. Nous avons testé le public en présentant des couples gays parmi les clients de *Chercher une maison*, et l'audimat est resté stable. Cela ne m'étonne nullement, car il y a une forte majorité de femmes parmi nos abonnés. Actuellement, Garret et moi sommes en pourparlers pour une nouvelle émission animée par un décorateur ouvertement gay. Il a travaillé avec Oprah et vend des meubles à son nom dans les grandes surfaces. Il s'agit de Nolan Hamlin [45], vous le connaissez ?

Pas personnellement, mais son nom m'est familier.

— Eh bien, gardez mon secret, car son contrat n'est pas encore signé. En attendant, nous vous avons sous la main. Ces derniers temps, votre nom est sur toutes les lèvres, les journaux ne parlent que de vous, vous êtes le chouchou de nos téléspectateurs, la victime d'une femme infidèle.

— Non, je… Ce n'est pas vraiment…

Sans l'écouter, Virginia enchaîna :

— Vous savez, si Kayla ne s'était pas exposée aussi publiquement, j'aurais une autre théorie pour expliquer que votre mariage ait pris fin.

Ceci étant de l'histoire ancienne, Brandon ne comptait pas colporter de ragots concernant son divorce. Sa tension s'était un peu dissipée, certes, mais il gardait l'estomac noué. Il était très impatient de quitter ce bureau.

— Vous avez parlé d'une idée…

---

45 *Residential Rehab*, l'histoire de Nolan et de Grayson Woods, sortira aux USA le 3 mai 2022, même auteur, même éditeur.

— Oh, oui ! Comme je vous le disais, notre public est majoritairement féminin. Or, toutes les études de marché le prouvent, les femmes seraient d'accord pour voir des homosexuels – réputés pour la sûreté de leur goût – sur Restauration Channel. Elles ont souvent ce fantasme qu'un gay les aide pour leur shopping, même quand il s'agit d'articles ménagers.

Brandon se hérissa.

— C'est un cliché presque offensant !

— Je n'ai pas dit que je le croyais, je vous indique simplement ce que nos recherches ont démontré. Dans la mentalité du public, les gays sont particulièrement doués dans l'architecture d'intérieur, un point c'est tout. Certains de nos animateurs hétéros à succès sont même soupçonnés d'être gays : par exemple, celui de l'émission *Des clous, encore des clous !*

Brandon ouvrit de grands yeux : le gars en question avait des piercings partout, surtout dans les oreilles. Brandon l'avait toujours cru dans le placard – comme lui.

— Non ? Il est hétéro ? Vraiment ?

— Oh, oui ! Il été surpris en train de sauter son assistante.

Brandon secoua la tête.

— Incroyable !

Puis il revint à la vraie question qui le turlupinait :

— Si je vous ai bien comprise, Virginia, vous êtes d'avis que Travis et moi devrions nous afficher ensemble, c'est ça ?

— Je vais aller plus loin. Depuis la signature de votre contrat, vous n'avez cessé de réclamer un co-animateur, n'est-ce pas ? Eh bien, pourquoi ne pas proposer ce rôle à Travis ? Vous seriez un couple aussi bien à la ville qu'à l'écran, comme c'est le cas dans la plupart de nos émissions. Nous ajouterions au pilote de la série quelques scènes d'ordre privé... ou mieux encore, nous les distillerons progressivement afin de préparer le public à une révélation qui apporterait du piment à ce premier épisode de la saison.

Sidéré, Brandon la fixa sans mot dire. Il ne s'était pas attendu à cette proposition. D'un côté, en toute franchise, l'idée lui plaisait. De l'autre...

— Je ne suis pas certain que Travis acceptera, déclara-t-il après un long moment de réflexion. Il va falloir que je lui en parle avant de vous donner une réponse définitive.

Virginia se pencha en avant.

— Voyons, cela apporterait beaucoup à l'émission, et nous y trouverions tous notre compte. Il y a une très forte alchimie entre Travis et vous, je l'ai sentie dès le départ, elle explose sur les scènes où vous êtes ensemble, à vous chamailler. Je ne suis pas du tout étonnée que vous ayez fini ensemble, en y réfléchissant. Une série animée par un couple gay ! Ce serait une première, nous ferions un tabac !

— Et nous attirerions une fois encore l'attention des tabloïds, rétorqua Brandon. Si Travis et moi affichons notre relation, ce que je ne suis pas certain de vouloir faire à ce stade, ces mêmes paparazzis qui ont raconté n'importe quoi sur Kayla et moi vont s'en donner à cœur joie.

— Vous connaissez comme moi l'aphorisme : *toute publicité est bonne à prendre.*

Brandon soupira et se frotta la tête.

— Virginia, vous ne pensez qu'à votre émission. Il s'agit aussi de ma vie privée.

Elle recula dans son siège et tenta de calmer son excitation avide.

— Je sais.

— Laissez-moi le temps d'en parler à Travis avant d'aller plus loin, insista Brandon. Qui d'autre est au courant à part vous ?

— Erik, mais je lui ai réclamé le secret. C'est tout, car je ne l'ai pas encore dit à Garrett.

— D'accord.

Seigneur, quel merdier ! pensa Brandon, très inquiet de la réaction de Travis. Il était fort peu probable que Travis accepte cette proposition d'animer l'émission avec lui. Il détestait les caméras, il avait mis longtemps à supporter leur présence constante sur le chantier.

— Et si vous faisiez semblant de ne pas être au courant ? proposa Brandon sans trop y croire.

— Vous ne voulez pas de Travis comme co-animateur ? s'étonna Virginia.

Brandon ne pouvait nier que l'idée le tentait… Il se voyait déjà travailler en couple avec Travis, apparaître avec lui à l'écran, relooker avec lui d'autres vieilles maisons de Brooklyn. Oui, c'était une vision parfaite. Mais…

— Je ne peux pas en décider seul, expliqua-t-il. Je veux d'abord lui en parler. Au fait, pourquoi ne pas nous avoir convoqués *tous les deux* ce matin ?

Virginia haussa les épaules.

— La célébrité, c'est vous.

En d'autres termes : c'était sur le nom de Brandon Chase que reposait l'émission, la seule chose à laquelle pensait Virginia. Au ton désinvolte de la productrice, Brandon comprit que, d'après elle, Travis accepterait, parce qu'il apprécierait de voir son nom associé à celui d'une célébrité – à moins qu'elle pense aussi que seule la renommée de Brandon avait attiré Travis ? Quelle idée répugnante ! En plus, elle était fausse, Brandon le savait.

— Laissez-moi consulter Travis, d'accord ? Je vous recontacterai une fois que nous aurons eu l'occasion d'en discuter.

Virginia hésita avant de concéder, à contrecœur :

— D'accord, mais je veux une réponse avant notre entrevue de lundi chez Jessica Benton, c'est entendu ? J'ai des décisions à prendre avant de commencer à filmer là-bas. Dès que vous m'aurez donné le feu vert, je préviendrai Garrett.

— Vous aurez une réponse, c'est promis.

Et Brandon comptait tenir parole. En vérité, la discussion serait brève, soit Travis acceptait, soit il enverrait Brandon se faire foutre. S'il était vraiment furieux, risquait-il aussi de rompre sans autre forme de procès ? Brandon le craignait. En tout cas, c'était dans le domaine du possible. Primo, Travis n'était pas le genre d'homme à mâcher ses mots ; secundo, jamais il ne resterait piégé dans une situation qui lui déplaisait. C'était même une des qualités que Brandon admirait vraiment chez lui.

Vingt minutes plus tard, alors que Brandon quittait les bureaux de Restauration Channel, il se demandait encore comment diable il s'était fourré dans un pétrin pareil.

TRAVIS TROUVA vite suspecte la façon dont Brandon l'évitait. Alors qu'ils se trouvaient tous deux sur le chantier depuis plus de cinq heures, ils s'étaient à peine croisés en passant.

De toute évidence, l'émission n'avait pas été annulée, mais peut-être était-ce la seule bonne nouvelle que Brandon avait reçue le matin même pendant son entrevue avec Virginia.

Erik termina son tournage un peu plus tôt que d'ordinaire. En quittant la maison, il traversa la cuisine où Travis et Mike étaient occupés à visser les derniers placards et déclara :

— Je passe à la maison Benton pour vérifier les meilleurs endroits où placer les caméras. Ici, j'ai tout ce qu'il me faut concernant la finition de l'aménagement des placards.

186

— Demain, déclara Mike, nous installons les comptoirs. Avec un peu de chance, nous aurons vite fini, et je serai libre avant quatre heures. Ma fille a un récital auquel je lui ai promis d'assister.

Intérieurement, Travis grimaça à ce rappel que, contrairement à lui, ses amis avaient une vie personnelle et une famille qu'ils retrouvaient en quittant le boulot.

Il s'éclaircit la gorge avant de dire :

— Tu seras à l'heure, Mike. La dalle de quartz est déjà coupée, donc je doute que nous rencontrions des contretemps.

— Parfait, lança Erik. Je serai là pour filmer l'arrivée des comptoirs. À demain matin, les gars.

Peu après, la pièce se vida, et Travis se retrouva seul avec Mike, occupé à visser le haut des placards supérieurs.

Travis posa la main sur une porte de bois. Les travaux d'Argyle Road étaient presque finis, et il en ressentait une sorte de nostalgie. Il trouvait étrange, sinon dérangeant que cette maison, dans laquelle il avait tant versé de lui-même, là où resteraient à jamais incrustés tant de souvenirs de sa relation avec Brandon, soit bientôt vendue et qu'une famille s'y installe, des étrangers qui ne sauraient jamais tout ce qui s'était passé ici. Pour eux, ce ne serait qu'une maison. Une belle maison. Une ardoise vierge où écrire leur histoire. Travis, lui, s'attristait à l'idée de perdre ce lieu auquel il s'était attaché. D'un autre côté, le monde des affaires se souciait peu des sentiments. Et c'était bien la première fois qu'il s'investissait autant dans une rénovation !

Pour tenter d'oublier son vague à l'âme, il fit jouer la porte du placard et vérifia ses gonds. Il entendit la porte d'entrée s'ouvrir et se fermer plusieurs fois. Les hommes s'en allaient…

Cinq minutes plus tard, Brandon apparut enfin. Au même moment, Mike descendait de son échelle.

— Voilà, annonça-t-il. Pour les placards, c'est fini.

— Le carrelage du dosseret a bien été livré ? s'enquit Brandon.

— Non, pas encore, répondit Travis. J'ai appelé le magasin. Ils me l'ont promis pour lundi.

Brandon acquiesça.

— Très bien. Je veux recevoir ce carrelage. Je veux aussi qu'Erik soit là pour filmer.

— D'accord.

Mike déposa sa perceuse-visseuse sur un chevalet.

— Si vous ne voyez rien d'autre, je vais y aller. Sandy est occupé à l'étage à vérifier les salles de bain. Dans la cuisine, nous ne pouvons plus rien faire avant que les comptoirs soient terminés.

— D'accord, Mike, rentre chez toi, répondit Travis.

Il jeta un coup d'œil à sa montre et ajouta :

— J'ai entendu la porte d'entrée plusieurs fois et, vu l'heure, je présume que l'équipe de jour est déjà partie.

— J'ai croisé Ismael il y a une demi-heure, intervint Brandon. Il s'en allait, effectivement.

Mike les salua en se dirigeant vers la porte.

— À demain, les gars. Je passe chercher Sandy, et nous y allons.

— Bonne soirée, Mike, lança Travis.

Une fois seul avec Travis, Brandon se racla la gorge et déclara :

— J'ai à te parler. Tu t'en doutais, je suppose ?

— Oui.

Travis attendit, jugeant que c'était à Brandon de lancer le débat. Puis il se rendit compte que son amant écoutait les bruits dans la maison.

Une fois le dernier ouvrier parti, Brandon laissa échapper un long soupir.

— Je vais aller droit au but, commença-t-il. Nous avions vu juste : Virginia sait pour nous deux. Erik nous a entendus parler hier soir et il lui en a parlé.

Et merde !

— Elle est furieuse ? s'enquit Travis.

Brandon secoua la tête.

— Non. En fait, c'est même le contraire, elle était très satisfaite. Elle a parlé d'études de marché et du fait que la majorité des téléspectateurs de Restauration Channel sont des femmes, des ménagères qui n'ont rien contre les animateurs homosexuels. Elle tient donc à répondre à cette nouvelle demande. Elle m'a même révélé être déjà en pourparlers pour une nouvelle émission avec un architecte d'intérieur ouvertement gay qui travaille avec Oprah. Tu vois où je veux en venir ?

Brandon s'adossa à l'un des placards nouvellement installés et le regarda fixement.

— Non, pas très bien, répondit Travis. T'aurait-elle demandé de faire ton coming out à l'écran pour pimenter l'émission ?

— Non, mais elle suggère que tu animes l'émission avec moi. Elle prévoit déjà de recouper différemment les films qui ont été pris de nous deux, afin que nous paraissions échanger des idées.

Travis se crispa.

— Tu plaisantes ?

— Pas du tout, je suis aussi sérieux qu'un dégât des eaux.

— C'est impossible ! Je ne peux pas devenir animateur !

Ce qui l'avait attiré dans ce contrat avec une chaîne de télévision, c'était l'opportunité de se faire connaître professionnellement et le gros montant de sa rémunération. La gloire, en revanche, il n'y aspirait pas. Il redoutait même de voir sa photo à la Une d'un tabloïd.

Brandon plaida :

— L'idée n'est pas si folle. Toi et moi faisons déjà équipe pour les travaux de rénovation. Que tu deviennes mon co-animateur ne changerait pas grand-chose, sauf que tu apparaîtrais davantage à l'écran.

Travis essaya de se voir dans ce rôle… sans y parvenir.

— Brandon, mon domaine, c'est le second œuvre, la rénovation générale, la peinture, les revêtements, la plâtrerie, ce genre de choses. Je n'ai jamais terminé mes études universitaires, j'ai passé l'essentiel de la vie adulte à travailler de mes mains. Je n'ai ni ton aisance en société ni ton charme, je ne connais rien à la télévision. Comment diable veux-tu que j'anime une émission avec toi ?

— Tu te sous-estimes, Travis, tu possèdes un charisme naturel, tu passeras très bien à l'écran. De plus, je te le répète, ça ne changera pas grand-chose par rapport à ce que tu fais déjà. Bien sûr, tu auras quand même quelques solos à faire devant la caméra.

— Des *quoi* ?

— Tu sais bien, ces moments où l'animateur s'adresse directement à l'objectif – et, par extension, au téléspectateur. J'ai eu l'occasion d'en faire avec Erik dans l'arrière-cour. Sinon, l'essentiel de ton travail consistera à gérer les ouvriers et à discuter avec moi de peintures, de couleurs, de bois, etc., exactement comme nous le faisons depuis le début.

Travis hésitait.

— Je ne sais pas quoi te dire. Ça ne me plaît pas.

Il avait déjà du mal à tolérer les caméras dans son dos – même s'il s'efforçait de les oublier. Comment s'adresser directement à une caméra sans passer pour un parfait crétin ? Il redoutait de se ridiculiser.

Une autre idée lui venant, il enchaîna :

— Maintenant que Virginia est au courant, on fait quoi ? On s'affiche en tant que couple ? Ça me paraît prématuré, nous nous connaissons à peine.

— Nous sommes ensemble depuis un mois, souligna Brandon.

Travis avait la sensation de couler.

— Un mois déjà ? C'est dingue ! Tu ne trouves pas que la chaîne nous met un peu trop la pression ? Nous apprenons à nous connaître, à notre rythme, c'est bien, c'est ce qu'il faut. Je tiens à toi, je suis bien avec toi, mais… je persiste à dire qu'il serait prématuré de nous afficher en tant que couple, aussi bien sur le plan personnel que professionnel. Merde, quoi, je n'ai même pas prévenu ma mère que je sortais avec toi, et tu me parles de le clamer au monde entier ?

— Ce serait un gros changement, concéda Brandon.

— Gros ? Dis plutôt énorme ! Ce n'est pas un simple changement, c'est un cataclysme. Écoute, Bran, je ne peux pas me décider comme ça, c'est trop… effrayant. Il faut que je réfléchisse.

— Concernant ta position de co-animateur, j'ai promis à Virginia de lui donner une réponse d'ici lundi. Si tu acceptes, elle va changer son approche pour filmer l'émission. Sans doute voudra-t-elle te donner plus de temps d'écran.

Travis était de plus en plus agité. C'était trop, beaucoup trop !

— Je n'aime pas l'idée que notre relation, censée être une affaire intime, privée, se soumette à des négociations contractuelles et suive des horaires de tournage ! Je… je…

Pris d'une attaque de panique, il ne parvenait même plus à formuler des arguments cohérents pour contrer cette proposition insensée.

— Ça te gênerait que tout le monde sache que nous sommes ensemble ? s'étonna Brandon. Tu disais pourtant que ça te pesait d'être « retourné » dans le placard. Nous pourrions être ensemble au grand jour sans que je risque de perdre mon émission et toi ton travail.

— D'accord, convint Travis, ça serait sympa de te parler sans avoir à surveiller nos gestes et nos paroles, mais si, en contrepartie, je dois accepter que notre relation soit filmée et offerte en pâture au public, ça me paraît trop cher payé.

— Travis, je…

Travis leva la main.

— Non, arrête. J'ai compris ta position, tu as été très clair, n'ajoute rien. Maintenant, je veux réfléchir.

— D'accord. Tu viens dîner…

— Non, merci. Je vais rentrer chez moi. Seul. J'ai besoin de calme pour réfléchir à tout ce que tu viens de me dire.

Brandon plissa le front et ouvrit la bouche – sans doute pour protester –, mais après réflexion, il changea d'avis.

— D'accord. Comme tu veux, concéda-t-il à contrecœur.

— Je suis désolé, mais… je ne sais plus où j'en suis, Bran. Je n'avais pas prévu que tout deviendrait si compliqué entre nous.

Il était sincère. Jusqu'ici, Brandon et lui avaient été deux hommes qui apprenaient à se connaître, et peut-être même commençaient à rêver d'autre chose qu'un plan cul. Et voilà que Brandon Chase, l'animateur vedette de Restauration Channel, lui proposait d'afficher leur couple à peine formé à l'écran devant une foule anonyme de téléspectateurs ?

C'était tellement énorme que Travis avait du mal à l'imaginer.

Il se souvint alors des épisodes qu'il avait vus de *Foyer Idéal*. Brandon et Kayla avaient joué leur rôle de couple marié en partageant avec leur audience des moments « intimes ». Merde, même le générique de l'émission était un montage de photos présentant un couple amoureux : mariage, voyages, sorties et autres détails de leur vie privée… Si Brandon faisait son coming out sur le plateau, leur couple, contrairement à celui qu'il avait formé avec Kayla, aurait au moins le mérite d'être authentique, et là, Travis était à fond pour. En revanche, s'il devenait co-animateur, n'allait-il pas à son tour se trouver piégé dans une toile de mensonges et de faux-semblants pour satisfaire la boulimie des fans ?

Pourquoi Brandon insistait-il tellement pour que Travis accepte la proposition de Virginia ? À quoi donnait-il la priorité, à son émission ou à son couple ?

Brandon s'écarta du placard et avança vers lui.

— Je comprends que tu tiennes à être seul, chuchota-t-il. Tu vas me manquer ce soir.

— Tu me manqueras aussi, admit Travis.

Brandon l'embrassa, peut-être pour lui rappeler ce qu'ils avaient ensemble. Oh oui, Brandon tenait à lui, de cela au moins, Travis était certain. Il accepta le baiser et laissa la chaleur se propager à travers sa poitrine et faire palpiter son cœur.

Le problème, décida-t-il en fermant les yeux, c'était qu'il était déjà plus ou moins amoureux de Brandon. Voilà pourquoi la décision qu'il devait prendre – la réponse qu'il avait à donner – l'angoissait tant. Il ne pouvait pas quitter Brandon. Il ne le voulait pas. Il se contrefoutait de l'émission, mais si Brandon et lui ne trouvaient pas un compromis qui les satisfasse tous les deux, leur couple allait se perdre avant même de s'être vraiment trouvé. Et ça, Travis ne le supporterait pas.

Mais y avait-il une solution viable à son dilemme ?

Il n'en savait rien.

Après une dernière caresse déchirante, Travis s'écarta avec un soupir.

— Dors bien, Bran. À demain. Nous devrons poser les comptoirs et finir la cuisine.

Il pompa du poing dans un vaillant effort d'alléger l'atmosphère.

— Oui, répondit Brandon. Bonne nuit, Travis.

Travis tourna les talons pour échapper à son envie de rester dans les bras de Brandon.

XIX

BRANDON DORMIT peu et horriblement mal. Le lendemain, il lui fallut engloutir trois tasses de café pour se sentir plus ou moins prêt à affronter la journée. Il avait passé la moitié de la nuit à s'imaginer à l'écran avec Travis à ses côtés comme les autres couples – hétéros – des émissions de Restauration Channel. Peut-être commenceraient-ils chaque épisode en se tenant par la taille tout en expliquant à la caméra les caractéristiques de la maison sur laquelle ils allaient travailler... Peut-être évalueraient-ils ensemble de futurs projets, Travis énumérant les dépenses à prévoir au fur et à mesure qu'ils découvriraient de nouveaux problèmes sous l'œil des caméras. Ils iraient faire ensemble leurs achats de matériaux et autres nécessités, ils trouveraient ensemble des compromis pour transformer les maisons à leur goût. Ce serait une vie parfaite.

Pourtant, Travis avait souligné un point aussi valide qu'important : ils en étaient encore à apprendre à se connaître. À ce stade, était-ce bien sage de subir la pression d'une équipe de producteurs qui « insisteraient » pour les voir heureux envers et contre tout ? Ne serait-ce pas pire encore que d'avoir dû cacher leur relation ces dernières semaines ?

Si Travis refusait la proposition, il aurait de bonnes raisons. Brandon se promit de comprendre sa position, même s'il continuait à espérer une acceptation. Il restait persuadé qu'avec un peu de bonne volonté, tout finirait par s'arranger.

Et il se voyait déjà emménager avec Travis à Argyle Road.

Si Travis refusait ? Eh bien, Brandon en ferait part à Virginia. Peut-être y aurait-il une sorte de compromis : par exemple, Brandon et Travis faisant leur coming out devant l'équipe, sans passer à l'écran.

Dans les deux cas, Brandon ne voyait qu'un avenir heureux, aussi hypothétique soit-il à l'heure actuelle.

Une fois de retour à Argyle Road, il retomba brutalement dans la réalité, tandis que six balèzes apportaient dans la cuisine une grande dalle de quartz. Brandon se mit douter : n'aurait-il pas dû choisir du marbre, même si c'était plus cher, et placer le comptoir à un endroit plus classique ?

Il fallut les efforts de trois des hommes pour pousser la dalle en place.

— Magnifique ! s'exclama Mike. Ce quartz est superbe. C'est la première fois que j'en vois de cette couleur.

— Je l'ai trouvé à Red Hook, déclara Brandon. Si ça vous intéresse, je vous donnerai l'adresse du magasin.

— Oui, merci. Je ne pense jamais à chercher des matériaux à Brooklyn. En général, j'achète tout ce dont j'ai besoin dans le New Jersey, les taxes y sont moins coûteuses, ajouta Mike avec un clin d'œil.

— Oh. C'est bon à savoir.

— Vous comptez papoter toute la matinée ? persifla Travis. Nous avons encore les salles de bain à finir.

Son accent du Queens, plus prononcé que d'habitude, indiquait qu'il était irrité.

— J'y vais, dit Mike.

Il sortit dans la cour, où toute la pierre avait été taillée et attendait d'être emportée à l'intérieur et posée.

Brandon aurait voulu prendre Travis entre quatre yeux et lui demander s'il avait pris sa décision, mais il s'en abstint, conscient que les caméras tournaient, et suivit l'équipe des ouvriers à l'extérieur.

Ils travaillèrent toute la journée à poser les comptoirs, à installer éviers et lavabos et à revérifier la plomberie. Ismael se chargea de carreler la cuisine et la salle à manger. Brandon posa du papier peint sur un des murs du salon.

Le soir tombait quand Brandon, Travis, Ismael et Erik se retrouvèrent pour faire le point.

Travis sortit son bloc-notes.

— Bien, il reste à carreler le dosseret de la cuisine, à installer les appareils ménagers. En principe, ils seront livrés lundi. Au fait, Brandon et moi ne serons pas là pour les réceptionner, car nous avons rendez-vous pour la visite préliminaire de la maison Benton… Où en étais-je ?

Il consulta sa liste, les sourcils froncés.

— … ah oui, il reste aussi à finir le carrelage de la salle de bain principale, à poser au premier étage du plancher ou de la moquette, selon le choix final de Brandon. Ensuite, il ne restera que l'escalier et la cheminée. L'équipe de nuit y a travaillé ces deux derniers jours…

Il désigna la cheminée avant d'ajouter :

— Nous avons choisi de belles ardoises, qui iront du sol au plafond, et un manteau en bois de seconde main pour remplacer celui qui a disparu.

— Je l'ai vu dans la remise derrière la maison, indiqua Ismael. J'irai le chercher pour l'apporter ici avant de rentrer chez moi.

— Parfait. Ai-je omis quelque chose ? s'enquit Travis.

— Demain, l'équipe de jour travaillera exclusivement sur la façade extérieure, indiqua Ismael. La météo a prévu du soleil, alors ce sera le bon moment de peindre la première couche. Et les couvreurs sont censés arriver vers onze heures.

— D'accord, merci, dit Travis. Brandon, avez-vous décidé ce que vous voulez mettre au premier ?

— Oui, répondit Brandon, du bois.

S'il décidait d'acheter cette maison, il voulait du plancher à l'ancienne, pas de la moquette.

— Très bien. Nous en reste-t-il assez ou faut-il passer d'urgence une nouvelle commande ?

— En principe, il devrait y en avoir assez, puisque j'ai tout commandé avant de connaître le problème du toit. Et la facture a déjà été payée.

Brandon grimaça en se frottant le front. Il préférait ne pas penser à tout l'argent qu'il avait dépensé.

— Lundi, reprit-il, je viendrai poser le carrelage du dosseret de la cuisine et aider à installer les appareils ménagers. Je vais accompagner Travis chez Jessica Benton, mais vu que nous sommes un peu juste question délai, je serai sans doute plus utile ici. Travis n'a nullement besoin de moi pour sa première inspection de la maison.

Travis hocha la tête.

— Très bien, comme vous voudrez. Rien d'autre ?

Chacun ayant négativement secoué la tête, Travis rangea son stylo dans sa ceinture à outils.

— Dans ce cas, je vous libère, déclara-t-il. À demain.

Erik, qui avait déjà remballé son matériel, partit sans plus attendre après un dernier salut. Ismael, lui, sortit ranger ses affaires.

Une fois seul avec Travis, Brandon examina son amant qui, la tête détournée, scrutait ses notes.

— As-tu eu assez de temps pour réfléchir ? As-tu pris une décision ?

— Non.

Travis ne leva pas les yeux. Au bout d'un moment, il ajouta hargneusement :

— Fiche-moi la paix, Bran. Si tu insistes, tu ne vas pas apprécier ma réponse.

— Tu ne veux pas qu'on en parle ?

Travis consentit enfin à le regarder.

— Si tu veux, marmonna-t-il sans enthousiasme.

— Ou veux-tu que nous allions ? Chez moi ou...

— Oui, coupa Travis. Laisse-moi le temps de récupérer mes affaires, et je te suis.

LA NUIT précédente, Travis n'avait pas fermé l'œil. À sa grande consternation, il avait découvert qu'après un mois à passer presque toutes ses nuits avec un homme aussi grand que Brandon, le lit paraissait absurdement vide sans lui.

Et maintenant, le voilà qui mangeait un *pad thaï* [46] chez Brandon, attablé à son îlot de cuisine. Et il essayait de formuler une réponse à la question que Brandon ne lui avait pas encore posée.

— J'ignore l'étendue de ton expérience en ce domaine, commença Brandon, mais moi, je n'ai eu que très peu de relations sérieuses. Et les rares fois où ça m'est arrivé, je n'ai jamais tenté d'exprimer ce que je ressentais. Je crois que c'était une forme d'autodéfense. Après tout, on n'est jamais certain de ce que pense l'autre, pas vrai ? Alors, comment oser un « je t'aime », si on craint que ce ne soit pas réciproque ?

Travis tressaillit et leva vivement la tête.

Brandon enchaînait déjà :

— Ne panique pas, je ne te fais pas de déclaration, je donnais juste un... euh, un exemple.

Travis restait troublé.

— As-tu déjà été tenté de dire « je t'aime » à un de tes ex, Bran ?

— Peut-être... Oui, une fois. À vingt ans, je suis sorti avec un architecte d'intérieur. Je commençais à me demander ce qu'était vraiment l'amour... Je ne lui ai pas déclaré ma flamme, et tant mieux pour moi, car il m'a largué peu après. Bref, la question n'est pas là. Je voulais juste te dire que lors de mes précédentes aventures, je ne me suis jamais totalement livré.

À son grand étonnement, Travis constata qu'il était jaloux de cet homme dont Brandon s'était cru amoureux. Il aurait voulu que Brandon

---

46 Plat traditionnel thaïlandais à base de nouilles de riz.

ne pense qu'à lui, ne tienne qu'à lui. S'agissait-il d'amour? Il n'en savait encore rien, mais il avait des sentiments pour Brandon.

Brandon parlait toujours :

— Avec toi, Travis, j'ai toujours été franc. À mon avis, si nous devons prendre une décision d'importance qui influe sur notre avenir, il est important de tout mettre sur la table sans nous demander si l'autre va ou non approuver. Oui, la franchise est notre seule option pour avancer.

Brandon avait raison, aussi Travis hocha-t-il la tête. Il n'avait encore rien décidé, et cette hésitation lui pesait. Il détestait cette sensation d'être piégé. Était-il possible que Brandon et lui reviennent au point où ils se trouvaient avant cette fatale rencontre avec Virginia? Pouvaient-ils ne pas agir en couple au grand jour? Et était-ce bien ce qu'il voulait?

Brandon agita ses baguettes.

— Je vais commencer. Tu as raison, nous sommes ensemble depuis peu, nous commençons à peine à nous connaître. Quand nous mangeons ensemble, c'est chez moi, pas au restaurant. Tous tes arguments contre le fait que nous nous affichions prématurément sont parfaitement valides, je le reconnais. Sommes-nous amoureux l'un de l'autre? Je ne sais pas. Cela pourrait-il nous arriver? Oui, je pense. Et je ne t'ai pas caché ma position : j'adorerais faire ces autres rénovations avec toi, nous nous amuserions, j'en suis sûr, mais il n'y a pas que cela. J'aimerais aussi sortir avec toi au grand jour, parce que j'en ai assez de me cacher. Voilà pourquoi la proposition de Virginia m'a séduit. J'aimerais vraiment que nous présentions cette émission ensemble, en tant que couple.

Il inspira un grand coup et ajouta :

— Mais si tu refuses, je le comprendrai, et nous trouverons ensemble une autre solution.

Quand il se tut, Travis garda le silence un moment, remuant ses nouilles avec ses baguettes.

— J'aimerais être aussi confiant que toi, Bran, dit-il enfin. Personnellement, je ne pense pas que nous soyons prêts pour affronter le feu des projecteurs et la curiosité avide des téléspectateurs. Je ne te cache pas que je déteste l'idée que ma vie privée apparaisse à la télévision ou que les paparazzis s'octroient le droit de publier des histoires sur moi, sur nous. Passer à la télé ne me dérange pas, je l'ai accepté en signant mon contrat avec Restauration Channel, mais je pensais rester à l'arrière-plan. Je voulais juste me faire un peu de publicité avant d'ouvrir ma boîte. Je ne tiens pas à la célébrité.

— Voyons, tu rêves, Travis. Tu ne pourras pas y échapper !

— Quoi ?

Brandon roula des yeux.

— Dès que l'épisode pilote sortira, les gens te reconnaîtront dans la rue. As-tu déjà vu *Avant après*, une des premières séries de Restauration Channel il y a une dizaine d'années ? C'était basé sur le relooking de chambre entre voisins, chacun s'occupant de celle d'à côté.

— Je n'ai jamais regardé, mais je me souviens vaguement du concept.

— Eh bien, cette émission a été un énorme succès, et tu sais qui en a retiré le plus de notoriété ? Ni les concepteurs ni l'animateur – qui est retombé dans l'anonymat à la fin de la série –, non, la vraie star, c'était le menuisier. Il est devenu si populaire qu'il s'est ensuite lancé dans le show-business : il fait des pubs.

Travis fit la grimace.

— Quelle horreur !

— Je vais te dire un truc, Travis : tu es incroyablement sexy. Sous tes muscles et tes tatouages, tu es un mec bien, je le sais, mais ce qui frappe chez toi au premier abord, c'est ton côté bourru et ton look de mauvais garçon. Les femmes vont flipper en te voyant, les ados mettront des affiches de toi dans leurs chambres, et ça lancera mon émission.

Travis éclata d'un rire incrédule.

— Tu es fou ?

— Absolument pas. Dès que Restauration Channel sortira des posters de toi, je serai tenté de les acheter pour les mettre dans ma chambre. Tu porteras un tee-shirt et ce jean moulant que tu mets tout le temps, ta ceinture à outils bas sur les hanches. Mmm… Il faudrait avoir un pied dans la tombe pour ne pas réagir à une vision pareille ! Tu te méfies peut-être des projecteurs, mais crois-moi, la célébrité viendra frapper à ta porte dès que tu apparaîtras à l'écran !

— C'est du grand n'importe quoi ! protesta Travis. Je n'ai pas le dixième de ton charme. Les gens ne verront que toi. D'abord, tu es un bon animateur, mais en plus d'être beau, tu as du charisme, tu es à l'aise devant une caméra. Et tu as les dents blanches.

Brandon hoqueta de rire.

— Les dents… blanches ?

— Oui, tu as cette classe qui vient de l'éducation.

Travis inspira un grand coup pour tenter de se calmer. Il paniquait presque à l'idée de cette célébrité dont il ne voulait pas. Il se tança vertement : tout était de sa faute, décida-t-il. Il n'aurait jamais dû signer ce contrat et se laisser aveugler par l'appât du gain ! Même en sachant qu'il passerait à la télé, il avait cru rester dans l'anonymat, comme ces gens qu'on reconnaît vaguement sans réussir à les resituer. Dans son précédent logement, sa voisine de palier était une actrice de la série *New York, police judiciaire*. Travis la saluait en la croisant, mais il avait mis des mois à la reconnaître par hasard en regardant une rediffusion de la série une nuit où il n'arrivait pas à dormir.

Et voilà que Brandon lui annonçait un sort très différent : son image risquait d'échapper à son contrôle !

— Je ne sais pas quoi te dire, avoua Travis. Je ne sais plus où j'en suis, et ça n'a rien à voir avec nous ou avec ce que je ressens pour toi. Je crains que la chaîne exploite mon coming out sans mon accord.

— Ton coming out ? s'étonna Brandon ? Que veux-tu dire ? Tu n'es pas dans le placard.

— Non, mais contrairement à Mike et Sandy, qui sont ouvertement gays, je préfère séparer ma vie privée et mon activité professionnelle. Par exemple, je ne mettrai jamais de petits arcs-en-ciel sur le logo de ma boîte.

— Ni sur tes tee-shirts, déclara Brandon, je l'ai remarqué. Au fait, concernant Mike et Sandy, je voulais te demander : ils sont ensemble ?

— Non, juste copains, ils se sont connus à l'armée. Tous les deux sont mariés, d'ailleurs, avec d'autres hommes.

Brandon inclina la tête.

— Pour Sandy, je n'en suis pas surpris, il flirte volontiers avec moi, mais Mike n'a pas fait tinter mon *gaydar*. Et si je me souviens bien, il nous a parlé d'une fille, non ? Il est bi ?

— Non, il a adopté Emma.

— Ah, d'accord.

— Revenons-en à nos moutons, insista Travis.

— Oui, où en étions-nous ?

— Au fait que je ne sais pas quoi décider. Oui, je suis gay et je ne l'ai jamais nié, mais je ne suis pas certain de vouloir m'afficher en tant que tel à la télé. Je fais un blocage, voilà. J'aimerais accepter ta proposition, ne serait-ce que pour te faire plaisir, mais je crains que ça fasse tout capoter entre nous. Nous subirions une pression terrible, et j'ai peur de ne pas le supporter. Je sais au moins une chose : je tiens à toi, j'aimerais que nous tentions le coup, je pense que ça pourrait marcher entre nous sur le long terme, mais pas à travers Restauration Channel. Voilà !

— Alors, que dois-je dire à Virginia ? Que tu refuses d'animer l'émission avec moi ?

Travis hésita.

— Tu n'es pas censé lui répondre avec lundi, c'est ça ? Ça nous laisse tout le week-end pour y penser.

— Ah bon ? Tu penses changer d'avis ?

Travis évoqua la nuit passée dans un lit vide. Il soupira.

— Je ne sais pas. Quel foutu bordel !

— Je suis désolé.

Brandon baissa la tête et ramassa un morceau d'ananas avec ses baguettes. Travis le regarda faire, surpris qu'il réussisse à manger. Lui avait l'estomac totalement contracté.

— J'aimerais dormir avec toi ce soir, chuchota Travis. Tu n'y vois pas d'inconvénient ?

— Aucun. Et ne t'inquiète pas, je ne compte pas te houspiller. Si tu persistes dans ton refus, je dirai à Virginia de continuer de filmer comme avant. Nous serons ensemble en quittant le chantier et de simples collègues face aux caméras. Ce compromis te convient-il ?

— Oui, convint Travis. Nous en reparlerons d'ici un mois, selon la façon dont se déroule le tournage, mais je continue de penser que, si nous nous nous affichons ostensiblement, la pression médiatique nous empêchera d'être heureux. Je reconnais manquer d'expérience dans les relations longue durée, mais je sais que la vie n'est pas toujours rose, même pour les amoureux.

— Je sais. Et j'apprécie ta franchise.

— Je te donnerai une réponse avant lundi, c'est promis.

Brandon hocha la tête.

— J'aimerais que nous travaillions ensemble, ça me plairait beaucoup. En revanche, je redoute de faire mon coming out. Dès que mon homosexualité sera connue, l'attention des médias va une fois encore se focaliser sur moi. Plutôt qu'attendre d'être découvert, je préférerais que l'info vienne de moi, afin de contrôler le récit autant que faire se peut. D'un autre côté, j'ai aussi hâte que tout ça soit derrière nous pour que nous puissions regarder vers l'avenir.

— En clair, conclut Travis sombrement, nous allons affronter une route parsemée d'embûches.

— Oui.

Avec un sourire attristé, Brandon tendit le bras à travers la table, il prit les doigts de Travis dans les siens et les serra doucement. Puis, d'un geste inattendu, il porta la main de Travis à ses lèvres et y déposa un baiser.

Comment tout ça finirait-il? Travis n'en savait rien, mais il était prêt à tenter sa chance avec Brandon.

XX

LUNDI MATIN, quand Travis se réveilla, il était chez Brandon. Il y gardait désormais des vêtements de rechange pour ne pas avoir systématiquement à passer chez lui se changer avant de se rendre sur le chantier. Son téléphone sonna.

— Qu'est-ce que… ?

Brandon, toujours endormi, ronflait doucement. Il s'agita un peu quand Travis s'assit dans le lit et attrapa son téléphone.

Il trouva son écran envahi de notifications : des mails et SMS en quantité phénoménale. Son estomac se serra.

Travis pressentait une mauvaise nouvelle.

Il ne se trompait pas.

Il lui fallut une minute pour comprendre ce dont parlaient ses interlocuteurs. Puis il comprit, la nouvelle avait fuité dans les médias : Brandon Chase avait une liaison avec le chef de chantier de sa nouvelle émission, un certain Travis Rogers.

Travis envoya un coup de pied à Brandon.

— Debout !

Brandon mit du temps à se réveiller. Il cligna des paupières, l'œil vitreux.

— Quoi… ?

Travis sauta du lit. Il brandit l'écran de son téléphone devant le visage de Brandon : les messages continuaient à arriver.

— Nous avons été découverts !

— Tu plaisantes ?

— Non. L'histoire vient d'un site Internet spécialisé dans les ragots juteux et les cancans. De vagues connaissances m'écrivent pour me féliciter d'avoir harponné un homme que tout le monde pensait hétéro. Ma sœur m'accuse même de t'avoir fait sortir du droit chemin. Sors du lit, merde ! Je dois essayer de réparer les dégâts.

Brandon se leva. Il était nu comme un ver, ce qu'il ne sembla même pas remarquer.

— Du calme. Tu dramatises peut-être la situation.

— Non, Bran, nous sommes dans une merde noire. Et je te rappelle un truc : rares sont ceux qui étaient au courant pour nous, ça veut dire que je verrai sans doute aujourd'hui celui qui nous a tiré dans le dos. Tu vas devoir me retenir, parce que je me sens prêt à tuer.

— D'accord, d'accord, je prends une douche et je suis à toi.

Une demi-heure plus tard, Travis bouillonnait toujours de rage dans le métro pour aller à la maison Benton, où il devait rencontrer Jessica. Il passa tout le trajet dans un état catatonique, pendant que Brandon essayait de le calmer. En descendant du train, ils passèrent devant un distributeur de journaux. Travis tressaillit, s'attendant presque à voir son visage sur la couverture du *Post*. Par chance, sa célébrité n'avait pas encore atteint de tels sommets, mais il n'en trouva pas moins sa terreur très désagréable. Il n'arrivait pas à accepter que sa vie privée soit exposée sur Internet sans son consentement. Que Brandon et lui prennent ensemble la décision de parler de leur couple, c'était une chose – au moins auraient-ils pu espérer un certain contrôle du récit –, mais que la vérité soit ainsi divulguée avant que Travis ait pris sa décision, c'était une violation de ses droits les plus sacrés.

Travis Rogers était gay. Désormais, tout le monde le saurait, ses clients passés, mais aussi ceux du futur, dès qu'ils taperaient son nom dans Google. Les téléspectateurs de la nouvelle émission de Brandon, quand ils regarderaient l'animateur et son chef de chantier discuter de la maison, les imagineraient ensemble dans un lit.

C'était insupportable !

Virginia les attendait devant la maison Benton. Elle était tout sourire.

— Salut, les gars. J'aimerais vous dire un mot avant l'arrivée de Jessica.

— La fuite vient de vous, je présume ? accusa Travis.

Elle ne sourcilla même pas.

— Il me fallait une décision rapide. Vous traîniez.

La fureur de Travis se déversa dans son ventre comme de l'acide.

— C'était donc vous ! Putain ! Je n'arrive pas à y croire !

— Attends, intervint Brandon. De quoi parles-tu, Travis ?

Fou de rage et d'impuissance, Travis était à moitié hystérique.

— Tu n'as pas encore compris ? rugit-il. Elle nous a vendus pour nous forcer la main ! Pour arriver à ses fins, elle se soucie peu des moyens qu'elle emploie ! Elle n'a pas tenu compte que nous préférions garder notre vie privée *privée* justement, elle n'a pas attendu notre consentement, elle n'a pensé qu'à sa putain d'émission, qu'à son putain d'audimat!

Sidéré, Brandon se tourna vers Virginia.

— C'est vrai? Vous avez divulgué cette information?

La mine faussement désinvolte, Virginia haussa les épaules.

— J'ai effectivement parlé à des personnes susceptibles d'agir vite. Je tenais à vous placer devant le fait accompli, vous m'en remercierez plus tard. Ni Travis ni vous n'êtes destinés à rester dans le placard, Brandon! Vous m'avez dit vous-même que vous ne comptiez plus vous cacher! Travis suivra le mouvement, voilà tout.

Aveuglé par la colère, Travis se mit à trembler.

— Non, Virginia, vous avez dépassé les bornes. Allez vous faire foutre! Je me contrefous qu'on me sache gay, mais je ne supporte pas que vous ayez jeté mon nom en pâture aux paparazzis!

Le sourire de Virginia n'exprimait aucun remords.

— Trop tard. Il n'y a aucun moyen de rattraper ce genre de rumeur une fois lancée.

Brandon la regarda, horrifié.

— Vous êtes folle ou quoi?

Elle se tourna vers lui.

— Écoutez, je vous ai simplifié les choses. Désormais, tout le monde sait que vous et Travis avez une liaison. Nous allons changer le montage de l'émission et indiquer qu'à partir de maintenant, vous travaillerez ensemble à restaurer des maisons. Le public est si impatient de voir un couple gay à la télévision.

— Vous n'aviez pas le droit! cria Travis. Brandon et moi ne sommes pas… un couple. Nous nous connaissons à peine! Comment osez-vous vous octroyer le droit de jouer avec la vie des… Je… je…

Sentant qu'il devenait incohérent, il se tut et secoua la tête. Quand il fut un peu calmé, il enchaîna les dents serrées :

— C'était à nous de décider quand et comment nous voulions nous adresser aux médias, Virginia. Vous prétendez avoir agi pour le bien de Brandon, mais vous avez annoncé son homosexualité au monde entier avec la subtilité d'un bulldozer! Vous ignorez tout de sa vie, vous ne vous êtes même pas demandé si sa famille et ses amis étaient au courant! Vous ne vous êtes pas souciée des retombées potentielles de votre indiscrétion. Vous avez agi avec un égoïsme consternant et un total manque d'humanité!

— Eh bien, c'est possible, mais ce qui est fait est fait, s'entêta-t-elle, butée. Et calmez-vous un peu, Jessica Benton ne va pas tarder.

Vu l'état dans lequel il se trouvait, Travis ne supportait pas l'idée d'affronter une actrice célèbre et des caméras. Il avait déjà du mal à parler Virginia alors qu'il était tenté de démolir les murs à coups de poing.

— Vous ferez cette réunion sans moi, grinça-t-il. Je m'en vais.

Cette fois, Virginia parut concernée.

— Voyons, Travis, ne vous emballez pas et discutons calmement, voulez-vous ?

— Non, allez vous faire foutre ! répéta Travis. Je… je ne peux pas travailler avec quelqu'un que je méprise. Je doute même de terminer votre putain d'émission !

Il jeta sur Brandon un dernier long regard, espérant de toute son âme que son amant le comprendrait, puis il tourna les talons et s'enfuit en courant.

EN TOUTE justice, Brandon aurait dû partir avec Travis, mais il hésita, ne sachant que faire. Cette rencontre avec Jessica Benton était importante pour la suite de la série.

Pourtant, quand l'actrice arriva, cinq minutes plus tard, Brandon fut surpris de s'entendre dire :

— Nous ferions sans doute mieux de reporter la réunion.

Il regardait Jessica avec des yeux de merlan frit. Bien qu'il ait déjà vu l'actrice, il trouvait effrayant d'être en présence d'une vraie star, une femme qui figurait dans plusieurs de ses films préférés. Loin de l'image classique de la star hautaine, Jessica était naturelle et souriante. Ce jour-là, elle était simplement coiffée et maquillée, simplement vêtue aussi, et sa beauté sans artifice en ressortait plus saisissante encore. Ses cheveux blond vénitien étaient tirés en queue de cheval ; elle portait un pull gris et un jean, une tenue décontractée, d'une élégance parfaite.

— Pourquoi ? s'étonna Jessica. Que se passe-t-il ?

— Nous avons un léger désaccord, intervint Virginia. Cela concerne une autre maison, rien d'important, tout va s'arranger.

Brandon ne voulut pas la contredire en présence de Jessica, mais il comprit soudain la rage de Travis devant l'égoïsme de la productrice. Incapable de gérer la trahison de Virginia, il garda le silence pendant que les deux femmes échangeaient des banalités.

Que devenait Travis ? se demanda Brandon. Il sortit son téléphone et envoya un texto :

Où es-tu ?

Travis répondit :

Je ne reviendrai pas.

Brandon sourit.

Je ne comptais pas te le demander. Je voulais juste savoir où tu étais pour venir te retrouver.

Cette fois, Travis ne répondit pas. Pendant qu'il attendait une réponse, Brandon tenta d'enregistrer la conversation entre Virginia et Jessica : l'actrice expliquait ce qu'elle voulait voir accomplir dans sa maison. Très vite, Brandon dut s'avouer qu'il serait incapable, dans l'état actuel des choses, d'avoir une attitude rationnelle.

Travis avait menacé de quitter la série. Il était tellement en colère que cette décision semblait possible, sinon probable. Mais Brandon ne pouvait envisager de continuer sans Travis. C'était impossible. Cette maison d'Argyle Road, ils l'avaient restaurée ensemble. Elle était *à eux*.

Et, en l'absence de Travis, cette réunion était du temps perdu. Brandon ne se sentait pas apte à évaluer le coût des travaux ni même à déterminer ce qui devait être réparé. Il distinguait à peine les murs porteurs, sauf quand ils étaient évidents. Il ne saurait dire si le système de CVC – chauffage, ventilation, climatisation – était à moderniser ou à changer entièrement. Pour finir, il ignorait si la dépense serait de l'ordre de cinquante mille dollars… ou cinq fois plus.

Il s'éclaircit la gorge.

— Vos idées pour la maison sont très intéressantes, Mme Benton, mais je continue de penser que nous devrions reporter cette réunion. Il est impératif que Travis, notre chef de chantier, assiste à cette visite d'inspection. C'est lui, notre spécialiste en problèmes structurels, il sera donc à même de nous dire quels sont les travaux de fondation à entreprendre avant de passer au design et à la décoration intérieure.

Où diable était Travis ? se demanda Brandon, le cœur dans la gorge. Et pourquoi ne répondait-il pas à son dernier SMS ? Le pensait-il complice de Virginia ?

Jessica Benton fronça les sourcils.

— Ce Travis ne pouvait-il pas nous rejoindre ce matin ? demanda-t-elle. Je ne serai pas libre cet après-midi, j'ai un autre rendez-vous.

Brandon regarda Virginia. Il essaya de lui communiquer par télépathie que c'était à elle de réparer ses conneries.

— Mme Benton, s'exclama la productrice, tout est de ma faute, je dois le reconnaître !

— Appelez-moi Jessica, coupa machinalement l'actrice.

— Jessica, je suis vraiment désolée, je me suis emmêlé les pinceaux avec les plannings et, quand j'ai organisé cette réunion, j'ai oublié d'en avertir Travis. Hum, nous allons très vite régler ce léger incident de parcours. En attendant, pourquoi ne pas faire un tour dans la maison ? Vous évoquerez vos idées avec Brandon, notre architecte, je suis certaine qu'il saura répondre à la plupart de vos questions. Et Travis passera d'ici un jour ou deux.

Jessica hésita.

— Vous me confirmez que les travaux commenceront dès cette semaine, n'est-ce pas ? Vous m'avez promis que la rénovation ne dépasserait pas six à huit semaines. Je pars pour Prague pour un tournage le premier juin. J'aimerais voir la maison terminée d'ici là, j'y tiens beaucoup.

Brandon fit un bref calcul mental. Cette date leur laissait un peu plus de deux mois.

— Cela devrait être faisable, déclara-t-il.

Elle lui sourit.

— Bien. Alors, suivez-moi, je vais vous montrer la maison.

Brandon fut incapable de se concentrer sur ce que racontait Jessica. Il réussit à offrir quelques suggestions, qu'elle accueillit avec enthousiasme, mais il passa l'essentiel de la visite à penser à Travis, se demandant pourquoi son amant n'avait pas encore répondu à son texto.

Probablement parce qu'il ne voulait pas être retrouvé.

Alors que Jessica détaillait ce qu'elle voulait dans sa salle de bain – une extension massive, qui impliquait de supprimer la chambre adjacente et d'y ajouter un dressing, Brandon reçut un texto d'Ismael. Il y jeta un coup d'œil : les carreaux de la cuisine venaient d'être livrés et les ouvriers s'apprêtaient à installer l'électroménager. Ismael s'étonnait aussi de ne pas avoir pu contacter Travis.

Merde.

La réunion se termina, et Brandon salua affablement Jessica.

— J'aime beaucoup vos idées, déclara-t-il, sincère, surtout à l'étage.

Elle sourit.

— J'en suis ravie. J'ai regardé toute la série de *Foyer idéal*, vous savez, c'est ainsi que j'ai eu l'idée d'acheter une maison historique et de vous demander de la relooker.

— Oh, vraiment ?

— Oui. Un jour, j'ai appelé Restauration Channel, je suis tombée sur Virginia et je lui ai parlé de mon projet. Je tenais absolument à ce que vous vous chargiez de la rénovation, elle m'a promis de tout arranger. Je suis vraiment ravie que vous ayez accepté de tourner votre nouvelle émission à New York.

Brandon cacha de son mieux qu'il tombait des nues.

— Oui, euh… bien sûr.

— J'ai été tout à fait désolée d'apprendre ce qui s'était passé avec Kayla, ajouta Jessica.

Sans laisser à Brandon, sidéré, le temps de répondre, elle enchaîna :

— Quoi qu'il en soit, appelez-moi dès que le tournage pourra commencer chez moi. Et la prochaine fois, venez avec Travis, afin qu'il établisse un devis. J'ai prévu un budget assez important, mais il n'est tout de même pas illimité.

Elle eut un petit rire.

— Bien sûr, répondit Brandon.

Après une solide poignée de main, l'actrice s'en alla.

Et Brandon se tourna vers Virginia.

— Ainsi, c'est parce que Jessica vous a contactée que vous avez eu l'idée de cette nouvelle émission.

Acculée, Virginia ne chercha pas à nier.

— C'est exact. Et d'après mes recherches préliminaires, ce n'est pas la seule célébrité qui cherche une maison dans ce quartier. Si nous nous y prenons bien, Brooklyn pourrait bien de devenir la fureur des stars !

— Vous m'avez manipulé, accusa Brandon. Vous m'avez proposé ce contrat, parce que Jessica a expressément demandé à travailler avec moi. Quand Erik vous a parlé de ma liaison avec Travis, vous avez cherché une fois encore à me forcer la main pour promouvoir le premier couple gay à l'écran et vous faire mousser. Pensez-vous avoir gagné, parce que la rumeur est irrattrapable, Virginia ? Vous vous trompez. Je vais consulter mon avocat, mais je suis presque sûr que cette fuite dans les médias constitue une violation flagrante des termes de mon contrat. Vous avez pressenti que Travis allait hésiter, vous avez voulu le placer devant le fait accompli. Quelle erreur de jugement ! Vous n'avez fait que le braquer. Il est probable qu'il va tout plaquer, ce qui mettra votre précieuse émission en fâcheuse posture. J'espère que vous êtes satisfaite !

Sans attendre de réponse, Brandon quitta la maison Benton et retourna à Argyle Road.

En chemin, il sortit son téléphone et appela Garrett Harwood.

XXI

APRÈS AVOIR quitté la maison Benton, Travis, ne sachant trop où aller, était rentré chez lui. Il coupa son téléphone, déterminé à ignorer Brandon après ce dernier SMS qui demandait où il était.

Il avait besoin de rester seul un moment.

Lui, à la télévision ? Quelle idée stupide ! Sa première idée avait été de tout quitter : la maison d'Argyle Road, l'émission, Brandon… Il envisagea de trouver du travail ailleurs et de clore cette page de sa vie une bonne fois pour toutes.

Mais il ne put s'y résoudre, car il était amoureux de Brandon d'une part, de la maison de l'autre. Il se fichait de l'émission, de cela au moins, il se passerait sans difficulté. Il espérait bien ne plus jamais avoir à croiser Virginia Frank, car penser à ce qu'elle avait fait ranimait sa colère. En revanche, il adorait la maison d'Argyle Road. Il avait mis beaucoup de lui-même dans ces travaux de rénovation. Et Brandon… Oh oui, il était fou de Brandon.

Il évoqua l'air figé, abasourdi de son amant quand lui, Travis, s'était emporté contre Virginia.

Ruer dans les brancards n'était pas dans la nature de Brandon, Travis le savait, mais il était toujours en colère… et cette colère n'avait pas trouvé d'exutoire.

En fait, quelle était sa position dans les priorités de Brandon ? Quelle était cette phrase que John Chase répétait constamment ? Ah, oui. *L'échec n'est pas une option.* Brandon en était imprégné. Pour se créer une image publique qui corresponde aux attentes de son père, il était allé jusqu'à contracter un mariage blanc avec une femme qu'il savait ne pas pouvoir aimer – au sens physique du terme. Et tout ça pour paraître dans une émission de télévision ! Malgré le décès de John Chase, Brandon restait tellement marqué par les incessantes critiques reçues de son père durant sa jeunesse qu'il ne pouvait toujours pas envisager l'échec, que ce soit dans sa vie professionnelle ou privée.

Bien évidemment, Travis se fichait qu'on le sache gay – même s'il s'inquiétait pour Brandon qui, jusqu'à la veille, n'avait pas osé sortir un orteil du placard. En revanche, Travis ne digérait toujours pas que Virginia ait agi sans lui demander son avis, sinon à l'encontre de ses souhaits, fussent-ils encore inexprimés. La situation avait atteint un point de non-retour, et maintenant Travis craignait que Brandon, si clairement disposé à tous les sacrifices pour réussir à la télévision, choisisse Restauration Channel – pour assurer l'avenir de son image publique et de son émission – plutôt que lui, Travis. En fait, autant être réaliste : c'était probablement ce qui allait se passer. Si Travis avait compromis la série par son coup de gueule suivi de son départ précipité, eh bien, Brandon allait devoir choisir son camp.

Pendant un moment, Travis resta dans son petit studio, assis sur son canapé devant la télé allumée, sans rien voir de ce qui s'affichait à l'écran.

Sa liaison avec Brandon était d'ores et déjà de notoriété publique, il n'y pouvait plus rien. Sur un point au moins, Virginia avait raison : ce genre de rumeur, une fois lancée, était irrattrapable. De plus, Travis ne voulait pas rompre avec Brandon, et que leurs noms accolés soient affichés dans les médias n'y changeait rien.

Qu'allait-il décider concernant l'émission ? Continuer de travailler ? Serait-ce même possible après ce scandalise médiatisé si soigneusement orchestré par Virginia ? Elle s'était délectée d'être la première à faire passer à l'antenne un couple d'animateurs gays… Pourtant, Travis avait des doutes. Il s'inquiétait que certains téléspectateurs, en les voyant ensemble, Brandon et lui, fantasment sur leur relation au lieu d'écouter ce qu'ils avaient à dire concernant leur travail. Les opinions évoluaient lentement. Travis ne tenait pas à l'attention des médias.

Le problème, c'était le contrat qu'il avait signé avec Restauration Channel pour les six épisodes de la première saison – six réfections de maisons différentes. Ne serait-ce que par souci d'éthique, Travis était tenté d'honorer ses engagements. À moins que…

Peut-être serait-il viré suite à son éclat de ce matin. Peut-être Restauration Channel cherchait-elle en ce moment même à résilier son contrat.

Avec un soupir, Travis éteignit la télé. Il ralluma son téléphone et vérifia l'écran. Il découvrit que, comme prévu, Brandon lui avait envoyé plusieurs textos. Il vit aussi des appels manqués : trois d'Ismael, qui avait fini par lui laisser un message vocal, un autre provenant d'un numéro de Manhattan que Travis ne reconnut pas. Il pressentit qu'il s'agissait de Garrett Harwood, sans doute pour le prévenir que la chaîne mettait fin à son engagement. Enfin, quelques amis et connaissances lui signalaient avoir reconnu son nom dans la presse people.

Puis Travis lut le message de Sandy :

Alors, tu te le tapais depuis le début ? Je le savais !

Soupirant de plus belle, Travis cliqua sur sa messagerie vocale pour écouter ce qu'Ismael avait à lui dire.

Salut Travis. Comme vous ne répondez pas au téléphone, je présume que vous êtes occupé à la maison Benton... Euh, je voulais juste vous prévenir que les derniers carreaux de la cuisine viennent d'être livrés et que les hommes installeront aujourd'hui l'électroménager. Pour le carrelage, Brandon avait parlé de s'en charger directement, je n'ai pas encore reçu ses instructions. Et vous ? Rappelez-moi quand vous en aurez l'occasion. À plus.

Travis hésita un moment, puis il composa le numéro du contremaître.

— Le travail a bien avancé, déclara Ismael. Tous les appareils de la cuisine ont été installés, aucun problème. Le plombier est déjà venu vérifier le lave-vaisselle et les autres conduits. Et Brandon est revenu. En fait, il a presque fini de poser le carrelage. Erik l'a filmé la plupart du temps, sauf à l'heure du déjeuner, où ça a pas mal brassé ! Sacré ramdam !

Ainsi, Brandon était à Argyle Road, et s'il continuait d'être filmé, c'était que l'émission n'était pas annulée. N'était-ce pas la preuve flagrante que, conformément aux prévisions de Travis, Brandon avait fait son choix ? Travis jeta un coup d'œil à son horloge murale, presque quinze heures. Il avait perdu la majeure partie de la journée à ruminer sa colère.

— Du ramdam ? marmonna-t-il machinalement. À quel sujet ?

— Je sais pas trop. Quoi qu'il en soit, Erik a reçu plusieurs appels de Restauration Channel et il a rappelé ses cameramen. Et comme il tenait absolument à filmer la finition de la cuisine, nous avons dû nous croiser les bras en attendant que le calme revienne. Ça a duré une bonne demi-heure ! Pendant ce temps, Brandon est revenu – il était dans un sale état, totalement bouleversé. Moi, j'ai cru qu'il avait eu un souci avec la maison Benton. Est-ce le cas ? Êtes-vous au courant ?

— Euh, non. Je n'ai pas assisté à la réunion ce matin, je ne me sentais pas bien, je suis rentré chez moi et j'ai coupé mon téléphone. Ça commence à peine à aller mieux.

— Oh, je vois. Désolé pour vous, Travis. De toute façon, j'ai l'impression que Restauration Channel gère son linge sale en catimini, je doute qu'un des membres du tournage vienne me raconter ce qui s'est passé.

Peu m'importe, d'ailleurs, car si c'est lié à la production de l'émission, ça ne me regarde pas. Le travail avance comme prévu.

— Que reste-t-il à faire aujourd'hui?

— Eh bien, Mike et Sandy se sont occupés de poser la baignoire dans la salle de bain principale. Je comptais finir le papier peint de la salle familiale, mais Brandon m'a dit d'attendre.

— Sans doute veut-il aussi que ce soit filmé.

— Oui, c'est ce que je me suis dit. Le reste des hommes travaille à l'extérieur. Nous espérons finir la deuxième couche sur la façade avant la nuit.

— Parfait.

— Et Brandon tient à vous montrer ce qu'il a fait sur le dosseret de la cuisine. Oh, vous n'avez pas encore vu les carreaux. C'est un choix un peu audacieux, donc je suppose qu'il s'attend à ce que vous exprimiez votre profonde détestation devant les caméras.

Travis ne put retenir un bref éclat de rire. C'était probable, oui, c'était du Brandon tout craché. Mais serait-il encore accepté sur le chantier?

— Très bien, je vais l'appeler, dit-il à Ismael.

— Parfait. Vous revenez demain ou vous prenez un jour de plus?

— Eh bien, je ne sais trop, répondit Travis, sincère. Ça dépendra de ce qui s'est passé entre Brandon et Virginia à la maison Benton.

— Bien sûr, je comprends. Tenez-moi au courant.

— Je le ferai. Merci, Ismael.

— De rien, patron. *No problema.*

Après avoir raccroché, Travis garda un moment son téléphone serré contre sa poitrine. Puis il inspira un grand coup et pressa le numéro de Brandon.

Quand Brandon répondit, il paraissait tendu.

— Salut.

— Excuse-moi d'avoir prêté un câble ce matin et d'avoir ensuite disparu, dit Travis. Je suis juste resté chez moi pour réfléchir.

— Je suis à Argyle Road. J'ai des nouvelles à t'annoncer.

— Je suis viré, c'est ça?

— Quoi? Non, pas du tout. S'ils t'avaient viré, j'aurais aussi quitté la chaîne. Je vais tout t'expliquer. Euh… En fait, ce serait mieux d'en parler en tête-à-tête plutôt qu'au téléphone. Peux-tu me rejoindre sur le chantier?

S'ils t'avaient viré, j'aurais aussi quitté la chaîne. Travis ferma les yeux et essaya de donner un sens à ces mots.

— Peut-être. Virginia est là ?

— Non. Et si tu préfères ne voir personne, je renvoie tout le monde, même Erik. J'ai un truc à te montrer.

Travis prit le temps de respirer plusieurs fois avant de répondre.

— Non, inutile de renvoyer les hommes, ils n'ont pas fini de peindre la façade. Je viens d'avoir Ismael, il m'a dit qu'ils se dépêchaient de finir pendant qu'il faisait jour. Par contre, je ne me sens pas prêt à affronter les caméras, alors débarrasse-toi d'Erik, s'il te plaît. Je prends une douche et je saute dans un taxi. Je serai là dans une demi-heure.

— D'accord, je t'attends.

UN QUART d'heure après avoir eu Travis au téléphone, Brandon regardait Erik remballer son matériel.

— Ça va nous faire un sacré changement, déclara le réalisateur. En pratique, ça va se manifester comment ?

— Harwood ne m'a pas donné de précisions, répondit Brandon. Il m'a juste dit de continuer de filmer comme avant.

Erik lui jeta un regard penaud.

— Je m'en veux terriblement d'avoir trop parlé, mais jamais je n'aurais pu prévoir la réaction de Virginia. Elle tenait à ce que je l'appelle tous les soirs pour un petit topo de la journée sur le plateau, alors, quand je vous ai entendus vous disputer, Travis et vous, l'anecdote m'a paru amusante. Si je me souviens bien, mes paroles exactes ont été : « On dirait un vieux couple ! » Je ne pensais pas à mal, je vous assure, j'ignorais que vous sortiez avec lui ou même que vous étiez gay. Je n'ai pas cherché à cafarder ou à vous causer des ennuis.

— Très bien, je vous crois. Travis sera sans doute plus rancunier, mais personnellement, je m'en tiendrai au fait que vous faites du bon boulot.

— D'accord, merci. Dans ce cas, pourquoi tenez-vous tant à me virer du plateau plus tôt que prévu ?

— Parce que je veux montrer la cuisine à Travis, mais il est encore très remonté contre la chaîne et les médias. Demain, il sera sans doute calmé, et vous pourrez filmer sa réaction.

Erik eut une moue sceptique.

— Vous le croyez bon acteur ?

Brandon eut un petit rire.

— S'il déteste mes carreaux, il ne s'en cachera certainement pas.

214

Erik gloussa et referma son sac sans plus insister.

— C'est exact. Euh, je voulais juste vous dire… J'ai bien aimé travailler avec vous et Travis, c'est un gars fiable, il sait ce qu'il fait. Le professionnalisme, c'est une qualité que j'apprécie.

Brandon hocha la tête en silence. Il était du même avis.

Une fois Erik parti, Brandon retourna dans la cuisine et examina le mur carrelé entre les deux rangées de placards en essayant de se mettre la place de Travis. Puis son regard parcourut la cuisine dans son ensemble : elle ressemblait à la vision qu'ils en avaient eue ensemble, avec ses placards à l'ancienne, en bois d'un brun sombre nuancé de rouge. Le marron des céramiques était dans le même ton, et le bleu sarcelle faisait un contraste saisissant mais plaisant. Le reste des carreaux, gris pâle, formait un écrin doux aux placards et donnait de la lumière à la pièce, tout comme le quartz blanc des comptoirs.

L'équilibre des couleurs était parfait. Brandon adorait cette cuisine. Il se félicitait d'avoir écouté Travis, dont l'instinct avait été très sûr. Voilà pourquoi Brandon tenait à le garder à ses côtés dans l'émission.

Et dans sa vie.

Travis avait accepté de venir, c'était bon signe.

Au même moment, Brandon entendit la porte d'entrée s'ouvrir. Il alla à la rencontre de Travis et le rejoignit au salon.

Travis paraissait fatigué. Ses cheveux étaient ébouriffés et ses yeux cernés.

— Tu m'en veux beaucoup ? demanda Brandon.

— Non, bien sûr que non. J'en veux seulement à Virginia. J'espère ne pas la croiser.

— Ne t'inquiète pas, ça n'arrivera pas. Après notre réunion avec Jessica Benton, je euh… j'ai appelé Garrett Harwood. Virginia a été licenciée.

Travis sursauta, puis il releva la tête pour le regarder bien en face.

— C'est une blague ?

— Non. J'ai raconté à Harwood ce qui s'était passé, en fait, je lui ai tout dit, absolument tout. Les tabloïds étant au courant, je n'avais plus rien à perdre, il devait déjà tout savoir. Je lui ai parlé de nous, de notre rencontre, de la façon dont Virginia l'avait appris, de sa divulgation délibérée à la presse pour nous forcer la main. Je lui ai dit que tu étais furieux et que tu menaçais de quitter la série. Je lui ai dit aussi que si tu t'en allais, je te suivrais, donc qu'il devait choisir entre Virginia et moi. Je dois être une

215

vraie poule aux œufs d'or pour la chaîne, parce que Harwood n'a pas hésité une seconde.

Travis écarquilla les yeux.

— Tu as fait virer Virginia ?

— Oui. Et tu veux savoir la meilleure ? Harwood est gay, lui aussi. Il se voit comme un autre Andy Cohen [47]. Il veut présenter à la télévision des gens de toutes sortes comme une même et grande famille. Bon, je n'étais pas trop en état d'absorber la globalité de ses projets, mais j'ai quand même répondu «oui, oui», plus par principe que par conviction. Harwood se fiche que nous nous présentions *OPI à Brooklyn* en couple ou pas, c'est à nous d'en décider, il m'a donné carte blanche pour diriger l'émission et le tournage le temps qu'il trouve un nouveau producteur.

— Je n'arrive toujours pas à y croire : il a… viré Virginia ?

— Oui. Je lui ai répété tes paroles de ce matin : comme quoi un coming out était une décision personnelle, eh bien, il est totalement d'accord avec toi.

Travis hocha la tête, l'air sonné.

Pour lui donner le temps de reprendre ses esprits, Brandon prit le temps d'écouter autour de lui. Mike et Sandy étaient partis après avoir supervisé la finition des travaux de plomberie dans les salles de bain, Ismael et ses hommes terminaient la peinture extérieure. Il n'y avait plus qu'eux dans la maison.

— Travis, écoute-moi, reprit-il. J'aime mon métier et j'ai très envie de continuer cette émission. La réunion de ce matin a été pénible. D'abord, j'avais du mal à me concentrer ; ensuite, j'étais furieux contre Virginia, mais la maison Benton a du potentiel, et Jessica a une idée très nette de ce qu'elle veut en faire. Ce sera un chantier intéressant, moins compliqué que celui-ci, ajouta-t-il en agitant la main, mais potentiellement plus rentable. J'aimerais beaucoup y travailler avec toi, tu as un goût très sûr et tu connais ta partie – le coût des matériaux et des réparations. En plus, nous formons une bonne équipe. Je tiens à toi, je te veux à mes côtés au boulot et dans ma vie. Travis, je suis heureux avec toi.

Travis posa la main sur sa bouche, puis il l'ôta d'un geste lent.

— Moi aussi, chuchota-t-il. Et maintenant, qu'est-ce qu'on fait ?

— Eh bien, cela dépend de toi.

---

47 Personnalité ouvertement gay de télévision américaine, qui dirige depuis 2005 la programmation et la production de la chaîne Bravo.

Travis acquiesça.

— Je vois. Mais en pratique, qu'attends-tu de moi, Bran ?

Brandon craignit de pousser le bouchon trop loin.

— Avançons pas à pas, d'accord ? Tu reviens travailler demain. Nous allons finir cette maison et commencer celle de Jessica Benton. Tu vas l'adorer ! Elle est magnifique ! Elle tombe en ruines, bien entendu, mais je suis certain que nous en ferons une merveille. Jessica a une vision plus soft que ce que nous avons réalisé ici, plus féminine sans doute. Elle tient à ce que je dirige les travaux, et moi, je te veux à mes côtés sur le plateau. Quant à ton titre officiel, ce sera à toi de le choisir. Que tu sois co-animateur ou chef de chantier, ça n'a aucune importance au fond. C'est ta présence qui compte. C'est que nous travaillions ensemble. Et Harwood m'a promis de nous consulter avant d'engager un nouveau producteur, il tient à ce que nous nous entendions bien.

Travis hocha lentement la tête.

— D'accord.

— Et aussi, enchaîna Brandon, j'aimerais que tu viennes chez moi ce soir, demain soir et tous les autres soirs. Je veux être heureux avec toi sans me soucier de l'opinion des autres. Notre vie est à nous, nous en ferons ce que nous voudrons. Je veux travailler avec toi, me disputer avec toi sur la couleur des carreaux, du papier peint, des placards. Je veux aussi manger avec toi, faire l'amour avec toi, refaire des maisons avec toi et rêver avec toi d'un avenir à deux.

Travis hésita, l'air peu convaincu.

— Bran, je…

Brandon leva la main.

— Attends avant de dire une bêtise, j'ai quelque chose à te montrer.

— D'accord.

Brandon prit Travis par la main et l'entraîna jusqu'à la cuisine. En voyant le dosseret, Travis poussa un cri étouffé.

— Oh ! Ces carreaux !

— Ils sont parfaits, non ? s'exclama Brandon, très ému. Dès que je les ai vus dans le magasin, j'ai trouvé qu'ils ressemblaient à ceux dont tu m'avais parlé. Je me suis trompé ?

Travis cligna des yeux plusieurs fois. Il regarda autour de lui – il n'avait pas encore vu la cuisine entièrement montée –, puis son regard revint se poser sur Brandon.

— Non, souffla-t-il. C'est exactement ceux que j'avais imaginés. Ces céramiques sont parfaites.

— C'est un peu idiot de ma part d'avoir pris ce carrelage tellement à cœur, je sais, reconnut Brandon, mais…

— Ne dis pas ça, Bran. C'est très beau. J'ai du mal à croire que tu aies réussi à retrouver ces carreaux !

Brandon eut un petit rire soulagé.

— Ils ont plombé mon budget, bien entendu, mais c'est une dépense que je ne regrette pas. Rien que pour voir ta tête, ça valait le coup !

Travis se jeta sur lui et l'embrassa avec passion. Puis il le prit dans ses bras et pressa son visage contre l'épaule de Brandon.

Étonné par une démonstration d'affection à laquelle Travis s'adonnait rarement, Brandon lui frotta le dos tout en resserrant son étreinte.

— Ces derniers jours ont été difficiles à gérer, marmonna Travis. Moi, tout ce que je veux dans la vie, c'est exercer mon métier, réparer des maisons et être avec toi. Le reste, c'est de la merde. Je ne veux pas être célèbre, je me fiche de la télévision. Je veux juste… ça.

Brandon l'embrassa sur la tempe.

— Je voulais te faire une surprise.

— C'est une bonne surprise, répondit Travis, très ému. Mais pourquoi as-tu fait ça ? Tu aurais pu choisir un carrelage plus générique, plus facile à revendre.

Brandon pesa la question tout en fixant l'homme qu'il serrait dans ses bras. Pourquoi avait-il fait ça ?

Parce qu'il aimait Travis.

Cette réponse jaillit dans sa tête sans qu'il ait pris le temps d'y réfléchir. Il se lova contre Travis et savoura la sensation de leurs corps pressés l'un contre l'autre. Oui, il aimait Travis, mais il n'était pas certain que c'était ce que son amant voulait entendre en ce moment précis.

— J'en ai eu envie, souffla-t-il. Je savais que ça te ferait plaisir.

Travis s'écarta pour le regarder bien en face.

— C'est une raison stupide.

Brandon sourit.

— Je sais.

La porte d'entrée s'ouvrant soudain, Travis recula d'un pas.

— Patron ? cria Ismael. Vous êtes là ?

— Dans la cuisine, répondit Travis sur le même ton.

Pour Brandon, c'était comme si leur petite bulle d'intimité venait d'éclater. Déçu, il s'écarta et écouta de loin Ismael faire à Travis le rapport des tâches accomplies dans la journée.

Puis Ismael prit congé, et Travis revint vers Brandon.

— Où allons-nous dormir ? demanda-t-il. Chez toi ou chez moi ?

XXII

LES MOTS «je t'aime» pétillaient dans la tête de Brandon comme des bulles prêtes à échapper d'une cannette de soda. Si Travis s'avisait de le secouer encore, Brandon était certain que l'aveu finirait par lui échapper irrépressiblement.

Ce qui l'inquiétait, car il craignait que Travis ne soit pas encore prêt à entendre cette phrase fatidique. Pourtant, Travis avait des sentiments pour lui, il en était certain, des sentiments profonds et authentiques.

Malgré tout, Travis agissait de façon un peu étrange depuis qu'il avait découvert les carreaux de Brandon pour les murs de la cuisine d'Argyle Road. Et Travis ne jouait pas au beau ténébreux mystérieux, non, d'après Brandon, c'était juste qu'il se sentait dépassé. La journée avait été riche en émotions, et Travis appréciait peu le mélo.

Maintenant, ils étaient ensemble dans le studio de Travis, Brandon ayant pensé que se trouver chez lui, parmi ses affaires, aiderait son amant à se détendre, à se rassurer. Travis passait du salon au coin chambre et ramassait les vêtements qui traînaient ici et là sur le sol.

Assis sur le lit, Brandon se contentait de le regarder s'activer.

— Je me soucie peu du désordre de ton appartement, dit-il au bout d'un moment.

— Moi, ça me dérange.

Brandon tenta une autre approche :

— Je pensais que tu allais me baiser à peine arrivé ici.

Travis cessa de ranger et se tourna vers lui.

— Laisse-moi… une minute, s'il te plaît. Je ne suis pas encore totalement remis de cette affreuse journée.

— D'accord.

Brandon aimait le fait qu'il soit désormais en mesure de mieux comprendre les réactions de Travis. Remettre de l'ordre était symbolique, cette routine permettait à son amant de se reprendre, d'éviter pendant encore un moment de s'appesantir sur son choc émotionnel. Brandon n'y voyait aucun inconvénient. Lui non plus ne tenait pas à décortiquer ce qu'il éprouvait alors qu'il était encore trop à vif. Il déboutonna sa chemise, l'ôta et la jeta aux pieds de Travis.

Surpris, ce dernier se tourna vers lui en fronçant les sourcils.

— Hé ! protesta-t-il. Qu'est-ce qui te prend ?

Brandon enleva le tee-shirt qu'il portait à même la peau et le lança à la tête de Travis.

— Ça s'appelle de la provocation ! répliqua-t-il.

Travis leva les yeux au ciel, puis il se pencha et ramassa les vêtements de Brandon pour les ajouter aux siens dans le panier à linge sale. Brandon sourit de cette petite scène domestique. Récemment, il avait revendiqué un des tiroirs de la commode de Travis pour y ranger ses affaires. Un détail qui lui plaisait beaucoup. À ses yeux, c'était une preuve de plus que Travis et lui étaient prêts à emménager ensemble dans la maison qu'ils venaient de rénover à Argyle Road. Pourtant, il n'osa pas aborder le sujet.

Travis soupira.

— Tu as agi vis-à-vis de moi de façon incroyable aujourd'hui.

— Si tu n'as pas envie d'en parler, je ne t'en tiendrai pas rigueur, tu sais.

— C'est vrai, je préférerais ne pas avoir à le faire… J'avais juste… euh, l'impression qu'il me fallait le souligner.

— Travis, viens ici.

Avant d'obtempérer, Travis se baissa pour ramasser le dernier vêtement à lui qui traînait à ses pieds : un tee-shirt que Brandon jugeait particulièrement sexy – parce qu'il était très moulant. Après l'avoir déposé dans sa panière, il revint vers Brandon et se laissa tomber à ses côtés.

— Je déteste ça, putain !

— Quoi donc ? demanda Brandon, bien qu'il s'en doute déjà.

— De me sentir en miettes à l'intérieur. Ce matin, j'étais furieux. Maintenant, je suis déjà résigné à accepter l'inévitable. Cette garce avait raison : son geste est irréparable. Ma sœur vit à Chicago, je n'ai aucune nouvelle d'elle depuis plus d'un mois, parce qu'elle se prétend débordée à cause de ses enfants, mais aujourd'hui, elle a trouvé le temps de me téléphoner pour me féliciter d'avoir levé un gars aussi canon que toi. Non mais franchement ? Et de vagues connaissances que j'avais totalement perdues de vue en quittant l'université m'ont inondé de messages sur Facebook du genre : « Je ne savais même pas que tu étais gay », ou encore : « C'est une blague, mon pote ? »

Travis se frotta le front et respira plusieurs fois avant d'enchaîner :

— Bon, peu importe. La fuite a eu lieu, c'est cuit, autant l'accepter. Et tu sais quoi ? Je m'attendais à te voir trancher dans le vif, donner la priorité à ton émission et rompre avec moi. Et au contraire, tu t'es retourné contre Virginia, tu as réussi à la faire virer.

— Elle s'est comportée de façon lamentable, déclara Brandon.

Sur ce point-là, au moins, il était sûr de lui. Virginia n'avait pensé qu'à elle et à son émission, elle avait piétiné leurs droits et transmis sans leur consentement des données privées aux médias. Ces dernières semaines, Brandon s'était mentalement préparé à faire son coming out, mais il comptait le faire à son rythme et de manière à contrôler ce qui paraîtrait dans les journaux.

Sa colère contre Virginia ne s'était pas calmée.

— Je me suis fait incendier sur les réseaux sociaux, ajouta-t-il, la mine sombre. C'est très étrange, cette façon qu'ont les gens de juger les célébrités, comme si le fait de voir un mec à la télé leur donnait le droit d'écrire à son sujet toutes les horreurs qui leur passent par la tête. Les homophobes se sont déchaînés aujourd'hui, j'ai été traité environ sept cents fois de « sale pédé » et autres épithètes du même genre. Pire encore, un jeune extrémiste a écrit qu'il espérait que j'attraperais le sida et que j'en crèverais.

Travis laissa échapper un long soupir.

— C'est… c'est affreux !

Brandon essayait de rester détaché. Pour chaque commentaire ignoble qu'il avait reçu, il avait eu dix marques de soutien. Malgré tout, chaque insulte l'avait atteint en plein ventre, lui donnant presque la nausée. Il avait serré les dents et fait contre mauvaise fortune bon cœur, habitué depuis son enfance à gérer la réalité, quelle qu'elle soit.

— Harwood va renforcer la sécurité sur le plateau, déclara-t-il. En principe, même si les commentaires haineux sont parfois très violents, il est rare que les menaces soient mises à exécution, mais quelques précautions supplémentaires ne peuvent pas nous nuire.

— Tu as raison. Putain !

— Ce matin, Travis, j'étais aussi furieux que toi en apprenant la façon dont Virginia s'était comportée, mais j'étais aussi… sous le choc, abasourdi. Si je n'ai pas hurlé, comme toi, c'est qu'il m'a fallu un moment pour sortir de mon état de catatonie. Je me suis pleinement défoulé plus tard, quand j'ai téléphoné à Harwood. Bref, elle est partie maintenant. Nous allons aider la chaîne à engager un producteur avec une meilleure éthique. Je tiens à avoir ton avis, même si tu refuses le poste de co-animateur.

— Bien sûr. Tu as été brillant, Brandon. Pendant que je léchais mes plaies, terré chez moi, tu as contre-attaqué, tu nous as débarrassés de Virginia la perfide et tu as même trouvé le temps de poser ce magnifique carrelage…

— C'est un détail, je sais.

— Non, pour moi, c'est énorme. C'est justement ce que j'essaie de te dire. Tu m'as écouté, tu t'es fié à mon jugement, et ta cuisine est une totale réussite. C'est peut-être idiot d'être amoureux d'une cuisine, mais je l'adore vraiment !

— J'en suis très heureux, répondit Brandon, sincère. Dès que j'ai vu ces céramiques exposées au magasin, j'ai pensé à toi et j'ai su que c'était le bon choix.

Comme pour rassembler ses pensées, Travis leva les yeux au plafond pendant un instant. Puis il soupira et avoua à mi-voix :

— Ce matin, en quittant la maison Benton, j'avais conscience de prendre un risque. Tu pouvais très bien privilégier ta carrière, ton émission et trouver que je méritais de prendre la porte pour vous avoir laissés tomber sans préavis. Mais pas du tout, tu t'es battu pour moi, pour nous, tu as tenté de résoudre le problème.

Travis posa les mains sur les épaules de Brandon avant d'ajouter :

— J'ai été tenté de tout plaquer ce matin, je me sentais dépassé. Mais plus je réfléchissais, plus je savais que je ne pouvais pas renoncer à toi.

Une fois encore, Brandon sentit la joie pétiller en lui et son aveu lui brûler les lèvres. Plutôt que gâcher ce joli moment, il préféra embrasser Travis. Au soupir soulagé que poussa son amant, Brandon comprit qu'il avait vu juste : Travis ne tenait pas à parler de ses émotions, même s'il en ressentait bien plus qu'il ne voulait l'admettre.

Ainsi, Travis était touché – et surpris – de la solidarité dont Brandon avait fait preuve envers lui. Et ce choix de carreaux qui lui rappelaient ceux de chez son grand-père l'avait ému.

Si Brandon était là ce soir, c'était parce que Travis tenait à sa présence à ses côtés. Pour le moment, cela suffirait.

Ils s'étendirent ensemble sur le lit, lové l'un contre l'autre. Travis débarrassa Brandon des rares vêtements qui lui restaient. Brandon lui rendit la pareille. Quand ils furent tous les deux nus, Brandon dessina du bout du doigt le tatouage que Travis portait sur le pectoral gauche, près du cœur : un tigre stylisé.

Après avoir étudié un moment le dessin, Brandon dévisagea son amant.

— Parle-moi de ce tatouage.

Travis avait fermé les yeux, le visage crispé et douloureux. Ainsi, c'était un sujet sensible. Brandon s'en voulut d'avoir ainsi bouleversé Travis, il avait pensé à une explication toute simple – une équipe sportive, quelque chose comme ça. Tout au contraire, le tatouage était lié à un drame.

— Si tu ne veux pas…

Travis posa la main sur la sienne.

— Non, c'est bon. Tu as juste… trouvé un autre de mes secrets. Quand j'étais enfant, j'avais un ami, il s'appelait Grégoire. Nous étions comme des frères, Greg et moi, toujours ensemble, indissociables. Il me soutenait quoi que je fasse, quoi que je dise, et réciproquement. Il était incroyablement à l'aise dans ses baskets, il n'avait peur de rien. Une fois diplômé, il est devenu un pompier. Il allait avoir vingt-cinq ans quand il a été appelé pour un incendie à quelques rues de chez mes parents, à Forest Hills. Il a plongé dans les flammes pour aller chercher une petite fille cachée dans un placard. Il a réussi à la sortir juste avant qu'une poutre s'abatte sur lui.

— Oh, mon Dieu !

— Une semaine après ses funérailles, j'étais dans un restaurant chinois en train de fixer un napperon avec les signes du Zodiaque chinois. J'ai lu que les tigres sont sûrs d'eux, compétitifs et courageux, ce qui décrivait Greg à la perfection. Alors je me suis fait tatouer un tigre près du cœur en souvenir de mon ami. Et aujourd'hui encore, il m'est très dur d'en parler, souffla Travis.

— Je comprends, déclara Brandon.

Oh oui, Travis avait des sentiments et des émotions, il était même très sensible et il n'aimait pas le montrer. Plus Brandon apprenait à le connaître, plus il découvrait en lui des profondeurs insoupçonnées.

Pour alléger l'atmosphère, Brandon déclara :

— Les marteaux que tu as encrés sur ton bras, je présume qu'ils évoquent ta profession.

— Oui.

Travis se frotta les yeux.

— Bon sang ! Je n'ai pas parlé de Greg depuis un bail. Plus de dix ans ont passé depuis sa disparition. Parfois, je passe des semaines sans penser à lui, mais de temps en temps, il revient me surprendre. Au début, ce tatouage était pour honorer sa mémoire, mais je… eh bien…

Il inspira un grand coup et continua :

— La leçon que j'ai tirée de sa mort, c'est qu'une maison doit être sûre. Il y a eu une fuite de gaz dans celle qui a tué Greg. L'enquête a démontré qu'une alarme électronique s'était déclenchée, provoquant l'inflammation du gaz infiltré dans la cuisine. J'essaie d'y penser quand je travaille dans un logement destiné à une famille. La sécurité passe avant tout. La décoration, c'est sympa aussi, mais si les murs sont dangereux, la maison ne vaut rien.

Brandon hocha la tête.

— Je sais.

— Et merde, je radote. Excuse-moi.

— Non. Ne t'excuse jamais d'avoir des sentiments et de l'éthique. Je te comprends mieux désormais.

Travis soupira.

— J'ai aimé Greg, avoua-t-il, même si notre relation est toujours restée platonique.

— Je suis vraiment désolé.

— Oh non, c'est loin, tout ça. Quelque part, je pense qu'il était au courant. Nous n'en avons jamais parlé, mais il… couchait avec tout ce qui bougeait. Pas avec moi cependant, parce qu'il me voyait comme un frère. À l'époque, ça ne me gênait pas. Parfois, je me demande ce qui se serait passé si… Ah, je ne sais pas. Quelle importance au fond, puisque ça n'arrivera jamais. En fait, Greg n'était sans doute pas celui qui m'était destiné.

Et moi ? aurait voulu demander Brandon. Comme il ne tenait pas à provoquer le destin, il resta silencieux.

— Je déteste cette merde ! gémit Travis.

Espérant le réconforter, Brandon lui caressa la poitrine, le cou et les cheveux.

— Merci de me l'avoir dit.

— Tu vas m'arracher tous mes secrets, c'est ça ?

Brandon s'esclaffa de lui voir une mine aussi déconfite.

— Oui… probablement.

Travis pressa son visage contre la poitrine de Brandon.

— Tu seras ma mort.

— Au moins, tu mourras heureux.

— Hmph.

Alors, Travis l'embrassa. Brandon accepta ce baiser, sans trop savoir si le but de Travis était de mettre un terme à la conversation ou de profiter du moment. En vérité, Brandon se fichait de la réponse, parce que, déjà, le baiser lui échauffait les sens. Une boule de chaleur envahit sa poitrine, et les mots fatidiques remontèrent dans sa gorge.

Il était amoureux de Travis, il le savait. C'était la première fois qu'il ressentait ce sentiment, mais il le reconnaissait néanmoins à sa puissance sans équivoque. Il aimait Travis.

Et il se sentait prêt à tout pour le rendre heureux.

Alors que les choses s'accéléraient et que le sexe de Travis durcissait contre sa cuisse, Brandon pensa qu'il était temps pour lui de fouiller dans le tiroir de la table de chevet, mais il ne pouvait pas s'arracher à Travis. C'était trop bon d'être pressé contre lui. Tout en embrassant Travis, Brandon laissa ses mains s'aventurer sur le corps de son amant et frotta ses hanches contre les siennes. Travis gémit doucement, il glissa la main entre leurs deux corps et serra leurs deux queues dans son poing. Une friction délicieuse, un geste à la fois jouissif et étrangement intime.

Brandon aimait Travis.

Mais il ne voulait pas que son « je t'aime » lui échappe au beau milieu d'ébats sexuels. Travis risquait de croire que c'était des mots sans réelle portée que le plaisir arrachait à Brandon. Il se tromperait du tout au tout, pensa Brandon, car jamais il n'aurait été plus sincère de sa vie. Pour éviter d'y penser, il embrassa Travis et laissa sa bouche et sa langue parler à sa place. Le baiser enflammé dura jusqu'à ce que la pulsion de s'accoupler devienne trop forte. Qu'il s'agisse de l'instinct ou du cerveau reptilien, quelque chose de primitif prit le relais, et Brandon oublia tout raisonnement cohérent pour se soumettre aux exigences de la passion qui brûlait entre eux.

— Que c'est bon ! marmonna Travis.

La raucité de sa voix indiquait qu'il était tout autant parti que Brandon. Peu après, ils jouirent de façon presque simultanée, les spasmes de Travis déclenchant l'orgasme de Brandon. Ce fut salissant, mais très long et très satisfaisant.

Pendant la période de nirvana post-coïtal, Brandon se serra contre Travis jusqu'à ce que l'inconfort d'être aussi poisseux les pousse à bouger. Travis se leva le premier sans un mot et quitta le lit. Brandon le suivit dans la salle de bain, où ils firent ensemble un brin de toilette. Brandon savoura l'expression tendre qui adoucissait le visage de Travis.

— Je tiens beaucoup à toi, Travis. Je veux que tu le saches.

— Je sais. Et c'est pareil pour moi, bien évidemment, sinon je ne serais pas aussi stupidement sentimental. Quelle sensation atroce ! C'est de ta faute, Bran !

Brandon s'esclaffa.

— Non, c'est génial. Et toi aussi, tu es génial !

Travis se laissa embrasser, puis il repoussa Brandon.

— Ça suffit maintenant. C'est l'heure d'aller au lit. J'ai épuisé mon quota émotionnel de la journée.

— J'AI PENSÉ à un truc, annonça Travis.

— Mmm ?

À moitié endormi, Brandon roula sur le côté afin de le regarder. Assis dans le lit, appuyé à ses oreillers, Travis était aux prises avec une crise d'insomnie. Tandis que Brandon somnolait, Travis, lui, réfléchissait à leur dilemme et à la façon dont il allait gérer la nouvelle donne. Il ne voulait pas démissionner. Il aimait son travail et plus encore l'animateur de l'émission. Son problème, c'était de passer à la télé. Autre chose, il commençait à croire que leur relation avait le potentiel de durer – et de toute évidence, Brandon partageait cet espoir. Dans ce cas, pourquoi ne pas officialiser leur liaison ?

— Je ne veux pas animer cette émission avec toi, insista Travis. Je n'ai aucune envie de m'adresser directement aux caméras, sauf exceptionnellement. En revanche, je ne vois aucun inconvénient à m'impliquer davantage dans la série. Maintenant que Virginia nous a dénoncés, nous pouvons nous afficher en tant que couple aussi bien sur le plateau qu'en privé. Tu l'annonceras à l'écran, et nous travaillerons ensemble sur les maisons à venir, mais tu resteras le seul responsable et animateur de l'émission.

Avec un sourire, Brandon lui caressa furtivement la joue.

— Aucun problème, je le ferai. En fait, je révélerai notre nouveau statut en voix off durant le générique d'ouverture. De cette façon, le rôle que tu tiens dans ma vie sera clair dès le départ.

Travis acquiesça et gigota pour s'étendre dans le lit, la tête sur son oreiller. Il s'était vaguement attendu à des protestations, aussi la franche acceptation de Brandon l'avait-elle pris au dépourvu. Son amant semblait prêt à tous les compromis, ce qui en disait long sur son engagement, non ?

Puis Brandon se redressa sur son coude.

— Donc c'est bon ? Nous sommes en couple maintenant, sur le plan professionnel et personnel ?

— Oui, je crois, marmonna Travis.

Brandon lui prit la main.

— Je voulais attendre pour t'en parler, mais je ne peux plus me taire.

Hein ? Travis commença à s'inquiéter.

— Me parler de quoi ?

— Ne tire pas une tête pareille ! s'esclaffa Brandon. Tu sembles terrifié. Tout va bien. Je t'aime, Travis. Voilà ce que je voulais te dire. Je suis tombé amoureux de toi au cours de ces six semaines que nous avons passées ensemble, c'est un sentiment naturel, bien que très déroutant. J'en suis encore à m'y habituer.

Travis crispa ses doigts sur ceux de Brandon. Seigneur, était-ce l'amour qui avait poussé Brandon à faire virer Virginia et à mettre du carrelage bleu sarcelle dans sa cuisine ? Tout ce que Brandon avait accompli aujourd'hui était la preuve qu'il l'aimait. Et cet amour était comme un baume sur la blessure reçue le matin même, quand Travis avait réalisé que sa vie privée avait été offerte en pâture aux journaux.

Parce que lui aussi aimait Brandon. C'était pourquoi il ne lui avait pas été possible d'envisager longtemps de s'en éloigner.

Il posa un baiser sur la main de Brandon.

— Tomber amoureux de toi est certainement ce qui m'est arrivé de plus étrange de toute ma vie.

Brandon sourit.

— Tu m'aimes ?

— Bien sûr que oui, idiot. Sinon, je ne serais certainement pas encore là ce soir. J'avais envisagé d'autres solutions pour régler le problème : quitter New York, trouver un autre emploi, des trucs bien plus faciles que continuer à faire le clown dans cette putain d'émission, et pourtant, je vais m'y résoudre pour te faire plaisir. Je n'arrive pas à y croire ! Depuis quand suis-je devenu aussi idiot ?

Brandon eut un sourire béat

— Tu m'aimes.

— Tais-toi.

Brandon se jeta sur lui et déposa sur son visage une pluie de baisers.

— Je t'aime, Travis. Je ne te ferai pas de belle déclaration pour t'expliquer en détail que nous allons parfaitement bien ensemble – en fait, j'en doute plutôt –, mais depuis que nous avons commencé à filmer la série, je me sens mille fois mieux qu'avant, et c'est parce que je suis avec toi. T'aimer rend ma vie plus belle.

Travis le serra dans ses bras et respira un grand coup.

— Oui. Pareil pour moi.

Brandon se redressa pour l'examiner.

— Tu as plein de défauts, tu sais : tu es trop bourru et autoritaire.

Travis leva les yeux au ciel.

— Toi, tu as des goûts de chiottes et tu mets des plombes avant de prendre une décision.

Brandon éclata de rire.

— Et pourtant…

Travis lui coupa la parole.

— Oublie ce que j'ai dit concernant tes goûts : j'adore tes carreaux. Je ne me suis pas encore remis du choc que j'ai reçu en les voyant.

— J'ai hâte de visiter avec toi la maison Benton. Je suis certain qu'elle va t'inspirer toutes sortes d'idées folles. Et cette fois, je n'aurai pas besoin de Kayla, parce que tu sauras me conseiller.

— Je ne suis pas décorateur d'intérieur ! se défendit Travis.

— Non, mais tu as un bon instinct, tu es intelligent, et je t'aime à la folie.

Travis soupira.

— Je t'aime aussi, d'accord ?

— Au fait, Ismael m'a pris entre quatre yeux aujourd'hui pour me dire que ses hommes avaient entendu la rumeur et que tous se fichaient que nous soyons ensemble. Quant à Erik, il m'a dit apprécier travailler avec nous sur le plateau, il nous trouve « professionnels ». Il s'en veut beaucoup d'avoir trop parlé à Virginia. En fait, il a juste plaisanté sur le fait que nous nous disputions comme un vieux couple, et elle en a tiré ses conclusions. Peut-être avait-elle déjà des doutes à notre sujet. Je me souviens qu'elle a évoqué un jour une tension sexuelle entre nous. Et c'était bien avant que nous couchions ensemble !

En entendant Travis gronder, Brandon lui caressa les cheveux.

— Oublions Virginia, s'empressa-t-il de dire. Et même si tu en veux à Erik, il n'a pas agi avec de mauvaises intentions, je te le certifie. Une simple erreur de jugement ne mérite pas un licenciement. Tu n'es pas d'accord ?

Travis soupira. L'essentiel de sa colère s'était dissipé, bien qu'il en ressente parfois de brèves piqûres de rappel.

— Si, bien sûr, reconnut-il.

— Je suis soulagé de te l'entendre dire ! s'exclama Brandon. Changer de réalisateur avant la fin de l'épisode nous aurait sacrément compliqué la tâche. Erik s'est beaucoup impliqué dans cette maison, à sa façon. Virginia avait promis de nous laisser trois jours pour prendre notre décision. Elle a tenté de nous forcer la main, parce que ça l'arrangeait. Contrairement à elle, Erik n'a pas rompu sa parole.

— D'accord. Je te promets de ne pas le frapper demain.

— Excellente décision.

Après avoir fixé Travis dans les yeux, Brandon demanda :

— C'est bon ? Plus de nuages entre nous ? Tout est éclairci ?

Il avait l'air si sérieux que Travis ne put s'empêcher de sourire.

— Oui. Et ne te fais pas de souci pour ton émission, d'accord ? Tout ira bien.

— D'accord. Je te fais confiance. Je t'aime.

En son for intérieur, Travis dut s'avouer qu'il aimait entendre ces mots. Il protesta cependant pour la forme :

— Arrête de répéter ça, on dirait un perroquet !

Brandon se mit à rire et l'embrassa.

XXIII

TRAVIS SENTAIT sa fatigue jusque dans la moelle de ses os.

Il avait passé une dure journée dans la maison Benton, en pleine phase de démolition intérieure. Jessica avait tenu à participer sans se soucier de ses ongles vernis. Travis avait néanmoins remarqué qu'elle était apparue devant les caméras avec des cheveux impeccables et un maquillage soigné. Mettre la main à la pâte semblait l'amuser, bien qu'elle ait protesté – loin des micros – quand il avait exigé qu'elle attache ses cheveux et porte des lunettes de protection. Elle avait fini par obtempérer, cependant, et donné quelques coups de masse sur les murs et placards à démolir.

À l'écran, la tâche pouvait paraître amusante, mais dans la pratique, c'était un travail très physique. Le soir, quand Jessica prit congé de lui, Travis avait mal partout.

Le matin même, Brandon était passé le temps qu'Erik le filme en train de casser les vieux placards de la cuisine. Ensuite, il était retourné à Argyle Road pour faire... Dieu seul savait quoi. Travis, lui, n'était pas au courant. Il ne restait plus grand-chose à faire là-bas, à part quelques petites finitions. La plupart des ouvriers travaillaient déjà sur la maison Benton. Travis avait promis à Brandon de le rejoindre à Argyle Road en quittant le chantier pour s'occuper de ces finitions justement. A posteriori, il regrettait un peu sa promesse. Il était épuisé.

Il ferma la porte de la maison Benton et il s'éloigna en direction de l'autre maison.

Les derniers jours avaient été... étranges, tandis qu'il passait d'une maison à l'autre. Et il ferait bien de s'habituer à ce rythme effréné, parce que Brandon parlait déjà d'acquérir une troisième maison qu'il avait repérée dans le quartier. La veille, Restauration Channel avait engagé la remplaçante de Virginia, une productrice qui avait travaillé dans une émission de relooking immobilier dans le comté de Westchester [48], non loin de New York. Elle

_____

48 Un des soixante-deux comtés de l'État de New York, il fait partie de l'agglomération new-yorkaise.

semblait connaître son affaire et ne parlait nullement d'exploiter à des fins promotionnelles le nouveau couple que formaient Brandon et Travis.

Oui, tout finirait par s'arranger. Travis y croyait. Mais avant tout, il voulait retrouver son lit, s'y rouler en boule et dormir non-stop pendant quarante-huit heures. Idéalement avec Brandon à ses côtés, mais Travis était si fatigué que même ça restait en option.

Il arriva devant la maison. D'après lui, il n'y aurait plus personne à part Brandon. Erik, Ismael et leurs équipes respectives avaient passé la majeure partie de la journée dans la maison Benton ; à présent, ils étaient tous rentrés chez eux. Travis referma la porte derrière lui et alla tout droit dans la cuisine, où il avait laissé les poignées qu'il comptait poser sur les tiroirs des placards.

Puis Brandon apparut.

— Salut.

Rien qu'à sa vue, Travis se sentit un peu ragaillardi.

Brandon s'approcha de lui pour effleurer sa bouche d'un baiser.

— Salut, Bran. J'ai fermé la maison Benton, tous les travaux prévus pour aujourd'hui ont été accomplis.

— Parfait.

— Tu es tout seul ici ?

— Oui. Je t'attendais, en fait. J'ai fini d'installer les appliques et les étagères dans les salles de bain de l'étage.

— D'accord, merci. Ça va me faire gagner du temps.

Travis ouvrit un des cartons, il en sortit une poignée de tiroir et, muni d'un des tournevis de sa ceinture à outils, il se mit à le visser.

— J'ai quelque chose à te dire, déclara Brandon.

Travis ne leva pas les yeux de ce qu'il faisait. Il pressentait que la conversation allait être tendue et il n'avait pas vraiment l'énergie de le supporter.

Il soupira, résigné.

— Je t'écoute.

— C'est une idée que j'ai eue, une idée folle.

Surpris, Travis lui jeta un coup d'œil. En même temps, il vérifiait sa poignée, tout allait bien. Il s'approcha d'un autre tiroir.

— Quelle idée ?

— Aussi bien toi que moi avons mis beaucoup d'énergie et de passion dans cette maison. Et comme je te l'ai souvent dit, je suis tombé sous son charme dès le premier jour. Pour mes choix de déco, j'ai suivi tes conseils, j'ai consulté mes goûts – et les tiens – sans trop penser à ceux d'un potentiel acheteur. Je ne fonctionne jamais comme ça d'ordinaire. Quand j'ai choisi ces carreaux…

Il effleura le quadrilobe d'une mosaïque du dosseret.

— … c'était pour te faire plaisir, ajouta-t-il, pas pour valoriser mon investissement. Peu à peu, j'ai réalisé qu'en fait, je voulais garder cette maison.

Ayant terminé de poser sa seconde poignée, Travis releva les yeux.

— Pardon ? Répète-moi ça !

— Je disais que j'envisage très sérieusement de racheter la part de Restauration Channel et de garder cette maison, même si c'est une folie sur le plan financier. J'aimerais m'installer ici.

Ne sachant trop que faire de ses mains, Travis déposa son tournevis sur le comptoir.

— Tu es sérieux ?

— Oui. Après tout ce que nous avons partagé, je pense que tu peux me comprendre. J'ai besoin d'un espace bien à moi. J'ai passé mon enfance dans un hôtel, sans vrai foyer, alors cette maison… elle représente beaucoup pour moi ! Si j'ai loué cet appartement à Brooklyn Heights, c'était pour me donner un délai de réflexion le temps de déterminer où je voulais m'installer une bonne fois pour toutes. J'aimerais planter des racines. Alors, je me suis dit : pourquoi pas ici ? J'adore ce que nous avons fait de cette maison… La cuisine, les salles de bain, l'espace de vie, la suite parentale à l'étage, les touches apportées par Kayla, tout est parfait.

L'estomac noué, Travis était dans le même état que l'an passé, quand il avait vu la maison de son grand-père lui passer sous le nez. Sa réaction était excessive, il le savait, mais ces derniers temps, il s'était mis à penser que si Brandon vendait la maison, ce serait presque une trahison.

Et voilà qu'il pensait la garder ?

— Ne parlais-tu pas d'un véritable gouffre financier ? argua Travis. Je te croyais impatient de rentrer dans tes fonds.

— Non, je préfère viser le long terme.

Troublé, Travis baissa la tête et fixa le comptoir. C'était très étrange, mais lui aussi s'était imaginé vivre dans cette maison, ce qui ne lui était jamais arrivé auparavant pendant qu'il travaillait. Quand il restaurait un logement, c'était pour lui une suite de tâches à accomplir, il ne s'investissait pas émotionnellement comme quand il travaillait le bois ou quand il fabriquait quelque chose qui lui était destiné. Mais ici, il s'était vu préparer des repas dans cette cuisine, se prélasser au salon, lire dans la salle familiale, prendre une douche matinale dans la grande salle de bain.

Et voilà que Brandon allait le lui prendre.

Non que Travis ait les moyens de s'offrir une maison pareille – même s'il en avait un peu rêvé.

Il se frotta le visage, espérant que son émoi ne se verrait pas.

— Pourquoi m'en parler, Bran? C'est ta maison, au sens littéral. C'est aussi ton argent. Tu en fais bien ce que tu veux!

— Je t'en parle, parce que j'aimerais que tu vives ici avec moi.

Sidéré, Travis croisa son regard.

— Quoi?

— Travis, cette maison est autant à toi qu'à moi. Je n'y serais pas heureux sans toi.

— Tu voudrais qu'on emménage ensemble? Et qu'on vive ici?

— Oui, pourquoi pas? Oh, je sais ce que tu vas me dire : il est trop tôt, nous nous connaissons à peine et blablabla, mais laisse-moi te rappeler d'abord que nous nous aimons, ensuite, que nous passons déjà presque toutes nos nuits ensemble. Ne serait-ce pas plus facile d'avoir de la place et toutes nos affaires au même endroit?

Pourquoi pas? Travis regarda autour de lui. Il imagina Brandon attablé devant le comptoir, pendant que lui, Travis, préparait le petit déjeuner. Brandon ferait défiler ses mails sur son téléphone ou feuilletterait le journal, ils échangeraient un regard enamouré au-dessus d'une tasse de café. Sans doute y avait-il des tas de raisons sensées s'opposant à une installation précipitée, mais dans son cœur, Travis n'en voyait aucune.

— Donc tu es sérieux.

— Mais oui! insista Brandon. J'y pense depuis des semaines.

— Et tu as vraiment les moyens de racheter la part de Restauration Channel? Et de leur verser un bénéfice sur leur investissement?

— Oui, je pense. Je vais prendre un prêt. Pour *Foyer Idéal*, Kayla et moi financions seuls nos opérations. Elles étaient de moindre envergure, je te l'accorde. Si Restauration Channel a proposé cette fois une association, c'est uniquement pour m'inciter à signer leur fichu contrat. Et je leur rappellerai que cela ferait une bonne promotion pour *OPI à Brooklyn* : l'animateur et son chef de chantier aiment tellement le résultat de leur première collaboration qu'ils décident de s'y installer ensemble! Quel scoop!

Travis secoua la tête avec un petit rire. Il avait du mal à digérer ce choc inattendu. Cependant, il ne pouvait nier qu'il voulait la maison et qu'il voulait y vivre avec Brandon. Que cette option lui soit offerte était… une surprise, presque un miracle.

En revanche, il savait que l'opération, financièrement parlant, avait été lourde pour Brandon, Travis avait des économies, pas assez pour acheter une maison de cette taille, mais suffisamment pour désintéresser Restauration Channel. Allait-il s'y risquer ? Était-ce inconscient ? Peut-être, mais il ne pouvait ni laisser Brandon dans la panade ni renoncer à cette maison. C'était entre ces murs que sa relation avec Brandon avait commencé, des souvenirs personnels étaient incrustés dans chacune des pièces. Vendre cette maison aurait été un vrai déchirement.

Brandon disait vrai : cette maison leur appartenait à tous les deux.

Quelle tournure inattendue avait pris sa vie !

— D'accord, déclara Travis.

— C'est vrai ?

— Oui. Je veux vivre dans cette maison avec toi.

Brandon poussa un cri de joie et se jeta sur Travis, il le serra contre lui si fort qu'il le fit décoller du sol. Travis se débattit en riant.

Puis il s'écarta et tint son amant à bout de bras.

— À une condition, ajouta-t-il.

BRANDON S'INQUIÉTA de son sérieux.

— Laquelle ?

— Tu ne prendras pas de prêt, Bran, c'est moi qui vais racheter la part de Restauration Channel. Comme je te l'ai déjà dit, j'ai mis de l'argent de côté dans le but d'acheter un jour à Brooklyn. C'est l'occasion, non ? Comme ça, nous serons tous les deux propriétaires de la maison.

Le premier réflexe de Brandon fut de refuser, il voulait éviter une grosse dépense à Travis. Lui-même renflouerait ses caisses dès sa prochaine opération – la maison Benton –, le prêt ne serait donc qu'à très court terme. Il avait pensé offrir la maison à Travis pour fêter leur avenir ensemble.

D'un autre côté, pourquoi créer un déséquilibre financier, source probable de tension ou de ressentiment ? Travis était fier et indépendant, ce que Brandon respectait. La maison était un excellent investissement, Travis ne risquait pas de perdre ses économies.

En même temps, Brandon décida de consulter au plus vite ses comptables et avocats : il allait faire réviser le contrat de Travis avec la chaîne, partager plus équitablement les bénéfices et retombées, réfléchir à leur future situation fiscale… Rien de tout cela n'était d'une urgence immédiate. Avant, Brandon devait répondre à la proposition de Travis.

Ce dernier grimaça.

— Je te vois hésiter, Bran, mais cet arrangement est des plus logiques. Je ne supporterais pas d'être entretenu. J'ignore ce que l'avenir nous réserve, il peut nous arriver des bricoles, à ton émission aussi, mais sur ce plan-là au moins, je suis sûr de moi. Tu es bien plus riche que moi, là n'est pas la question, je veux juste participer à ma façon aux dépenses de notre foyer.

Notre foyer… Brandon eut un sourire ravi.

— Bien sûr ! Nous devons être sur un pied d'égalité.

— Exactement. Emménager ensemble n'est pas si facile, tu sais, nous aurons à affronter le quotidien, le ménage, le linge sale, les factures… ce qui n'a rien d'un roman rose.

Brandon s'esclaffa.

— Je reconnais bien là ton sens pratique !

— Avec toi, je me sens pourtant devenir romantique.

Brandon sourit.

— C'est vrai.

Il se pencha et embrassa Travis. Le baiser s'enflamma jusqu'à ce que Travis le pousse contre l'îlot et se frotte à lui. Brandon s'écarta avant que la situation dérape et revint à la question qui lui tenait à cœur.

— Alors, nous sommes d'accord ? Nous sautons le pas ?

— Oui. Installons-nous dans cette maison ressuscitée.

Brandon regarda autour de lui. Oui. C'était la bonne décision.

— Voilà une excellente façon de passer à l'étape supérieure, annonça-t-il. Nous étions amis et amants, nous voilà associés et partenaires. C'est bien. Très bien même.

— Au fait, déclara Travis, je compte venir avec mes meubles. Les tiens sont laids !

Brandon éclata de rire.

— Oh, comme je t'aime !

Travis roula des yeux.

Mais il dit ensuite :

— Je t'aime aussi.

ÉPILOGUE

TRAVIS AVAIT eu l'excellente idée de fêter la sortie du premier épisode d'*OPI à Brooklyn* chez eux, à Argyle Road. D'après Brandon, c'était surtout pour éviter de passer la soirée dans un endroit public sans contrôle possible sur la liste des invités. De plus, la plupart des cadres de Restauration Channel, qui seraient volontiers allés dans un bar ou un club à la mode, avaient jugé Brooklyn trop éloigné : ils avaient donc décliné leur invitation.

Travis était génial !

Erik et quelques-uns de ses cameramen étaient là, Ismael et la plupart des ouvriers ayant travaillé sur le chantier aussi. Kayla et Dave étaient venus de Californie. Maribeth, la nouvelle productrice, y assistait également avec son mari. Mike et Sandy avaient amené leurs familles, y compris Emma, la fille adolescente de Mike, et le fils de Sandy. Âgé de six ans, l'enfant passa une bonne partie de la soirée à courir autour du salon. Il y avait beaucoup trop de monde entassé dans la pièce, trop de bruit et d'agitation, mais c'était justement le genre d'animation heureuse qui caractérisait un foyer, et Brandon en était ravi.

Travis avait refusé de faire appel à un traiteur – « ça va nous ruiner ! » –, aussi avait-il commandé une collation chez un excellent épicier, un ami de ses parents, qu'il connaissait de longue date. Les plateaux avaient été livrés depuis le Queens, et le bar installé dans la salle à manger était abondamment approvisionné. Plusieurs invités avaient apporté une participation sous forme de salades, de plats, de desserts ou de bouteilles. Ce buffet éclectique correspondait à Travis et à la maison, jugea Brandon en évoquant les menus chics et guindés des réceptions du groupe Chase.

Un grand écran plat était installé dans le salon. Au final, Travis avait engagé un spécialiste pour réparer la cheminée et la sécuriser anti-incendie, mais la dépense en valait le coup : elle était devenue l'âme même de la pièce. Le manteau en bois était simple, Travis l'avait coupé et installé lui-même. Attendri, Brandon regarda les murs qu'ils avaient peints ensemble, les sols qu'Ismael avait posés, les meubles que Kayla l'avait aidé à choisir et le tapis bleu sarcelle que Travis avait trouvé dans un magasin discount.

Cette maison n'était pas destinée à figurer dans les pages glacées d'un magazine de décoration, comme toutes celles sur lesquelles Brandon avait travaillé auparavant, c'était *leur* maison, elle reflétait *leurs* goûts. Et celui de Travis, comme Brandon l'avait vite découvert, portait sur les tons vifs et audacieux. C'était d'autant plus inattendu que sa garde-robe comportait presque exclusivement des vêtements de travail noirs, gris et bleu marine.

Brandon savait déjà que l'épisode pilote se terminerait sur une vision de leur couple entrant dans la maison finie.

Depuis lors, la série avait bien avancé, ils en étaient à leur quatrième maison, ils venaient de recevoir une offre pour une cinquième, donc ils étaient presque au terme de leur premier contrat de six épisodes. La maison Benton s'était avérée une aventure passionnante, surtout après que Jessica s'était davantage impliquée dans la décoration. Travis et l'actrice avaient les mêmes goûts, ce qui limitait les disputes devant la caméra. Cet épisode serait plutôt marqué par le clivage Travis et Jessica contre Brandon, qui jouait le comptable surveillant le budget lorsque les idées de la star étaient trop chères ou extravagantes pour le quartier. Un gigantesque lustre en cristal dans la chambre principale ? Oh, chère madame, cela correspond peut-être à votre manoir de Beverly Hills [49], mais il détonnerait à Brooklyn dans une maison de style Tudor.

Ils avaient travaillé sur trois autres maisons, plus traditionnelles dans leurs rénovations, y compris une vieille pagode. Les architectes qui avaient bâti dans le quartier à l'époque victorienne avaient puisé leur inspiration dans d'innombrables sources, et l'année de construction de la pagode, l'art japonais était à la mode. Travis s'était avidement plongé dans des recherches sur le sujet, afin que l'intérieur de la pagode s'assortisse harmonieusement à son extérieur. En un sens, l'expérience avait été unique.

Ils avaient bien revendu ces maisons, et les profits réalisés compensaient un peu les dépenses de Brandon sur la maison d'Argyle Road, qu'ils habitaient désormais.

Par ailleurs, Brandon avait reçu des nouvelles de sa famille. Robert l'avait félicité du bout des lèvres de son succès, sans pour autant l'inviter à dîner. Luke s'était montré plus enthousiaste, et les deux frères s'entendaient mieux ces derniers temps. Brandon avait bien envisagé de l'inviter à la soirée

---

49 Ville du comté de Los Angeles, en Californie, où résident de nombreuses stars d'Hollywood.

de la première, mais Luke était actuellement en cure de désintoxication, ce qui pouvait lui arriver de mieux, sans doute.

L'émission avait été renouvelée pour une seconde saison de douze épisodes. Le nombre des maisons victoriennes à retaper sur Flatbush n'étant pas illimité, Maribeth proposait d'étendre leurs recherches aux autres quartiers de Brooklyn. Brandon commençait à prospecter dans des rues plus proches du centre-ville ; Travis, lui, était d'avis de gentrifier les zones plus éloignées. Il s'intéressait en particulier à un logement original de Gravesend [50], non loin de Coney Island, un duplex en brique sur trois niveaux, qui serait une vraie gageure à rénover. C'était à quelques pâtés de maisons au sud de L&B Spumoni Gardens, une pizzeria légendaire de Brooklyn.

Un an plus tôt, Brandon, récemment divorcé, acceptait à contrecœur le nouveau contrat de Restauration Channel.

Quelle année incroyable !

— Bébé, ça commence ! cria Travis depuis la pièce à vivre.

Brandon finit de mélanger son cocktail et revint au salon, où tout le monde cherchait à s'asseoir, soit sur les sièges disponibles, soit à même le sol. Il arriva trop tard pour revendiquer une place assise, mais Travis, d'un geste, lui désigna un petit espace encore libre entre ses jambes. Brandon accepta l'invitation avec un sourire.

Dès qu'il fut installé, Travis d'un geste instinctif, lui passa tendrement les doigts dans les cheveux.

Ismael leur jeta un regard sévère.

— Tenez-vous, quoi !

— Pardon ? s'étonna Travis.

Puis, comprenant ce qui avait motivé cette réflexion, il s'écarta et posa les mains sur le sol.

À l'écran, la voix de Brandon disait en off :

— *Je suis Brandon Chase. Cela fait maintenant dix ans que je travaille dans le relooking de maisons. J'ai beaucoup exercé en banlieue. Dorénavant, avec l'aide de Travis, mon partenaire aux multiples talents, je m'attaque au marché de New York, et plus particulièrement à celui de Brooklyn. Pour cette nouvelle émission, nous choisissons des maisons en ruines dans des quartiers historiques, originaux et intéressants. Prenez*

---

50 Quartier du centre-sud de Brooklyn, à l'extrémité sud-ouest de Long Island.

Flatbush, par exemple, ce quartier victorien est un monde à part, un endroit serein et magnifique dont les maisons offrent une étonnante variété de styles architecturaux. Nous nous efforcerons de rendre leur gloire originelle à ces belles demeures, qui ont subi les outrages du temps.

Le générique défila alors, avec un photomontage présentant Brandon et Travis, et plusieurs vues des chantiers en arrière-plan : Brandon s'attaquant avec une masse à une porte de placard, Travis agenouillé dans la maison Benton, occupé à poser un plancher en bois clair.

L'épisode pilote – la maison d'Argyle Road – commença avec Travis et Brandon faisant ensemble la visite initiale. Puis le chef de chantier brandit son bloc-notes et énuméra la longue liste des travaux et réparations qu'il préconisait pour sécuriser la maison avant même de passer à la phase décoration.

— Ah, c'était le bon temps ! s'exclama Travis à l'oreille de Brandon. Je ne te connaissais pas encore. J'avais des illusions sur ton compte.

— Peuh, rétorqua Brandon. Tu m'aimes.

— C'est vrai. C'est ennuyant.

Leur aparté commençait à attirer l'attention de leurs invités.

— Chut ! leur cria-t-on de toutes parts.

L'épisode suivit dans l'ordre chronologique les différentes phases des travaux, les problèmes rencontrés, les discussions pour les résoudre, les échanges en cas de controverse. Travis parla des fondations et de la nécessité de contrôler la structure, Brandon exposa sa conception initiale, Travis rétorqua que ce n'était pas dans l'esprit victorien, Ismael et ses hommes posèrent les cloisons… Il y eut aussi la virée shopping avec Kayla, Brandon travaillant sur les planchers, Mike et Sandy s'occupant de la cuisine et des salles de bain, Ismael, l'air catastrophé, découvrant la fuite du toit, la consternation de Brandon… L'épisode présentait aussi la réaction de Travis arrivant pour la première fois dans la cuisine entièrement terminée et son étonnement devant les carreaux du dosseret – il n'avait pas eu à forcer son jeu, le lendemain de sa première découverte, il était encore sous le choc. Sa prestation était donc tout à fait convaincante.

Déjà, l'émission était presque finie, il y eut encore la discussion de Brandon et Travis afin de garder la maison et le bilan comptable. Les dernières minutes présentèrent l'emménagement du couple, l'arrivée des meubles et une visite de la maison entièrement terminée, pièce par pièce. Bien entendu, il n'y eut pas, comme c'était initialement prévu, le calcul de la rentabilité de l'investissement, cette partie-là étant reportée à la suite de série, la maison Benton, annoncée en cliffhanger [51].

Pendant le défilé du générique de la fin, Brandon demanda :

— Alors, le verdict ?

Il semblait s'adresser à l'assemblée, mais en vérité, c'était la réponse de son amant qui l'intéressait : c'était la première fois que Travis se voyait à l'écran.

— Excellente publicité, déclara Mike. On voyait très bien le logo de la société Mike & Sandy sur les tee-shirts de nos hommes.

— Vous savez quoi ? La télé déforme tout, déclara Ismael. Cette fuite du toit était tout à fait dérisoire.

Brandon trouvait l'épisode plutôt bon. Deux mois de tournage pour arriver à une émission d'environ trois quarts d'heure – plus la pub –, c'était un découpage délicat. L'expérience devenait plus intense.

Cependant, il avait découvert autre chose pendant ce visionnage : il s'était vu d'une semaine à l'autre tomber amoureux de Travis. Connaissant bien son visage à l'écran, il avait noté ses changements d'expression chaque fois que Travis apparaissait. De la même façon, le langage corporel de Travis en sa présence était révélateur. Par chance, ces nuances étaient assez subtiles pour qu'il ait été le seul à s'en apercevoir. Que leur relation soit ainsi tissée dans la trame d'une émission de relooking immobilier était... à la fois étrange et émouvant.

— Me voir à la télé m'a fait un effet très bizarre, déclara enfin Travis. Je ne me doutais pas que mon accent était aussi marqué.

— C'est pourtant le cas, s'esclaffa Brandon. Et ça me plaît !

Travis fit la grimace.

— C'est affreux ! Je croirais entendre Bernie Sanders [52].

Brandon rit de plus belle.

— Non, tu n'as pas l'accent du Vermont, mais celui du Queens.

— Je ne regarderai pas les autres épisodes ! grogna Travis, peu convaincu.

— Ne t'en fais pas. Tu étais superbe ! L'image même du dur à cuire au cœur d'or.

— Tais-toi. Tu es partial.

---

51 Procédé cinématographique fréquent dans les séries, type de fin ouverte afin de créer une attente chez le public.

52 Homme politique américain et sénateur des États-Unis.

Kayla les rejoignit.

— Moi, je vous ai trouvés très bien tous les deux, je veux dire, à l'écran, vous avez été parfaits. Et merci d'avoir été aussi sympas avec moi, ça va me rendre service. Avec un peu de chance, je ne recevrai plus d'œufs.

— Hein ? s'étonna Travis. De quoi parles-tu ?

— Eh bien, deux fois de suite, ma maison a reçu des projectiles – des œufs –, et c'est très salissant. Et récemment, une femme m'a reconnue en voiture, elle m'a traitée de salope et de femme adultère. Non, mais de quoi je me mêle ? Elle devrait savoir que tu es gay, Bran, et elle ne s'est pas demandé si ça pouvait expliquer que notre mariage ait capoté ?

— Les gens sont idiots, admit Travis. J'ai lu dans *People* la théorie d'un parfait inconnu qui, sans jamais avoir rencontré Bran, le prend pour un hétéro qui a succombé à mon charme maléfique. C'est plutôt marrant, non ? Bref, il m'accuse d'avoir attiré ce pauvre homme du côté obscur.

— Je voulais succomber à ton charme ! protesta Brandon.

Travis leva les mains.

— Qui n'a rien de maléfique !

Brandon pivota sur lui-même pour le regarder.

— Je sais, je suis gay, et c'est ce qui m'a poussé vers toi, d'accord ?

Travis croisa les bras.

— Oui. Je préfère.

Brandon s'amusait de ce côté joueur, Travis arrivait à plaisanter sur ce qu'il lisait dans les journaux, c'était un grand pas en avant.

Il tapota la cuisse son amant.

— Sinon, comment as-tu trouvé l'émission ?

Travis fixait la télévision.

— C'était très étrange quand même ! Nous avons travaillé deux mois, et ils ont résumé tous nos efforts en moins d'une heure !

— Oui, intervint Kayla, même après tout ce temps, ça me surprend toujours.

— Vois le bon côté des choses, déclara Brandon, cette maison est à nous.

— C'est vrai, convint Travis. En plus, elle est plutôt réussie.

— C'est la plus belle des maisons !

— C'est la nôtre.

— Mon Dieu, vous êtes lourds, déclara Ismael.

Travis éclata de rire. Il poussa Brandon aux épaules, l'incitant à se lever. Puis Travis en fit autant.

— Ismael, allez manger au lieu de dire des bêtises, il reste des tas de choses sur le buffet. Dès que les plats seront vides, je renverrai tout le monde… Je compte entraîner Brandon plus loin vers le côté obscur.

— Je te suivrai bien volontiers, déclara Brandon.

— Bon sang ! s'étonna Ismael. Vous ne pensez qu'au sexe, c'est ça ?

Travis, cette fois, ne chercha pas à faire taire le contremaître.

— Oh, oui !

Ismael fit une grimace choquée, mais en même temps, il riait de bon cœur.

Après la pub, Restauration Channel annonça une rediffusion de *Foyer Idéal*. Déjà, le titre apparaissait à l'écran.

— Ils repassent ces antiquités ? s'offusqua Kayla.

Riant toujours, Brandon entraîna le petit groupe dans la cuisine, où ses invités s'attaquèrent au buffet avec entrain.

Après avoir vérifié que personne ne leur prêtait attention, Travis passa un bras autour de la taille de Brandon.

— Dis, est-ce qu'avec le temps, on s'habitue à se voir à l'écran ? chuchota-t-il à l'oreille de son amant.

— Non, avoua Brandon. Chaque fois, je remarque mes défauts : une marque sur la peau, une voix éraillée ou une posture maladroite pendant que je pose du carrelage.

— Je vois, grogna Travis. Dans ce cas, c'est décidé, nous ne regarderons plus jamais notre émission !

Brandon gloussa.

— Cette fois, je me suis à peine examiné. Je pensais à autre chose.

— À quoi ?

— Je me suis vu tomber amoureux de toi. Tout comme les téléspectateurs de Restauration Channel le feront aussi.

— Pas de la même manière, j'espère !

— Non, sans doute pas. Travis, tu es magnifique au travail !

— N'importe quoi ! J'étais dégoulinant de sueur, couvert de poussière ou de plâtre, l'air hagard.

— Moi, je t'ai trouvé hyper sexy. Mais tu as raison, je dois être partial. C'est parce que je t'aime.

— Je sais, je t'aime aussi. Mais je ne comprends toujours pas l'intérêt de regarder cette émission : comme je te vois quand je veux, je n'ai pas besoin de te voir à la télé.

— Très bien, Travis. Nous ferons ce que tu voudras.

243

Travis agita les sourcils de façon suggestive.

— Je te trouve trop habillé, Bran, j'aimerais te voir tout nu.

— Quoi ? Tu es fou ? Nous ne sommes pas seuls !

— Je vais arranger ça, promit Travis avec un clin d'œil.

Il se retourna et claqua deux fois dans ses mains.

— La fête est finie, les amis. Vous avez tout bu et tout mangé, il est temps de rentrer chez vous.

KATE MCMURRAY écrit des romans à la fois tendres et intelligents. Elle aime créer pour ses personnages des aventures drôles et sexy et préconise les histoires d'amour qui s'adressent à tous. Quand elle n'écrit pas, elle édite des manuels scolaires, regarde le baseball, joue du violon, tricote et porte de bien jolies robes.

Inscrite à Romance Writers of America, elle a fait partie pendant deux ans du conseil d'administration de Rainbow Romance Writers, de la communauté LGBT, et trois ans – dont deux comme présidente – au conseil d'administration du chapitre de la ville de New York.

Elle vit à Brooklyn avec ses deux chats et ses trop nombreux livres.

Site Web : www.katemcmurray.com
Twitter : @katemcmwriter
Facebook : www.facebook.com/katecmmurraywriter

Par Kate McMurray

Les quatre coins

DREAMSPUN DESIRES
Le mariage blanc du magnat grec

RESTAURATION CHANNEL
Remise à neuf

Publié par Dreamspinner Press
www.dreamspinner-fr.com

DREAMSPUN
DESIRES

LE MARIAGE BLANC
DU MAGNAT GREC

Kate McMurray

Un mariage devient
moins commode quand
l'amour est impliqué.

Un mariage devient moins commode quand l'amour est impliqué.

Cela commence simplement : Ondrej Kovac doit épouser Archie Katsaros pour pouvoir rester aux États-Unis, loin de sa famille médisante qui vit en Europe de l'est. En échange, Archie doit épouser Ondrej pour recevoir de l'argent pour renflouer sa société défaillante. C'est une imposture qu'aucun des deux hommes n'est convaincu de pouvoir rendre crédible.

Mais alors qu'Archie introduit Ondrej dans la société new-yorkaise et que celui-ci prouve ses talents au bureau, ils commencent à découvrir une connexion entre eux. Pourront-ils surmonter la fondation instable sur laquelle leur relation a été construite, faire face à des agents inquisiteurs de l'immigration, des journalistes mondains déterminés à révéler leur supercherie et un administrateur virulent résolu à vendre la société d'Archie sous son nez ? Seulement s'ils peuvent se prouver que leur amour vaut la peine de se battre.

www.dreamspinner-fr.com

LES QUATRE
COINS
KATE MCMURRAY

Depuis l'enfance, Jake, Adam, Kyle, et Brendan ont toujours été amis, coéquipiers, presque frères. Mais un jour, quand ils avaient vingt-cinq ans, Adam a disparu sans un mot. Ses amis ont été dévastés, particulièrement Jake, qui aimait secrètement Adam depuis l'adolescence.

Aujourd'hui, après cinq ans d'absence, Adam est de retour et il est déterminé à conquérir Jake. Mais toutes les années de colère, de souffrance et de doute que Jake a endurées sont difficiles à oublier. Pardonner n'est pas si simple. Jake n'est pas sûr qu'Adam et lui puissent retrouver la même harmonie que dans le passé. Jake, Kyle, et Brendan ont continué à vivre leur vie sans Adam. Quant à Adam, sa carrière brillante l'empêche d'afficher publiquement son orientation. Il vit dans le secret, comme il l'a toujours fait. Mais malgré ce qui s'est passé, les excuses d'Adam semblent sincères, et l'attirance entre Jake et lui est toujours aussi forte. Jake veut vraiment lui laisser une seconde chance, mais avant, il veut comprendre pourquoi Adam a disparu du jour au lendemain, et s'assurer qu'il a l'intention de restera à ses côtés pour de bon.

www.dreamspinner-fr.com